LA MALETITA AZUL

LA MALETITA AZUL

MARÍA DE LOURDES VICTORIA

mr

Diseño de portada: Planeta Arte & Diseño / Raymundo Ríos Vázquez
Fotografía de la autora: © Nabor Godoy

Bajo el sello editorial MARTÍNEZ ROCA M.R.
Avenida Presidente Masarik núm. 111,
Piso 2, Polanco V Sección, Miguel Hidalgo
C.P. 11560, Ciudad de México
www.planetadelibros.com.mx

Primera edición en formato epub: abril de 2025
ISBN: 978-607-39-2773-4

Primera edición impresa en México: abril de 2025
Primera reimpresión en México: julio de 2025
ISBN: 978-607-39-2643-0

Impreso en los talleres de Litográfica Ingramex, S.A. de C.V.
Centeno núm. 162-1, colonia Granjas Esmeralda, Ciudad de México
Impreso y hecho en México – *Printed and made in Mexico*

Zapatitos Rotos

Hoy venís a mí veloces y corriendo,
zapatitos viejos y rotos.
¿Cuántas veces remendé sus suelas
con cartones y periódico?
¿Por qué os empeñáis en revivir el pasado
donde fui tan infeliz?

Contemplo tres niñas españolitas
recorriendo las calles solitarias de esta ciudad,
buscando con sus ojitos infantiles
un amigo que tenga piedad.

De lejos escuchamos una voz que nos llamaba:
¡Niñas! ¡Niñas!, ¿sois de las niñas de España?
«Claro que sí», dijimos las tres por igual.
Dios mandó una alegría
a nuestras solitarias y tristes vidas:
Encontramos unos padres adoptivos
que nos entregaron amor,
comprensión y cariño.

¡Cómo te recuerdo, instante de mi infancia!
Hoy tengo de nuevo en mi mente
y te siento presente,
a pesar de los años que estuviste ausente.

Zapatitos viejos y rotos
que me puse yo tantas veces
para poder caminar,
hoy me ponen a pensar que en la vida
no todo es gozo, alegría y felicidad.

¡Cuántas veces sentí el suelo mojado y frío
y mis pies infantiles no pudieron caminar!

¿Llegará el día que yo pudiera descansar?
Yo sé que llegará.
Llegará un día en que mis pies cansados
dejen de caminar.

Carmen Garí
Niña de Morelia

Con amor, para los padres que han perdido a sus hijos
y para los hijos que han perdido a sus padres.

La longaniza

Barcelona, España, 1937

Pere Roda Artés miró con odio y asombro a ese par de obreros vestidos de autoridad que le exigían la entrega de la imprenta, el negocio que con mucho esfuerzo mantenía operando, a pesar de la guerra. No podía creer que aquellos de la CNT estuvieran ahí, sin vergüenza, arrebatándole lo propio a plena luz del día.

—Vamos a colectivizar la imprenta —le informó Antonio, el mayor de los dos, con voz carrasposa.

Pere conocía bien a ese empleado. Llevaba años reparando las máquinas y quejándose de su sueldo. Muchas veces pensó en despedirlo. Si no lo había hecho, era por respeto a su fallecido padre a quien, estando en vida, le había guardado afecto.

El otro era Joaquim, un joven inquieto y escuálido que velaba el local por las noches. A él lo conocía desde chico y lo tenía de empleado, sobre todo, por ayudar a su familia. Menuda gracia la suya de venir a robarme el sustento, pensó, buscándole la mirada para descargar en ella su reproche. Joaquim no le dio el gusto. Siguió mirando al suelo.

Estaban afuera de la pequeña imprenta que desde siempre había pertenecido a la familia de Pere. Los hombres se habían presentado al final de la jornada. Antes de que pudiera preguntarles qué deseaban, Antonio le había informado, con recargada prepotencia, que a partir de ese momento la imprenta pertenecía a la CNT y que, por lo tanto, la gestión sería asumida por los propios trabajadores.

Pere no era tonto. Sabía que tarde o temprano algo así podría suceder. Conocía las tendencias políticas de sus trabajadores, y era consciente de que pertenecían al sindicato. No le sorprendía que estuvieran confiscándole el negocio, pero sí que lo hicieran con tal falta de respeto, lealtad y consideración hacia él y hacia su familia que incluso en los tiempos difíciles, como ahora, les daba empleo.

—Así que denos las llaves —ordenó Antonio, extendiendo la mano manchada de tinta.

—¿Quién os manda? —les preguntó. Quería saber quién coño los estaba instigando a cometer esa idiotez, sabiendo que era un colectivo que no se movía por personalismos y que no encontraría un nombre concreto sobre el cual descargar su furia.

El viejo escupió en el pavimento.

—Eso no importa. Ahórrese la pataleta y denos las llaves.

No se movió.

—Me cago en Dios, Pere, ¡venga! —insistió, amenazante.

Pere trató de encontrar una salida a aquella desastrosa situación. No la había, se dijo, o cuando menos no en ese momento. Los anarquistas le estaban requisando el negocio y no había nada que pudiera hacer para impedirlo. Sería inútil discutir con aquel par que solo obedecía órdenes. La situación general los había envalentonado, y ya era tarde. Miró su reloj. Si no se apuraba perdería el tranvía.

—Un momento, por favor. Olvidé mi chaqueta.

Sin esperar respuesta, les dio la espalda y volvió a entrar al negocio a toda velocidad. Encendió la luz y se dirigió con rapidez a la caja. La abrió, sacó el dinero que encontró y después asió su chaqueta. Escondió las monedas en el bolsillo de la solapa y se dispuso a salir. Antonio ya venía tras él y casi chocaron en la puerta. Esquivó al hombre y salió. Joaquim esperaba afuera, nervioso e impaciente.

Pere echó llave a la puerta y la dejó, colgada en el cerrojo. No se las iba a entregar en mano. Eso no. Si esos ladrones querían la imprenta, debían cogerla ellos mismos. Luego, sin mirar atrás, echó a correr en dirección a la plaza Catalunya.

La línea número quince lo llevaba todos los días hasta el barrio de Sants, ubicado a las afueras de Barcelona. Ahí Pere había comprado una casa modesta, hace unos años. Era una vivienda de dos niveles, al lado de una fábrica de perfumes y jabones. Le había salido barata porque nadie quería ser vecino de esa fábrica ruidosa, aunque para ellos el estrépito era lo de menos. Además, la fábrica impregnaba todo el vecindario con su agradable aroma y eso era mejor que vivir junto a una pescadería o al lado del basurero municipal, como tantos otros que él conocía.

Pere vivía con sus tres hijas, Mercè de trece años, Palmira de once y Carmen de ocho, recién cumplidos. Estaba separado de la madre de las niñas, Celia. Ahora ella alquilaba un piso a dos calles de la casa, en el barrio de Les Corts. Celia se hacía cargo de Montserrat, la más pequeña de sus hijas. A Pere todavía le dolía el rompimiento de su matrimonio. Las niñas merecían más que una familia deshecha, pero desde su perspectiva, Celia había tenido la culpa de la separación; no era capaz de proteger a sus hijas. Las sacaba a la calle a pesar de la posibilidad de los bombardeos. Él lo había prohibido, pero ella no hizo caso, alegando que la necesidad la obligaba a salir a vender las pocas pertenencias que les quedaban. Esas ventas clandestinas de su mujer ponían en peligro la vida de sus hijas y no resolvían la situación. Hubo discusiones. Demasiadas. Al final Pere, en un arranque de furia, la había sacado de la casa, permitiéndole llevarse solo a Montserrat. Celia lo había obligado a hacerlo, se justificaba. Y desde entonces las cosas eran más llevaderas. Su madre cuidaba de las niñas mientras él trabajaba. Así, por lo menos, no pasaba el día angustiado por sus vidas.

El recuerdo de las caritas famélicas de las niñas espoleó sus pasos. Lo estaban esperando, hambrientas. Esa misma mañana, antes de partir, les había prometido que esta vez no comerían sopa de cáscara de patatas. Hoy no. Hoy, pasara lo que pasara, comerían algo decente, prometió. Cumpliría su promesa a como diera lugar.

En la estación abordó el tranvía, pagó su cuota y buscó asiento en la parte trasera sin encontrarlo. El tranvía iba llenísimo, como siempre a esa hora, pero al menos pudo abrirse un espacio en la parte de atrás. Miró a su alrededor y fijó su atención en el rostro cansado y hambreado de los pasajeros. Si esta guerra no acaba pronto, pensó con desazón, moriremos todos. Las cosas iban cada día peor. Los franquistas ya ocupaban buena parte de la España que abastecía de cereal y productos agrícolas. Miles de personas escapaban a otras ciudades, huyendo de los sublevados y del hambre. El gobierno republicano racionaba los alimentos, las pocas provisiones se mandaban primero a los soldados al frente, y después a los que quedaban atrás en la retaguardia, niños, mujeres y ancianos.

Sacó su cartera del bolsillo, con discreción, y contó el dinero que había podido rescatar de la caja. Era poco. Esa cantidad representaba su último ingreso, pensó, con zozobra. Aquel despojo era una sentencia de muerte. ¿Cómo coño iban a sobrevivir? ¿Cómo iba a ganarse la vida? ¿Cómo iba a mantener a las niñas? Tantos años de esfuerzo para que la imprenta prosperara, tantas horas pedaleando para conseguir espacio, clientes, ventas y ahora, así de fácil, llegaban estos malditos anarquistas a arrebatarle lo que era suyo. ¡Suyo! ¿Con qué derecho? ¡El país era un asco! Un rompecabezas fracturado y pasara lo que pasara, ganara quien ganara, quedaría hecho pedazos. Ya nadie estaba a salvo. Si no morían de un bombardeo, morirían de hambre. ¡Malditos sublevados que lo habían complicado todo! ¡Maldito gobierno que lo permitía!

Trató de calmarse. Necesitaba pensar con claridad y buscar la manera de recuperar la imprenta. Seguro que había una solución, se dijo, porque aquello no podía quedar así. Repasó algunas opciones, pero ninguna le pareció viable. Hablaría con el contable, decidió, finalmente. Quizás él podría mediar con la CNT. Sí, eso haría. Mañana mismo iría a verlo.

Se acercó a la ventana del vagón y la abrió. Se quitó la boina. Abanicó su repentino bochorno con ella y se desabrochó el chaleco. Inhaló el aire fresco de la tarde y se dejó arrullar por el sonido traqueteante, interrumpido de vez en cuando por el chillido de las vías del tren. Las calles pavimentadas fueron quedando atrás. Los edificios grandes se hicieron menos y las fábricas más: cristalerías, textiles, talleres y naves industriales. Las casas de los trabajadores, rodeadas de huertos en los que ahora era difícil que te vendieran un tomate, se esparcían a lo largo del camino. ¡Qué triste panorama ofrecía esa ventana! Pensó. Ya nada era igual. Las calles estaban casi desiertas. La poca gente que deambulaba por ahí iba con prisas, buscando llegar a casa cuanto antes; el miedo a los bombardeos estaba pintado en sus rostros. ¡Cómo les había cambiado la vida! Apenas hacía unos meses, aquella zona era otra cosa. Otra vida. En esos tiempos felices se sentía el espíritu alegre de pueblo, la gente se conocía y se saludaba. El ritmo era sosegado y lento. Ni siquiera las fábricas alteraban la tranquila predisposición de un entorno semi rural, de familia. Antes de la guerra los vecinos salían a la taberna a tomar el vermut con unos pulpitos, con *seitons*. Por la noche, sacaban sus sillas y se sentaban al fresco afuera de sus casas a charlar con los vecinos. El bullicio de los negocios solía llenar el ambiente sosegado. Había trabajo y mucha actividad: tabernas, pescaderías, zapaterías, peleterías, tintorerías por doquier. Los pintores, planchadoras, herreros, carpinteros ofrecían sus servicios, y los alfareros vendían sus productos en el mercado, donde alguien arreglaba paraguas, cambiaba las telas, o ponía varillas nuevas. Los niños correteaban al señor de los helados que todas las tardes arrastraba su carrito de rayas azules y blancas, pregonando los sabores de vainilla, chocolate y limón. Las campesinas, además de hacer todo el trabajo de la casa y estar al cuidado de menores y mayores, llevaban los excedentes de su huerto a vender a La Boquería, en plenas Ramblas. Ahora, en cambio, nada de eso existía. El pueblo estaba taciturno y los vecinos eran fantasmas que luchaban por sobrevivir.

Como él.

Miró los cielos. Los ataques aéreos sucedían cada vez con más frecuencia. Los alemanes e italianos atacaban día y noche, sin misericordia, los italianos por mar y los alemanes por aire, apuntando a fábricas y otros puntos estratégicos de la ciudad. Con frecuencia fallaban y hacían grandes destrozos a los edificios y viviendas, matando un sinnúmero de gente que no alcanzaba a refugiarse. Sus hijas no tenían permiso de salir a ningún lado que no fuera al refugio y eso solo en caso de que hubiera un bombardeo. Sabían bien que, en cuanto oyeran la sirena de la fábrica que alertaba de un ataque inminente, debían correr a esos espacios construidos bajo tierra para protegerse. Hoy, por fortuna, había sido un día tranquilo. No habían reportado ningún ataque. Con un poco de suerte, pensó, encontraría algunos establecimientos abiertos en el barrio. Tenía que comprarles algo de comer a las niñas. Lo había prometido: hoy se irían a la cama con las tripas llenas.

El tranvía se aproximó a la parada y Pere descendió de prisa. Se encaminó directo hacia los colmados, las tiendas de comida que antes de la guerra surtían al pueblo con todo tipo de productos: aceite, ropa, vinos, licores, carbón, escobas, estropajos, caramelos. Ahora los vecinos tenían que hacer largas colas para disputarse lo poco que había: leche, patatas, arroz, azúcar, lentejas y a veces huevos. Los *productos de lujo* como la carne, el café y la fruta solo se conseguían en el mercado negro. Pere sabía que, a esas horas, la mayoría de las tiendas estarían cerradas. Y así fue. La única tienda que estaba abierta era la panadería de Manel. Pero iba tarde y seguro que lo único que encontraría era pan negro, ese pan oscuro, denso y duro, difícil de tragar. El panadero lo hacía por las tardes con todo lo que salía de su molino y sin despreciar ni la paja de la espiga, ni las pieles, ni siquiera las piedritas que se colaban. Y para que rindiera, le agregaba harinas de algarroba o de garbanzo. Las niñas tendrían que sopear en agua ese pan duro para no atragantarse. Cuando se acercó a la panadería notó que ya no había cola de gente esperando para comprar el pan. Eso lo descorazonó.

—Manel ¿se ha acabado el pan? —le preguntó al panadero.

El hombre estaba cubierto en harina. Con trazos certeros de su cuchillo afilado cortaba la masa cruda de los bollos que después arrojaba, con buena puntería, al horno.

—Sí, se ha acabado.

—Pero en esa repisa veo un trozo ¿me lo vendes?

—No, ese trozo me lo llevo a casa. El pan se ha acabado.

—Por favor, Manel, te doy el doble, dos pesetas con cuarenta, que ya es mucho.

—Eso no es lo que cuesta. El precio siempre es igual: una peseta con veinte. Ese pedazo es para mi mujer. Ya te lo he dicho. Ven mañana más temprano.

—Pero Manel. Algo tienen que comer las niñas.

—Que no, que no. Hombre, que no puedo. Yo también tengo familia.

—Sí, pero tu solo tienes un hijo y a él le da de comer el ejército. Yo tengo tres pequeñas. Ten compasión, te lo pido por favor.

Sus palabras enfurecieron al panadero. Clavó el cuchillo en el bloque de madera y lo miró directo.

—Con mi hijo no te metas, Pere. Si alguien merece comer es él ¿no te parece? Hay que tener cojones para meterse de voluntario en ese comité de defensa que da vergüenza. ¿De qué ejercito hablas? No tienen armas ¡coño! ¿Crees que ese hatajo de críos va a poder detener a los sublevados? ¿Sabes quiénes están en esa barricada? Ahora te lo digo: el hijo de Adrián, El Tufos, el sobrino de Daniel, el menor del Pastor, entre otros. Es un suicidio, hombre. Pero gracias a ellos, seguimos en pie tú y yo, y tus hijas. Así que no me vengas a joder. Lo siento, ven mañana más temprano. Intentaré tener algo para ti.

Pere apenas pudo contener su rabia. Siempre había sido un hombre irascible, de tendencias impulsivas. Por eso se había casado con Celia al poco de haberla conocido, y por eso mismo la había arrojado de su vida, después de un buen pleito. Ahora, en ese instante, se le antojaba darle a Manel un puñetazo y callarle la boca. El panadero no tenía que explicarle nada, él sabía perfectamente que los negocios abrían y cerraban temprano, que la gente se ponía en la fila desde las cuatro de la mañana, y que ni así alcanzaba la comida. Pero ¿qué podían hacer los hombres como él que trabajaban todo el día hasta tarde? Además, ¿qué le costaba a Manel venderle ese pedazo cuando él podía hacer pan cuando le diera la gana? ¡Se suponía que era su amigo! Pero no, estaba claro que el panadero era otro malparido, abusivo, como esos malditos anarquistas que le acababan de quitar la imprenta. El coraje que sentía se desbordaba; por un instante pensó en coger el pan y salir corriendo, pero no lo hizo. Su enojo tendría que quedarse atrapado en su pecho, de otra forma Manel no volvería a venderle un solo bollo.

Salió de la tienda y se alejó sin saber adónde ir. Jamás había tenido que mendigar el pan de cada día y hoy no iba a comenzar. Pero ¿qué iba a hacer? No podía regresar a casa sin algo para las niñas. No podía. Lo había prometido y si las criaturas no comían ¡se le iban a enfermar! En el fondo ese era su gran temor: que les diera algo como había pasado con los hijos de Andreu, el vecino. Al final nunca supieron de qué habían muerto esos chicos; alguien dijo tuberculosis, otro dijo viruela, y alguien más difteria. Qué más daba. Los había matado el hambre y él no podía borrar la imagen de los cuerpecitos en la banqueta de la calle, esperando a que los recogiera salubridad para meterlos en el hoyo. Y ahí estaba Andreu, desgarrado de dolor, porque ni eso pudo hacer por ellos, darles un sepelio decente. Igual le pasaría a él si las niñas se enfermaban. No había manera de conseguir medicamentos y ahora, sin la imprenta, menos todavía. Los desinfectantes de cualquier clase estaban agotados, incluso los suministros de jabón. Algunas fábricas cerraban debido a la falta de materias primas.

Caminó sin rumbo, hundiéndose en la desesperación. ¿Qué hacer? En casa no podían seguir engañando al estómago como lo venían haciendo. Comían cáscaras de patata, sopas de cebolla hervida o de *farigola*, vainas de guisantes y habas hervidas. Las palomas ya no se conseguían, pero sí gatos. También ratas. Aunque ellos no habían llegado aún a esos extremos. En los patios se hacían pequeños huertos improvisados de verduras, cebollas y ajos. Eso haría, decidió. Pasaría por la zona donde había más huertos e intentaría conseguir unas verduras. Resuelto, apuró el paso, pero de repente escuchó la voz de alguien que lo llamaba.

—Espera, señor. ¡Espera! Tengo algo que decirte.

Pere giró para ver quién le hablaba. Se trataba de una anciana jorobada que apenas si podía andar. Iba cubierta con un abrigo grueso, desgarrado. Caminaba con dificultad, apoyándose con un bastón. Con la mano libre cargaba una bolsa que protegía con recelo. Querrá una limosna, pensó. Iba a ignorarla y seguir de largo cuando la mujer habló.

—Vi que Manel no te quiso vender pan.

Él la miró sorprendido.

—Acércate —le ordenó, y cuando vio que titubeaba, alzó la bolsa como un trofeo—. Te digo que te acerques. ¿No ves lo que me cuesta caminar?

Obedeció y ella, con la mano trémula, extrajo cuidadosamente algo del bolso, mirando a todos lados para cerciorarse que nadie los observaba.

—No tengo pan, pero te vendo este *fuet*.

¿Dónde habría conseguido esa señora ese trozo de longaniza seca? Se preguntó él, sin poder creer lo que sus ojos estaban mirando.

—¿Cuánto quiere? —preguntó, anhelante.

—Dame cien pesetas —dijo ella.

—Señora, cuento con poco dinero.

—Es lo que cuesta. Lo tomas o lo dejas.

—Entonces córtelo por la mitad, por favor —diciendo eso, sacó el dinero del bolsillo, contó cincuenta pesetas y se las ofreció.

La mano artrítica aferró las monedas y se las embolsó.

—No tengo con qué cortarlo. Dame tu anillo también y te lo dejo todo —dijo, señalando el anillo de bodas.

—El anillo vale mucho más que ese trozo de longaniza, señora —protestó.

—Valdrá más pero no se come, hijo. Pero allá tú. Te devuelvo tu dinero y ya está.

La anciana volvió a guardar el *fuet* y trató de regresarle el dinero. Pere sintió una rabia inmensa encaramársele por el pecho. Sería fácil arrebatarle la longaniza y echarse a correr, pensó. ¿Qué iba a hacer la anciana para defenderse? Además, se lo merecería por abusiva. Mientras tanto ella, percibiendo la intención criminal de su marchante, asió con fuerza la bolsa contra su pecho, y al hacerlo el bastón cayó al suelo. El ruido seco del palo al golpear el empedrado coincidió con el escándalo de la sirena que sonó estrepitosamente. Se miraron sorprendidos. Esa no solía ser la hora de los bombardeos, casi siempre eran a medianoche. ¿Qué estaba pasando? La gente comenzó a salir de los edificios y las casas, presas del pánico. Se empujaban los unos a los otros y corrían como hormigas que huyen del hormiguero cuando alguien lo ha rociado con agua hirviendo. El bombardeo era inminente.

—¡El anillo! —alcanzó a decir la anciana quien, a pesar de todo, se mantenía serena.

Él se quitó el anillo y se lo entregó. ¿Qué más daba perderlo? pensó, resignado. Celia ya no era su mujer. El amor había muerto y ese anillo ya no representaba nada. Seguramente ella también habría empeñado el suyo. Furioso, le arrebató la longaniza a la mujer y corrió directo al refugio. Las niñas ya deberían de estar ahí, esperándolo. Esas eran las órdenes que les había dejado: en caso de que hubiese un bombardeo, se encontrarían en el refugio.

Caramelos

Oler el cabello de mamá. Hurgarle el bolso de piel desgastada y encontrar su lápiz labial, ese tubito dorado, perfumado. Eso quería Carmen. Pintarse los labios para verse como su madre. Verla. Eso quería, sobre todo. Verla. Aunque fuera de lejos. Y de repente ¡ahí estaba! El sonido más ansiado de todos: *toc, toc, toc.* Era el ruido que hacían las piedritas que mamá lanzaba al ventanal para que ellas, sus hijas, salieran al balcón a saludarla.

La niña corrió al ventanal y se asomó para comprobar su sospecha. Sí ¡era mamá! Llevaba puesto su vestido de flores, el más bonito, el que solía ponerse para llevarlas a pasear en aquellos tiempos felices y lejanos, cuando todavía vivía en casa. Cargaba a Montserrat en la cadera. Su hermanita más pequeña era la única que vivía con ella. Eso era lo que sus padres habían acordado después de un pleito horrible que no quería recordar. A Carmen ese arreglo no le parecía justo. ¡Ella también quería vivir con su madre! Mejor arreglo hubiera sido, pensaba, que papá y la abuela cuidaran a Montserrat y que ellas, las mayores, vivieran con mamá. Al fin y al cabo, su hermanita menor ni siquiera hablaba. Solo lloraba, comía y dormía. Lo mismo que hacía la abuela.

Carmen abrió el ventanal de par en par y salió al balcón. Alzó su pequeña mano y saludó efusivamente a su madre. Ella le lanzó un beso al aire.

—Voy a buscar a las demás —dijo Carmen, emocionada y feliz—. Ahora vuelvo, mamá. No te vayas.

—De aquí no me muevo, cariño —le aseguró ella—. Ten cuidado de que no te oiga la abuela.

Corrió a buscar a Mercè, su hermana mayor, tratando de no hacer mucho ruido. Tenían prohibido ver a mamá y si la abuela se enteraba de que estaba ahí, la echaría tal como había hecho la última vez. Esas eran las órdenes de papá: que mamá no fuera a la casa. Que no las viera. Lo bueno es que mamá ignoraba el mandato paterno y seguía yendo, y cuando lo hacía, siempre les llevaba algo. Ojalá sea pan, pensó, y de solo pensarlo se le hizo agua la boca. La vez pasada les había llevado manzanas. Se las comieron toditas, hasta las semillas, y por la noche, cuando el estómago comenzó a dolerle, se lo tuvo que confesar a la abuela.

—Me está creciendo un manzano en la barriga —se quejó, sobándose la panza.

La abuela, en lugar de consolarla, la había nalgueado.

—¡Niña desobediente! —gritó, enfadada.

Mercè estaba en el aseo, enfrente del espejo, peinándose. Carmen se le acercó, se puso de puntitas y le susurró al oído.

—Ha venido mamá.

Su hermana detuvo el cepillo en el aire.

—¿Mamá? ¿Dónde está? —preguntó.

—Afuera.

—¿Y la abuela? ¿Dónde está la abuela?

—No lo sé. En la cocina, creo.

—Avisa a Palmira. Pero que no os oiga la abuela ¿eh?

Asintió con la cabeza y fue a buscar a Palmira.

Mercè, por ser la mayor, había tenido que asumir las responsabilidades de su madre desde que esta había partido. Era la cuidadora de sus hermanas menores y la sirvienta de la abuela que continuamente se quejaba: «Ya no tengo edad para criar a mocosas mal educadas como vosotras». La abuela con cualquier cosa se enfadaba. No era de aquellas *iaias* consentidoras que algunas amigas de Mercè tenían en casa, las que malcriaban a los nietos y jugaban con ellos. Era una mujer fría, poco cariñosa. Desde el sillón daba órdenes con su voz ronca, carrasposa, de fumadora empedernida. Y era injusta. No escondía su marcada preferencia por Palmira, la nieta dócil y tímida que obedecía sin chistar. Palmira sí era Roda, alardeaba la abuela, se parecía a su hijo y por eso era la más bonita. En eso Mercé le daba la razón. Su hermana Palmira era muy bella y era cierto que se parecía a papá: tenía la tez blanca, los ojos grandes, azules, y la barba partida. Quería ser monja y eso a nadie sorprendía. Nunca daba problemas; su presencia apenas se sentía: deambulaba por la casa de puntitas, como un ser etéreo que de repente aparecía en cualquier rincón, sobresaltándolos a todos. Quizás su único defecto era lo mal que comía. Era melindrosa y en esos tiempos de carencias uno tenía que conformarse con lo que le dieran. Aun así, era la favorita de la abuela, mientras que a Carmen no la soportaba. Carmen era un torbellino: alegre, ruidosa, y de carácter fuerte. Le encantaba comer y cantar. Tenía la voz bonita, pero hablaba hasta por los codos, y eso desesperaba a la abuela. «¡Qué ganas de amarrarle un pañuelo en la boca para que haya paz!», se quejaba. O «ya deja de hacer preguntas, niña», la regañaba. Carmen no podía contener su curiosidad. Todo quería saber: que por qué tejen telarañas las arañas, o por qué las patatas crecen en la tierra y no en un árbol, de dónde vienen los océanos, si las sirenas van al doctor o al veterinario. Y cuidado con caer en su juego y contestar alguna de sus preguntas incesantes y ridículas, porque detrás venían cien más. Su jiribilla era tal, que la abuela seguido optaba por escaparse al balcón, solo para no oírla. En ese momento, Mercè se alegró de que la abuela no estuviera en el balcón. Si viera a su madre la correría.

Mercè le guardaba rencor a la abuela, sobre todo, porque estaba segura de que por su culpa sus padres se habían separado. Los pleitos entre ellos habían comenzado al poco tiempo de que naciera Montserrat. Un día su madre y la abuela habían tenido un disgusto muy grande, por algún motivo que Mercè nunca entendió, y su padre, en lugar de defender a su esposa, había tomado el lado de la abuela. A raíz de ese pleito la relación de sus padres se deterioró y al final decidieron separarse. En un principio acordaron que las niñas se fueran a vivir con su madre en un piso que ella consiguió en el barrio de Les Corts, muy cerca de la casa en la que su padre se quedó con la abuela. Él prometió seguir manteniéndolas. Por algún tiempo las cosas marcharon en paz. Hasta que la guerra llegó a estropearlo todo. Un día que no había nada de comer, su madre, desesperada, las había llevado a mendigar. Les enseñó a extender las manitas y a decir con súplica:

—Una pera, por favor.

Cuando la abuela se enteró, prontamente la acusó con su hijo y él, montando en cólera, fue por ellas. Mercè nunca lo había visto tan enfadado.

—Me has humillado, Celia ¡has humillado el nombre de mi familia! y eso no te lo perdonaré jamás. Me llevo a mis hijas y tú verás qué haces con Montserrat. Con todo no puedo.

Desde aquel día, vivían en esa casa con la abuela y su padre.

Mercè guardó el cepillo y fue a la recámara. Carmen y Palmira ya estaban en el cuarto, esperándola, ansiosas. Cerró la puerta y luego abrió la del balcón. Ahí seguía su madre, abajo en la calle, mirando nerviosa su entorno. En cualquier momento podría llegar papá.

—¡Hijas mías! —exclamó, al verlas. La emoción le enrojeció el rostro y por más que quiso, no pudo contener las lágrimas.

—¿Por qué lloras, mamá? —preguntó Carmen, preocupada.

—Lloro de alegría, cariño. De felicidad —dijo enjugándose las lágrimas—. Os echo tanto de menos.

Mercè entendió el motivo de esas lágrimas. Esa semana habían caído más bombas de los aviones alemanes, seguramente su madre necesitaba verlas y constatar que estaban bien: vivas y sanas. Además, quería que ellas vieran que su madre y su hermanita también estaban ilesas. Lo primero que las niñas se preguntaban después de cada embestida era eso: ¿Dónde habían caído las bombas? ¿Lejos del piso de mamá? Temblaban imaginándose lo peor, hasta que alguien averiguaba y les dejaba saber que no, que por ahí no había sido el bombardeo.

—¿Habéis comido? —les preguntó, con ansiedad—. Os he traído algo.

Y así diciendo colocó a Montserrat en el suelo. La bebé se asió con fuerza al vestido floreado de su madre. Ella extrajo de su bolso un bulto y lo lanzó al balcón. Palmira lo agarró en el aire y las tres niñas se abalanzaron a disputárselo.

—¡Quietas! —ordenó Mercè y lo alzó. Luego abrió el paquete y sacó un trozo de pan.

—¡Pan! ¡Es pan! —exclamaron, felices.

—¡Silencio que os escuchará la abuela! —ordenó Mercè. Cortó el pan con sus manos en trozos iguales y lo repartió. Devoraron hasta la última migaja.

—¿Cuándo volverás a casa, mamá? —quiso saber Mercè. Había un deje de reproche en su pregunta.

—Cuando acabe la guerra, cielo. Os lo prometo. Pero no pongáis esas caras tristes. ¿No os alegra verme? Abrid un poco más la ventana. Os traigo otra sorpresa.

Esta vez Celia sacó un puñado de dulces y los volvió a arrojar. Los caramelos tapizaron el suelo y las niñas se arrojaron a recogerlos, locas de alegría. ¡Dulces! ¡Qué bonitos eran! Parecían chispitas de arcoíris. Mercè no los tocó. ¿De dónde los había sacado mamá? Se preguntó. Y ¿qué habría tenido que hacer para conseguirlos? Papá no se cansaba de criticarla.

—Es una pelandrusca, tu madre —decía con desprecio.

Y Mercè, aunque no entendía del todo el insulto, se imaginaba su significado. Sabía que los dulces, como tantos otros productos de lujo, solo se conseguían en el mercado negro. Un mercado de gente mala.

A Carmen, por su parte, le daba igual si su mamá era una *mujer de canasta*, como decía papá que era, o de bolso, o cesta. La quería ¡mucho! y agradecía los regalos que le llevaba. Sin que sus hermanas la vieran, escondió un manojo de dulces debajo de la cama para comerlos después. La tonta de Palmira perdía el tiempo pelándolos y comiéndoselos, en lugar de acaparar más. Allá ella, pensó, alcanzando otro que estaba en el rincón.

Justo entonces sonó la sirena de la fábrica alertando de un bombardeo inminente.

Se miraron entre sí, desconcertadas.

—¡Hijas! ¡Salid rápido! —ordenó Celia, pero el ruido estridente de la sirena opacó su voz.

Mercè sabía lo que tenía que hacer. Metió a sus hermanas dentro del cuarto con rapidez y cerró el ventanal del balcón. Se aseguró de que todas tuvieran zapatos y corrió a buscar a la abuela. Tenían que ir al refugio cuanto antes.

—¡Abuela! ¡Abuela! —llamó, pero ella no estaba en ninguna parte.

—¡Vamos con mamá! —suplicó Carmen, presa de terror.

—No. No podemos dejar a la abuela —dijo Mercè y siguió buscándola.

—¡Abuela! ¡Abuela! —volvió a llamar.

Pero la búsqueda fue en balde.

Celia, mientras tanto, golpeaba la puerta de la entrada con los puños.

—¡Mercè abre la puerta! ¡Salid! ¡Salid ya!

Montserrat, asustada, berreaba en su cadera.

La gente comenzó a abandonar sus casas a toda prisa. Corrían por la calle, tropezándose los unos contra los otros. Los ancianos quedaban atrás y la familia se detenía a ayudarlos. Un vecino cayó al pavimento y no pudo levantarse. A él tuvieron que llevarlo en brazos.

Mercè comenzó a temer lo peor. La abuela seguramente había salido de casa a conseguir cigarros, como solía hacer, y las había dejado encerradas dentro de la casa. Se abalanzó a la puerta y trató de abrirla. ¡Estaba atrancada!

Al otro lado de la puerta Celia se desbarataba los puños, golpeándola.

—¡Ábreme Mercè! ¡Salid, por favor!

—No podemos, mamá —contestó ella, desde adentro—. No podemos. La abuela nos ha encerrado.

Carmen se tapó las orejas. Odiaba el ruido estridente de la sirena y le aterraba lo que venía. Las explosiones se escuchaban a lo lejos, pero sacudían la tierra como si fuera jalea. El escándalo se acercaba. Tenían que irse cuanto antes. En su mente, se vio afuera, corriendo con su madre al refugio. Se sabían el camino de memoria: correrían por la calle París atravesando la de Arizala y ahí, en la esquina de Jaume Roig, bajarían al refugio. Y cuando todo hubiera pasado, si salían vivas, correrían de regreso a casa tapándose bien los ojos para no ver nada: los heridos bañados en sangre, gritando desaforados, algún perrito aplastado por los escombros, y personas que ya no se movían, con las quijadas torcidas y los ojos desorbitados. Correr a casa sin oír, sin ver, sin oler, era lo que tendrían que hacer. Pero primero tenían que salir.

—Se nos cae la casa encima —gimió Carmen. Y antes de que eso sucediera, corrió a buscar su muñeca de trapo, con la que dormía todas las noches.

—¡Carmen, ven aquí! —la llamó Mercè, forcejeando la puerta—. ¡Ayudadme todas a empujarla!

Celia, desde el otro lado de la puerta, les decía qué hacer.

—Mercè, escúchame bien —dijo—. Ya no hay tiempo, hija mía. Id todas arriba. Cubre el ventanal del balcón como ya sabes hacerlo ¿vale? Escondeos debajo del escritorio. Corran, hija, ¡corran!

—Y vosotras, ¿qué haréis?

—Por nosotras no os preocupéis. Ahora haz lo que te digo. Lleva a tus hermanas al cuarto. ¡Date prisa!

Mercè obedeció. Subió a la recámara con sus hermanas y comenzó a arrastrar el colchón de la cama.

—Palmira y Carmen ¡venid, ayudadme!

Entre todas empujaron el colchón y lo inclinaron contra el ventanal. Igual hicieron con las otras ventanas, cubriéndolas con las almohadas. Cuando acabaron, se metieron todas debajo del escritorio, el mueble más pesado en toda la casa. Se encogieron y pusieron las manos en la cabeza, tal como habían ensayado muchas veces en los simulacros en la escuela.

—No os mováis —ordenó a sus hermanas, abrazándolas. Reprimía su propio miedo y trataba de calmarlas—. Ya pasará. Ya pasará. Tranquilas.

—Mamá. Quiero a mi mamá —gimió Palmira, temblando.

—Vendrá pronto. Ya veréis.

Carmen le alargó su muñeca a Palmira, pero ella no la tomó. Entonces hurgó sus bolsillos y sacó sus dulces. Los repartió con resignación entre todas, pero se quedó con su favorito, el de sabor a naranja.

El zumbido de los aviones estaba cerca y el abrazo de las hermanitas se hizo estrecho, como el capullo de una mariposa. A lo lejos, detonó el primer bombazo. La tierra tembló. El vidrio de la ventana reventó, estrepitoso, y los cristales quedaron atrapados en el colchón. Por algún orificio comenzó a filtrarse el polvo de la calle. La lámpara del techo cayó sobre la cama. En ese momento Carmen sintió un líquido tibio correr por sus piernas.

El dulce de naranja le supo amargo.

Las niñas no estaban en el refugio, aquel cuartucho subterráneo que Pere había ayudado a construir con sus propias manos, junto con otros vecinos del barrio. Las buscó con desesperación, tropezando al caminar a ciegas en aquella cueva lóbrega y húmeda, atiborrada de conocidos. Reconoció algunos rostros, pero no, sus hijas no estaban. Nadie las había visto ni a ellas, ni a la abuela.

—Solo vi a tu mujer —dijo un vecino.

—¿A mi mujer?

—Sí, hombre, sí, a Celia. ¿No se llama así? Estaba con la pequeñita en la puerta de tu casa. Le dije que viniera con nosotros, pero no hizo caso. Se quedó. La vi mal, chico. Mal.

—¿Y las niñas? ¿Y la abuela?

—No sé, no las vimos. Lo siento.

Pere se dio la media vuelta para ir a buscarlas a la casa, pero el vecino, adivinando su intención, asió su brazo.

—Pere. Déjalo. Ya no hay tiempo.

Él se libró de un empujón y emergió a la calle. Afuera, corrió contra el río de gente que venía hacia el refugio. En su chaqueta todavía llevaba, aprisionada, la preciada longaniza que le había vendido la anciana. Iba furioso, sobre todo, porque Celia había desobedecido sus órdenes. Otra vez. ¡Le había prohibido que se acercara a su casa! ¡Era una testaruda! Hacía lo que quería ¡siempre había hecho lo que le daba la gana! Pero ahora mismo lo que no entendía era esto: si Celia estaba con las niñas, ella misma las habría llevado al refugio. Entonces ¿por qué no estaban ahí? ¿Dónde demonios estaban?

Estalló una bomba a escasos metros y Pere cayó de golpe al pavimento. Ensordecido, se arrastró como pudo al marco de una puerta y se hizo un ovillo, cubriéndose la cabeza. Los escombros seguían cayendo. El polvo que levantaban lo ahogaba y lo cegaba. No podía respirar. Se quitó la chaqueta, a ciegas, y se cubrió la cabeza y la boca. La puerta crujía. El inmueble se mecía, amenazando desplomarse encima de él. Me voy a morir, pensó, convencido de que así sería. Encontrarán mi cuerpo sepultado, abrazando a esta longaniza. Aquel último pensamiento le dio risa. Se soltó a reír como un loco.

En algún momento el ataque cesó. Esperó, aturdido. ¡Estaba vivo! Se tanteó el cuerpo y comprobó que nada le había pasado. Sobre los lamentos y llantos de la gente desperdigada por la calle, se escuchó la voz de la radio emitiendo la frase habitual después de un bombardeo:

—*Ciutadans, el perill ja ha passat. Podeu tornar a casa* (Ciudadanos, el peligro ya ha pasado. Podéis volver a casa).

La frase representaba un alivio efímero que los ciudadanos habían interiorizado desde no sabía cuándo. ¡Qué desastre era todo aquello! Pensó con desazón, pero aquel no era momento para filosofar, se dijo. Las niñas. ¿Estarían vivas? Se levantó de un brinco y reanudó su carrera, deteniéndose aquí y allá cada vez que se topaba con algún cuerpecito herido por los efectos de la onda expansiva, o por trozos de cornisas desprendidos de algún edificio. No, no eran ellas, comprobaba con el corazón reventándole el pecho. La bomba había caído cerca y por las calles llegaban corriendo, o huyendo penosamente, personas lesionadas buscando refugio o ayuda, muchas de ellas se veían como si se hubiesen rebozado en polvo, como si fuesen estatuas de arena que hubiesen cobrado vida en medio del horror. Siguió corriendo, deteniéndose únicamente en los lugares donde pensaba que las niñas podían haber ido. En el mercado Collblanc vio a una mujer con la cara ensangrentada. Le había entrado un hierro por la boca. Otra mujer arrastraba a un niño pequeño por los sobacos, gritando para que alguien le ayudase a conseguir un médico. El niño llevaba una pierna colgando. Pere corrió, horrorizado, sin parar. Por fin, al dar la vuelta en la esquina de la calle, pudo ver, con alivio, que su casa estaba intacta. ¡Gracias, vida! ¡Gracias! Se abalanzó hacia la puerta que estaba abierta de par en par. ¿Quién la había abierto? Entró, temiendo lo peor. Y ahí, en el centro de la sala, estaba Celia abrazando a las pequeñas. ¡Estaban vivas! ¡Sus hijas estaban vivas! Un revoltijo de sentimientos se apoderó de él: alivio, amor profundo y furia, sobre todo furia hacia Celia, por estar ahí, con ellas.

—¡Lárgate! —rugió.

Ella no habló.

Las niñas la abrazaron más fuerte.

—¡Quédate mamá! ¡Quédate! —suplicaron, aferrándose a ella.

—Te lo ruego, Pere, déjame estar con ellas —imploró—. Me necesitan. ¿No lo ves? Están afectadas. Deja que se les pase el susto. Te lo ruego.

—¡Lárgate he dicho!

Celia comprendió que por más que suplicara, él no cedería. Estaba ciego de rabia.

Resignada, besó a cada niña con ternura y se desprendió de ellas como pudo. Alzó a Montserrat y salió de la casa perseguida por las vocecitas que la llamaban.

—No te vayas, mamá. No nos dejes. ¡Mamá!

Años después seguiría escuchando su súplica y lamentaría con toda su alma haberlas dejado a merced de un padre enloquecido.

El hurto

La abuela retorcía su mandil, mortificada.

—Perdóname, Pere. Jamás hubiera dejado a las niñas solas, pero ¿cómo iba a imaginar que esos salvajes nos atacarían a plena luz del día? Esto ya no es una guerra. ¡Es una masacre!

—Las dejó solas, madre. Solas. ¡Las encerró!

—Sí, me equivoqué. Pero tenían hambre. Salí a buscarles algo que comer. Tú no llegabas. ¿Qué querías que hiciera?

—Que no saliera. Eso. Además, no mienta que no salió por eso. Salió a buscar tabaco. ¡Admítalo!

Ella bajó la mirada.

—Nada de esto es culpa mía —se defendió—. Tú le quitaste las niñas a Celia, yo no. Tus hijas estarían mejor con ella. Regrésalas con su madre, Pere. ¡Es su madre!

—¿No ve que Celia no puede con ellas? ¿Quiere que las lleve a mendigar otra vez?

—No lo sé. Pero te aseguro que no las dejará morirse de hambre. Ella sabrá qué hacer. Hoy les trajo pan. ¡Y caramelos! En cambio, tú sigues llegando a casa con las manos vacías.

Pere asió el vaso que tenía enfrente y lo estrelló contra la pared. Los vidrios se esparcieron por el suelo. La abuela se arrinconó, asustada. Cuando su hijo se ponía así, violento, lo mejor era no moverse. Él, inmediatamente arrepentido de su arrebato, se dejó caer en una silla, y hundió la cabeza entre las manos.

—Joder. Perdón —se disculpó, con voz trémula.

La abuela fue por la escoba y comenzó a barrer los vidrios.

—Deje, ya lo hago —ofreció él, pero ella siguió barriendo.

—Si no quieres darle las niñas a su madre sácalas de aquí, Pere. Sácalas. Aquí nadie está a salvo.

Ahí estaba su madre con la misma canción, pensó él, agobiado. Llevaba días hablando de lo mismo, que si fulana enviaba a sus hijos a Rusia, a Francia, que si perengana se iba con los nietos a la costa. Por él ¡que se largaran todos! Bola de cobardes. Desde que la guerra comenzó se escapaban como gacelas huyendo del cazador. Huían del lado franquista al republicano o viceversa. Los republicanos, sobre todo, sufrían hambre, miseria, bombardeos y la muerte de familiares que defendían al gobierno en el frente. Abandonaban el país presas del pánico. Pero él no. Él jamás abandonaría la patria. Primero muerto.

—Que no. No vuelva con ese tema, madre, por favor.

—No seas necio, Pere. La vecina me ha dicho que el barco de Francia sale a México en unos días. Ella va mañana a inscribir a su hijo para que pase unos meses refugiado en México. Lo mismo debes hacer con las niñas, Pere. ¡Todavía hay tiempo!

—Me importan tres cojones lo que haga la vecina —zanjó.

No se lo dijo, pero últimamente sí que había considerado la posibilidad de embarcar a las niñas. En la imprenta llevaban días repartiendo los folletos que anunciaban la noticia: México, solidario con la causa del pueblo español, abría sus puertas para recibir a quinientos niños, hijos de republicanos. El organizador era el Comité Iberoamericano de Ayuda al Pueblo Español, con sede en Barcelona. Ellos habían extendido la invitación. Prometían proteger a los pequeños de la brutalidad de la guerra y proporcionarles alojamiento, alimentación y educación en tierras aztecas. El Comité era presidido nada menos que por la señora doña Amalia Solórzano Bravo, la esposa del presidente de México, el general Lázaro Cárdenas del Río. Varias familias que Pere conocía estaban inscritas. El bando republicano ya había conseguido el vapor de bandera francesa, el Mexique, para el viaje. Y era cierto. El barco zarparía en pocos días desde Burdeos. Pere llevaba días considerando esa oportunidad. No dormía calculando los riesgos. ¿Y si mandaba a las niñas? En Barcelona pasaban hambre y corrían el riesgo de morir en cualquier momento. Pero, por otro lado, una cosa era mandar a los hijos a la costa del Mediterráneo, como habían hecho tantas familias madrileñas, y otra mandarlas a México. ¡Ese país estaba en el culo del mundo! Además ¿quién iba a velar por ellas estando allá? Y luego estaba el peligro de la travesía.

—¿Cómo sabe que no hundirán ese barco? —le había retado, la primera vez que su madre había traído el tema a colación.

—A este barco no lo toca ni Dios. En esa misma nave trasladan al equipo de fútbol —contestó ella.

—¿El azulgrana?

—Sí.

Pere después confirmó que, efectivamente, el equipo del Fútbol Club Barcelona estaba en la lista de pasajeros del Mexique. Iban a jugar un torneo en Nueva York, primero pasando por México. El plan era que el equipo iría en la superficie del barco y los niños viajarían abajo, protegidos por los azulgranas. Ni la Italia fascista ni la Alemania nazi se atreverían a atacar ese barco sabiendo que el afamado equipo iba a bordo.

En ese momento Pere estaba agotado, lo único que deseaba era hacer las paces con su madre e irse a dormir. Sacó el *fuet* de su saco y se lo extendió.

—Traje esto.

La abuela no tocó el embutido.

—Esa longaniza no les llegará a nada —soltó con sarcasmo—. No. Yo ya no puedo, Pere. Ya no puedo.

Desde el último peldaño de la escalera las tres hermanitas escuchaban discutir a los adultos. Se abrazaban asustadas, conscientes de que algo muy serio estaba pasando. ¿A dónde quería mandarlas la abuela? ¿México? Nunca habían oído de ese país. Carmen solo había escuchado una palabra, y al oírla, brincó.

—¿Longaniza? ¿Hay longaniza?

Palmira le tapó la boca.

—¡Shhhhh, cállate!

—Yo quiero longaniza —insistió ella, y como su hermana no hacía caso, alzó la voz—. ¡Papá, yo quiero longaniza!

Pere se levantó de la mesa y fue a encarar a las pequeñas fisgonas.

—¡Os dije que a la cama! —las regañó.

—Tengo hambre —insistió Carmen.

—Que no, niña. Vuestra madre os dio pan y caramelos ¿verdad? Entonces ya está. El *fuet* será para mañana. Ahora daos prisa ¡a dormir he dicho!

Las niñas obedecieron. Entraron al cuarto y se dirigieron hacia sus camas tanteando las paredes. No había luz. La lámpara se había caído durante el bombardeo y les había llevado mucho tiempo recoger los vidrios.

Carmen buscó su muñeca y la abrazó. Se tapó con las sábanas hasta la cabeza y trató de dormir, pero no pudo. La sirena solía sonar de noche y temía no escucharla. Quería estar lista para despertar a sus hermanas y salir corriendo, no fueran a acabar aplastadas como ratas, como papá había dicho. Otro temor rumiaba en su cabeza. ¿Qué pasaría si su madre no escuchaba la sirena? ¿Qué tal si venía a buscarlas, como hoy, y no las encontraba? ¡Ella quedaría hecha papilla! Montserrat también. Mejor sería que alguien le abriera la puerta, en caso de que llegara. Decidida, se mantuvo despierta hasta que escuchó a los adultos subir a su recámara.

Apartó las sábanas, agarró su muñeca, y salió de la recámara de puntillas para no despertar a nadie. Bajó las escaleras despacito, tratando de no hacer ruido y se dirigió a la puerta de entrada, pero al pasar por la cocina algo llamó su atención. La luz del pasillo guio sus pasos y así vio que la alacena estaba abierta. No podía ser, se dijo. La abuela siempre le echaba candado. Se acercó para indagar y sí ¡estaba abierta! Una lucha interna se desató en su pequeño pecho: no te acerques más, se dijo, pero se acercó. No abras más esa alacena, sabes que lo tienes prohibido. Pero la abrió. No se te ocurra agarrar esa longaniza, Carmen. Pero la agarró. No la huelas. ¡No la muerdas! Que no, Carmen, que no la comas. Un mordisquito y ya. Basta. Que no. Que no te la comas toda. ¡Egoísta!

La niña devoró hasta la última migaja del embutido y cuando acabó, abrazó a su muñeca. «¿Qué hemos hecho, muñequita?», le preguntó a la testigo de su crimen. Nada dijo su muñeca. La niña con la panza llena y el corazón hecho añicos se dirigió a la puerta de la entrada a resguardarla, por si llegaba su madre. Se acostó hecha un ovillo y abrazó a su cómplice de trapo. Durmió y soñó con malvados salvajes que llegaban en sus aviones ruidosos a bombardearlos. Solo que, en lugar de bombas, caían longanizas del cielo.

Pere salió de su recámara, y bajó las escaleras de prisa. No quería llegar tarde a su cita con el contable. Le urgía conseguir un acuerdo con los anarquistas, si todavía era posible, o cuando menos conservar su puesto. Pero antes de irse de la casa, quería darles a las niñas, personalmente, el *fuet*. Que vieran que sí, que él cumplía con su palabra de hombre, y que todavía era capaz de darles sustento.

Al pasar por la entrada se detuvo en seco. ¿Qué hacía Carmen durmiendo ahí, en la puerta? Se acercó a su hija, intrigado. El rostro angelical de la pequeña, abrazando a su muñeca sucia, lo enterneció. Todas sus hijas eran bonitas, sobre todo Palmira, pero Carmen tenía una carita luminosa y una sonrisa pícara, irresistible. Por desgracia, era la hija que más se parecía a su madre: pelo castaño, ondulado y espeso, ojos enormes, pardos, y cejas tupidas. Eso era lo único que no le agradaba de esa pequeña: le recordaba demasiado a Celia.

—¿Por qué duermes aquí, hija? —le preguntó, despertándola.

Carmen abrió los ojos y miró su entorno, extrañada. Ella misma no recordaba por qué estaba ahí. De repente se acordó. Se acordó de todo. Brincó del suelo y se alejó de su padre, temerosa.

—¿Qué pasa? ¿Tuviste otra pesadilla?

Carmen se dio cuenta de que su padre no había descubierto el hurto. La miraba con dulzura. No había enfado en su voz. Un alivio tremendo invadió su pecho.

—Sí. Tuve una pesadilla —balbuceó, esquivando su mirada.

—Ah, ¿sí? Pues ya ves que no pasa nada. Anda corre a buscar a tus hermanas y diles que vengan a comer longaniza.

Ella asintió con la cabeza y partió a acatar la encomienda, apretando la culpa en su pecho.

Pere esperaba otra reacción: pensó que Carmen, la más tragona de sus hijas, daría brincos al saber que había longaniza, pero en vez de ello había palidecido, y se había marchado muy de prisa. Quizás seguía dormida, pensó, y no lo había escuchado bien.

Carmen subió al cuarto con el corazón agitado, pero en vez de despertar a sus hermanas, se escondió debajo de su cama a esperar la furia de su padre. Casi enseguida lo escuchó gritar.

—¿Quién ha abierto la alacena? —y luego— ¡La longaniza! ¡¿Quién ha cogido la longaniza?!

La abuela salió de su cuarto y bajó las escaleras, apresurada.

—¿Por qué gritas, Pere? ¿Qué ha pasado?

—Lo que ves. El *fuet* ha desaparecido. ¡Alguien lo ha robado! Y creo que ya sé quién. ¡Carmen! Baja ahora mismo.

Debajo de la cama, Carmen comenzó a llorar y su llanto despertó a Mercè.

—¿Carmen? —susurró—. ¿Qué has hecho?

Mercè abandonó su lecho y se encuclilló para mirar a Carmen. Vio que temblaba.

—¿Qué has hecho? ¿Por qué está papá tan enfadado?

Su hermana no tuvo tiempo de responder. Papá ya venía subiendo las escaleras, golpeando los peldaños y dando de gritos.

—Ven aquí, ¡espabilada! Verás la zurra que te voy a dar.

Entró al cuarto y tironeó de la primera niña que tocó. Era Mercè. Le agarró el camisón y tiró de ella.

—¡Que yo no he hecho nada! ¡Suéltame, papá! —se defendió ella.

Mientras jaloneaban, Carmen aprovechó y se escabulló de su escondite. Corrió fuera de la recámara a toda la velocidad que daban sus pequeñas piernas. Su padre fue tras ella. La niña bajó las escaleras de dos en dos y corrió a la cocina a esconderse.

—¡Maldita ladrona! —gritaba él, persiguiéndola.

Corrieron alrededor de la mesa. La abuela gritaba, las hermanitas, que habían bajado, miraban la escena, aterradas. Pere estaba fuera de sí. De pronto agarró un cuchillo y se lo lanzó a Carmen.

Todo sucedió en un instante. El cuchillo voló por el aire, rozó la frente de Carmen y cayó al suelo, resbalando a lo largo del piso, dando vueltas.

Carmen se tocó la frente. Miró sus manitas húmedas, empapadas de sangre y soltó un gritillo. No podía creer lo que miraba. ¡Era sangre! Alzó los ojos y miró a su padre con dolor y reproche. La sangre corría por su rostro. El camisón se teñía de rojo.

Pere cayó en cuenta de lo que había hecho. Estaba arrepentido y horrorizado. Se abalanzó hacia su hija para tratar de remediar el daño, pero ella se encogió, muerta de miedo. Él mismo no podía creerlo.

—¡Perdón, hija! ¡Perdón!

La niña se retrajo. No quería que su padre la tocara.

La abuela agarró un trapo y corrió a abrazarla.

—¡Eres una bestia! —le gritó a su hijo, mientras ponía presión a la herida de la pequeña que sangraba copiosamente.

Pere cayó de rodillas al suelo.

—Perdón, hija mía, perdón, perdón, perdón.

Lloró como un crío.

En ese momento Pere comprendió lo que tenía que hacer. Sus hijas estarían mejor lejos de él. Lejos. Muy lejos de él.

La maletita azul

Era una maletita azul de cartón, pequeña y ligera. Tenía broches de metal en cada esquina y un asa plateada. Carmen pasó su manita sobre la tapa, acariciándola. Nunca había sido dueña de una maleta, de ningún tamaño. Su familia no solía viajar. Los domingos cuando iban de paseo antes de que comenzara la guerra, acudían a lugares cerca de casa; al campo a recoger setas y caracoles, por ejemplo, o a la Fuente de Pajaritos, *Font dels Ocellets*, para el entierro de la sardina, después del carnaval, o a la placilla a comer churros con chocolate. Solo un día, hacía ya tiempo, su padre las había llevado en tranvía a la Barceloneta, el barrio de los pescadores, a ver el mar. En esa ocasión papá había comprado pescado. Los pescadores se lo habían dejado a buen precio y esa noche la abuela lo preparó en caldo. ¡Qué rico le había quedado! ¡Y cuánto se habían divertido en el tranvía!

Esta vez no iban de paseo en barco, sino a un viaje de verdad. Eso había dicho la abuela, que viajarían en un barco muy grande a un lugar muy lejos, a otro país donde no había bombardeos. La maletita era para ese viaje. Y había explicado, además, que los delegados de la organización Infancia Evacuada, encargados de la expedición, las habían repartido a todos los niños pasajeros, junto con una muda y un par de zapatillas. Por eso, cada una de sus hermanas tenía su propia maleta. Carmen estaba feliz de no tener que compartir la suya y se sentía muy orgullosa del rótulo de tela que colgaba del asa y que llevaba impreso su nombre: Carmen Roda. Ahora mismo estaban en la recámara, empacándolas, acatando las órdenes que la abuela daba.

—Meted en la maleta lo que os digo: la muda y las zapatillas que os han regalado y además dos vestidos, dos braguitas, dos faldas y blusas, dos pijamas y dos calcetines. Nada más. No podéis llevar mucho peso, ya lo sabéis —decía.

Carmen sacó del armario su vestido favorito. Era el verde con bolitas blancas que su madre le había cosido cuando todavía vivía con ellas.

—Ese vestido no, Carmen —objetó su abuela, y se lo arrebató—. Está desteñido. ¿No lo ves? Guarda este otro, el de color carmín.

—Pero abuela, ese no me gusta —protestó ella.

—Me da igual. Guárdalo.

—¿Ves los volantes que tiene? Me pican.

—El vuelo que tiene es precioso, niña. Cuántas chiquillas quisieran tener este vestido. Si te pica te aguantas, que verse guapa cuesta.

—Yo ya soy guapa —rebatió ella porque su mamá siempre se lo decía.

—¿Guapa tú? No me hagas reír —se burló la abuela—. Aquí la única guapa es tu hermana Palmira. Ella sí se lleva las palmas. Es Roda. Tú en cambio, con esas ojeras y esos pelos enredados, pareces salida del hospicio. Eres el retrato de tu madre, por desgracia. Engreída y cabeza dura, además.

Carmen sintió un bochorno arderle en las mejillas. Le iba a contestar, pero Mercè, que las escuchaba en silencio, se lo prohibió con la mirada.

—Mira esta faja que me pongo —agregó la abuela para recalcar el punto, alzándose la falda—. ¿Crees que me gusta usarla? Pues no. No me gusta ponérmela. Pero tampoco me gusta que me cuelgue la barriga. Así que vete acostumbrando. Ser mujer implica sacrificios.

Las niñas se miraron entre sí, sorprendidas. Jamás habían notado esa prenda que la abuela usaba debajo de la falda. Con razón se sentía tan dura cuando la abrazaban.

—¿Pero por qué solo dos vestidos? ¿Por qué no puedo llevar tres?

—Que no, niña. No discutas. Tendréis que cargar vuestras propias maletas, ya os lo dije, y si las atiborráis, no podréis con ellas.

—Mi vestido no pesa nada, abuela.

—¡Que no! —zanjó, exasperada—. ¿Entiendes por qué tu padre pierde la paciencia contigo? Eres capaz de trastornar a un santo.

La abuela miró el reloj.

—¡Madre mía! Qué tarde se ha hecho. ¡Daos prisa, niñas! Mercè, ayuda a la terca de tu hermana a preparar la maleta. Voy a arreglarme. En cuanto acabéis, bajad el equipaje. ¡Daos prisa!

Resignada, Carmen empacó el vestido carmín, pero tan pronto la abuela salió del cuarto, su hermana Mercè volvió a descolgar el vestido verde y lo metió hasta abajo de su propia maleta. Las hermanas se sonrieron cómplices en su insubordinación.

Cuando terminaron de empacar, Carmen tomó su maleta y su muñeca. Luego se ayudaron las unas a las otras a bajar su equipaje al primer piso. En la entrada de la casa el vecino ya las esperaba junto con su señora y su hijo, un niño de la edad de Carmen.

—¡Jordi! —lo saludó ella, feliz de verlo—. ¿Tú también vas al barco?

—Sí. ¿Ya os dijeron? Dice papá que veremos ballenas. Yo quiero verlas.

El niño se le acercó, atraído por la herida sobre la frente de Carmen que comenzaba a cicatrizar.

—¿Qué te ha pasado? —preguntó, preocupado.

La aludida no supo cómo contestar.

—Se ha caído —mintió Mercè, lanzándole a su hermana una mirada de advertencia para que callara la verdad.

—¡Vámonos ya, niños! —ordenó el padre de Jordi, nervioso. Luego, dirigiéndose a Carmen agregó—. Dame tu maleta, *bonica*.

La abuela bajaba las escaleras, apurada. Después de saludar a los vecinos con rapidez, preguntó.

—¿Tenéis ya la ficha médica de Jordi?

—¿Qué ficha médica? —exclamó el padre, alarmado.

—La teníais que haber recogido en la Avenida 14 de abril. Lo decía el anuncio.

—Pues no, no nos enteramos de nada de eso.

La abuela extrajo el folleto de su bolso y se lo mostró.

—Es esto. Pero también lo anunciaron por la radio. ¿No lo habéis oído? Seguro que os pedirán la ficha médica.

—¿Y ahora qué hacemos? ¿Tú por qué no has dicho nada? —le reclamó a su esposa, cuyos ojos se engrandecían con la angustia.

—No lo sabía —se defendió.

—Pues ya está —terció la abuela que no quería ser testigo de ninguna disputa conyugal—. Corred ahora mismo por el papel. Mientras tanto yo llevo a los niños a Barcelona. Os espero en el hotel. ¿Sabéis cuál es?

—Sí, el que está en la calle Bergara.

—Ese mismo. ¡Ahora corred! En el hotel os encuentro, y si no estoy yo, estará Pere. Ahí quedamos de vernos.

La abuela caminó con los cuatro niños al tranvía. Iba despacio, cargando la maletita de Carmen, y arriando a los chiquillos que, emocionados por la aventura, no prestaban atención al cruzar las calles.

—¡Cuidado! Os atropellará un coche.

«Moriré de un infarto», pensaba la anciana al andar, pero la sostenía saber que pronto recuperaría su libertad. Estaba agotada de cuidar a esas tres pequeñas, de trece a ocho años, eran ¡unas crías! No. Ella ya no estaba en edad. Ahora que otros se hicieran responsables. Ella bastante había hecho por su hijo. Lo tenía decidido, en cuanto las dejara se iría al pueblo de su hermana a vivir con ella, en Sant Feliu. A ese pueblo que ahora se llamaba Roses de Llobregat y donde no llegaban los bombardeos. Tenía muchos huertos y se podían conseguir los alimentos con más facilidad. Todo estaba arreglado. Tan pronto dejara a las niñas, tomaría el autobús de la compañía *Soler i Sauret*, el número nueve que hacía el trayecto desde Barcelona hasta Molins, colindante con Sant Feliu. Y de ahí era cosa de andar unos metros a la casa de su hermana. ¡Qué alivio sería no tener que velar por nadie que no fuera ella misma!

Tomaron el tranvía hacia la ciudad y al llegar al centro, caminaron hacia la Plaza de Cataluña, al Hotel Regina. Una marquesina modernista de hierro forjado con vidrio emplomado les dio la bienvenida. Desde que había comenzado la guerra, el hotel hacía las veces de hospital. En los cuartos se atendía a los heridos, soldados y civiles, y algunas salas estaban dedicadas para los refugiados, como ellos. Ahí los había convocado el comité Iberoamericano de Ayuda al Pueblo Español para que los padres entregaran a sus hijos, junto con sus cartillas médicas. El hotel estaba ubicado en una esquina y ahora mismo, en ambos lados de las calles, había familias arribando de todas partes de la Península. Hoy era el último día de entrega de niños refugiados. Solo faltaban los pasajeros de Andalucía y Madrid.

A Carmen aquel desfile de gente le recordó el primer día de la escuela, con los padres correteando a los hijos y estos arrastrando los pies y las mochilas. Solo que en el cole el ambiente caótico era alegre, a los niños se les veía ilusionados. Aquí, en cambio, había algo diferente, pensó, tratando de discernir por qué se respiraba otro sentimiento entre los adultos. Era como si algo desagradable estuviera a punto de suceder. Se les veía sombríos a los padres y algunas mujeres, que parecían ser mamás, incluso lloraban.

—¿Por qué lloran esas señoras? —preguntó, alarmada.

—Yo qué sé —contestó la abuela, ceñuda.

Carmen, no contenta con la respuesta, indagó con la hermana que todo lo sabía.

—¿Qué les pasa a esas señoras, Mercè?

—Nada. Les da pena despedirse de sus hijos —explicó.

Algo en el tono de Mercè no le gustó.

—Pero ¿por qué les da pena? ¿No les gusta que vayamos de vacaciones? Papá sí está contento de que nos vayamos en el barco. ¿Verdad que papá está contento, abuela?

—Tu padre es un hombre inteligente y sabe lo que es mejor para vosotras —le aseguró ella—. Pero deja de hacer preguntas, niña y muévete, que llegamos tarde.

—¿Cuánto tiempo estaremos en México, abuela? —insistió, inquieta. Papá había dicho que sería solo un par de meses y quería cerciorarse.

La abuela ignoró su pregunta y esto acrecentó su temor.

—Abuela ¿cuándo vamos a regresar a casa?

—¡Madre mía que me das jaqueca! Hasta que termine esta maldita guerra, niña. ¿No estáis viendo? Aquí se pasa hambre y hay bombardeos, allá estaréis seguras. ¡Caminad, niñas!

Adentro, en el vestíbulo del hotel, la abuela hizo algunas indagaciones y de ahí llevó a los niños a tomar su lugar en la cola de registro.

—Esta noche os llevarán a coger el tren a Francia y de ahí, al barco —dijo.

—¡Francia! Siempre he querido ir a ese país —exclamó Jordi, con alegría—. ¿Sabéis que en Francia no hablan catalán? Tampoco castellano. Lo han dicho mis padres. «Os costará más trabajo que os entiendan y que vosotros los entendáis a ellos» dijeron y por eso a Francia no voy, ni a Rusia. A donde nos lleva el barco, en cambio, ahí sí hablan castellano, ahí sí nos entenderán. ¿Cómo se llama ese país, señora? Se me ha olvidado.

—México.

—Eso. México.

—Tú no cantes victoria antes de tiempo, que, si no llegan tus padres pronto, no irás ni a la esquina. No entiendo cómo no sabían lo de la ficha médica. Mira que no informarse bien antes…

El regaño de la mujer silenció al pequeño. Miró a todos lados buscando a sus progenitores, sin hallarlos.

—¡Mirad! –exclamó, apuntando hacia la entrada—. Por ahí viene vuestro padre.

Las niñas abandonaron la cola y corrieron a su encuentro. Pere venía apurado y le costaba trabajo respirar, era como si hubiese corrido un buen tramo. En la mano traía una bolsa.

—¡Hijas! ¿Estáis listas para la aventura? —preguntó, con una sonrisa forzada.

—¿Dónde está mamá? —Mercè quiso saber de inmediato. Su padre les había asegurado que los dos irían al hotel a despedirlas y eso desde un principio le extrañó. La relación entre sus padres era tirante, cada día peor, pero quizás, pensó, por ser aquella una ocasión especial habían hecho a un lado sus diferencias.

Su padre se quitó la boina y se pasó la mano por el cabello espeso, despeinado.

—Eso iba a deciros, hijas. Resulta que vuestra madre decidió que es mejor veros en Francia. Quiere ir a despediros al barco.

—¿Mamá irá a Francia? ¿Pero entonces, por qué no viene en el tren con nosotras? —preguntó Mercè, dudosa.

—Porque en el tren ya no había espacio. Además, en ese tren solo van los pasajeros de la expedición a México. Ella irá por su parte. Os encontrará en el muelle en Burdeos. No os preocupéis.

Mercè sintió que el alma se le caía a los pies. Eso que su padre decía no podía ser cierto.

—Yo de aquí no me muevo sin ver a mi madre —dijo, cruzándose de brazos.

El tono severo de su voz sorprendió al resto de sus hermanas. Mercè nunca le hablaba así a papá. El semblante cariñoso de Pere se endureció. Asió a su hija con fuerza por el brazo y la apartó de las pequeñas.

—Tu irás a donde yo os diga —ordenó, categórico—. Y no me vuelvas a hablar así delante de tus hermanas.

Ella rompió a llorar.

—Prometiste que veríamos a mamá antes de partir. ¡Lo prometiste!

—¿Y qué quieres que haga? Tu madre no ha querido venir. ¡No ha querido! Tampoco podía traerla a la fuerza. ¿Me entiendes?

Mercè ocultó su rostro entre sus manos y él, arrepentido de su brusquedad, la abrazó. Esa no podía ser su despedida, pensó, transido de dolor. Le acarició el cabello, arrullándola.

—Hija, tienes que ser fuerte. Tú eres la mayor y tendrás que cuidar de tus hermanas. Yo tampoco quiero que os vayáis. ¡No quiero! Pero aquí no estáis a salvo, ya lo sabes. Mira este hotel. ¿Sabes cuántos heridos hay aquí? ¡La gente muere todos los días! Escucha, hija mía. Serán solo unos meses, como mucho. Volveréis a casa en cuanto acabe la guerra. Lo prometo. Por favor, no llores.

Mercè asintió con la cabeza, resignada. Miró a sus hermanitas que ahí estaban, mirándolos con atención y buscando pistas en el rostro de su hermana mayor para saber qué deberían hacer: rebelarse y no ir a ningún lado, como ella había amenazado, o partir a la aventura en un barco e ir a ver a las ballenas. Mercè esbozó su mejor sonrisa para darles valor. En el pecho guardó su angustia y su decepción. No sabía qué pensar: si creerle a su padre que mamá había rehusado ir a despedirlas, o aceptar que mentía y que él era el responsable de su ausencia. Lo más seguro era eso, decidió. Su padre mentía porque mamá nunca las dejaría partir así, sin despedirse. No lo haría.

Fuera lo que fuera, en ese momento, por el bien de sus

hermanas, tenía que apoyar a su padre, pero ¿cómo hacerlo cuando su corazón estaba hecho añicos?

—¡Venid todos! —los llamó la abuela, desde la fila. Estaba casi al frente.

Pere encaminó a sus hijas a la fila.

—Te toca registrarlas, Pere —dijo la abuela—. Aquí os dejo. Tú sabrás lo que sigue. No sé qué harás con Jordi, los padres olvidaron su certificado médico. Fueron a buscarlo.

Al decirlo abrió su bolso, extrajo los documentos de sus nietas y se los entregó.

—¿No va a esperar a que se marchen?

—No, Pere, yo ya he cumplido. Y bastante he hecho por vosotros. Ojalá sepas agradecerlo. Niñas, venid a abrazarme, que me voy.

Las niñas lo hicieron. Fue otro abrazo duro de varillas, pero cuando menos ahora ellas entendían la razón: la abuela quería apretar la barriga y verse guapa.

—Sed buenas y obedientes con los mayores —dijo—. Sobre todo, tú, Carmen. —Luego le acarició la mejilla a Palmira y partió, perdiéndose entre aquella multitud de gente.

Pere terminó de registrar a las niñas. A Jordi lo pusieron en una lista aparte.

—Si llegan los padres de ese niño a tiempo podrá hacer el viaje, y si no, tendrá que quedarse —sentenció la mujer encargada del registro.

De ahí fueron a sentarse a un banco a esperar. Pere aprovechó el momento y de la bolsa sacó unas patatas horneadas del día. Las repartió.

—Os traje esto, por si no les dan de comer en el tren. Tendréis que compartirlas con Jordi si consigue subirse al tren. No sabía que iba a estar aquí.

Justo entonces los organizadores de la expedición dieron el aviso de partida y las familias comenzaron a despedirse. La misma dolorosa escena se repetía, besos, abrazos y muchas lágrimas. Los más pequeños, que no acababan de entender qué pasaba, y por qué de pronto los arrancaban de los brazos de sus madres, se tiraban al suelo haciendo berrinche. Los hermanos mayores se los llevaban a la fuerza.

Carmen, viendo todo aquello, se aferró a las piernas de su padre.

—Yo no voy. ¡No voy! —gritó, asiéndose a él.

—No me hagas esto, *petita* —suplicó Pere. Y al ver que la niña no se desprendía, la cargó y se la entregó a Mercè que la sostuvo a la fuerza.

Carmen hundió su carita en su muñeca. Algo malo estaba pasando. Aquella no era una aventura divertida, como le habían prometido. Aquello era... ¡no sabía lo que era, pero era algo malo! De eso estaba segura. Y de pronto ya no quería ir a Francia. No. Ya no quería ir al barco y poco le importaban las ballenas, ahora que Jordi no iba con ellas.

Pere besó a Palmira, luego a Mercè y por último a Carmen con rapidez. Tomó a Jordi de la mano y, dándose la media vuelta, se fue del hotel, sin mirar atrás. Quería ver a sus hijas una última vez, cuando abordaran, aunque fuera de lejos, y por ello se encaminó directo a la estación del tren, arrastrando al hijo del vecino hasta que este protestó que le estaba lastimando el brazo. Pere lo alzó en brazos. Iba con el corazón desecho, sintiendo impotencia y culpa. Cuando por fin alcanzaron la estación de Francia se sentaron a esperar a que llegaran los niños viajeros.

En la acera frente al hotel Regina, casi quinientos pequeños se formaron en hilera y caminaron por las calles de la Ciudad Condal custodiados por las personas que habían de acompañarlos en su exilio: doce maestros, tres enfermeras y un doctor. Avanzaban en medio del bullicio y desorden de niños que no entienden qué está pasando, pero que de alguna manera encuentran consuelo en los números ¡eran muchos!

Carmen se aferraba de la mano de Palmira, pero no perdía de vista a Mercè que caminaba delante de ellas. De cuando en cuando su hermana mayor giraba a buscarlas con la mirada, cerciorándose de que ahí venían, siguiéndola. Carmen iba con los ojos muy abiertos. Nunca había visto calles tan anchas o edificios tan altos. Todo le parecía enorme, un mundo hecho para gigantes en el que costaba ver el cielo entre los bloques de color gris, muchos de ellos con las paredes empapeladas con carteles en los que predominaba el rojo y el negro, las figuras de obreros luchadores y mujeres aguerridas, hoces y martillos. Era difícil no perderse nada, con tantos lugares donde mirar. La noche caía, pero, aun así, había gente por doquier. ¿A dónde iban a esa hora de la noche, tan de prisa? Se preguntó.

Cruzaron la Vía Durruti, una calle amplísima y larguísima que empezó a cansar a los niños. ¿Cuándo llegamos? preguntaban. Pronto, les decían los adultos. Carmen iba a quejarse, pero justo entonces las farolas de la calle se encendieron lentamente y resultaron ser de un color azul que la hizo sentir en medio de un sueño, como si estuviera rodeada de luciérnagas. Quiso pararse a admirar esa escena mágica, pero le hicieron apurarse para no perder el paso. En la calle Argenteria pasaron delante de la Iglesia de María del Mar. Era como un palacio macizo y robusto, enmarcado con dos torres octagonales. En la fachada principal destacaba un inmenso rosetón.

—¡Qué hermosa iglesia! —exclamó Palmira, a su lado. Miraba el templo, embelesada.

Carmen sabía que Palmira quería ser monja, pero no entendía bien lo que eso quería decir, o por qué su padre y su madre reñían cuando el tema salía a colación. Su padre había dicho que mientras él tuviera vida, ninguna de sus hijas sería monja. «La religión ha sido la causa de las peores guerras, incluyendo esta», solía decir papá. Mamá solo callaba, pero cada que podía les hablaba de Dios, y de la Virgen. Por ella sabían rezar.

—Quizás mamá nos traiga a visitar esta iglesia cuando volvamos de México —comentó Carmen, pero no se sintió muy segura de que eso sucedería. Algo se movía en su pecho, algo raro, como si una araña estuviera adentro, moviendo sus patas largas—. Ya me he cansado de caminar —se quejó.

Dejaron atrás el mercado de frutas y verduras, a esas horas con muy poco ajetreo, apenas se veían algunos mozos que carreteaban los fardos destinados a la venta del día siguiente.

—Esa debe ser la estación de tren —comentó Palmira, y señaló un edificio de imponentes dimensiones.

La estación de Francia estaba construida con hierro formado en dos partes, una doble nave que se extendía sobre una docena de vías, y siete andenes con una marquesina metálica y curvada. Los pequeños entraron al vestíbulo, coronado por un enorme reloj que indicaba la hora para que nadie perdiera el tren. Carmen no podía dejar de mirar las vidrieras, sobre las tres grandes cúpulas, que hacían posible un efecto de luz espectacular. Parecía un techo de luna y estrellas. El recinto desprendía un olor peculiar que luego supo que era del carbón de la locomotora.

Desde una esquina, sin dejarse ver, Pere y Jordi miraron la fila larguísima de niños que se encaminaba directo al tren, cargando sus maletitas azules. Ahí iban las tres niñas, Mercè adelante, Palmira caminando con pasitos de paloma y Carmen, sosteniendo con una mano su maletita y con la otra su muñeca. Las niñas subieron al tren y prontamente se asomaron por las ventanillas. Algunos padres estaban ahí y otros ya no. Los presentes se despedían nuevamente de sus hijos. Mercè miraba por la ventana, con una última esperanza de que su madre estuviera ahí. Pero nunca llegó. A Carmen le pareció que ahí se encontraban todos los padres del mundo vertiendo todo el llanto del mundo. Todos, menos los de ellas.

Pere apenas pudo contener el impulso de correr hacia ellas. No quería ¡no podía! volver a despedirse. El silbido ensordecedor de la máquina se escuchó. El tren arrancó, perezoso, y una descarga de vapor llenó el ambiente con una neblina densa que olía a carbón.

Pere se dobló de dolor y estalló en sollozos.

—¡Que no se vayan mis hijas! ¡Que no se vayan!

Y Jordi, sin saber qué más hacer, le echó los bracitos al cuello.

Tren a Francia

No había manera de dormir en aquel tren tan ruidoso. Carmen trataba de hacerlo, pero los niños mayores, sobre todo, corrían por los vagones haciendo diabluras sin mano adulta que los metiera en cintura. Uno de ellos, un chiquillo sucio y chimuelo, se acercó a los asientos que les habían asignado a las hermanas Roda y prontamente tiró de la trenza a Palmira. Ella pegó un gritito y se hizo ovillo, sobándose la cabeza. Mercè reaccionó como una fiera. Le hizo la zancadilla al niño que ya huía y él cayó de bruces al suelo. Sus amigos estallaron en carcajadas. El chimuelo se levantó, humillado, y alzó el puño listo a defender su honor, pero la mirada helada de Mercè amenazando con despellejarlo vivo, desinfló su arrojo. Titubeó un segundo, les mostró la lengua y se fue con el resto de los revoltosos a buscar a otra víctima.

Mercè volcó su enfado sobre su hermana Palmira.

—Más vale que aprendas a defenderte sola. No puedo protegerte toda la vida ¿me oyes?

Palmira se abrazó las piernas.

—A esos chicos los han traído de la calle —dijo Carmen.

—¿Cómo lo sabes? —preguntó Mercè.

—Lo ha dicho la señora que me llevó al baño. Por eso andan como animalillos salvajes. Nadie los ha educado.

Mercè no dijo nada, pero sintió una punzada de ansiedad en el estómago. Deseó que aquello no fuera cierto; no sería fácil convivir con esa plaga de sinvergüenzas en el barco y menos en la escuela. «Quizás a ellos los hospeden en otro lugar», pensó esperanzada. La posibilidad de que no fuera así, y de que en México los albergaran a todos juntos la inquietó. Eso sería un desastre. Algunos de esos chicos se veían ya mayores, bigotones y plagados de malas costumbres. ¿Cómo habían permitido las autoridades que se inscribieran en la expedición?, se preguntó. Según entendía, para poder participar en la expedición, las edades de los pasajeros debían oscilar entre los cinco y los doce años. Estaba claro que los registros habían sido falseados. La chiquitina que iba enfrente de ellas, por ejemplo, era de la edad de Montserrat. No sabía caminar. Por otro lado, reflexionó, ella no era nadie para quejarse. A la hora de inscribirse, su propio padre había mentido sobre su edad. A la dama del registro le había bastado ver el rostro encendido de Mercè para saber que su progenitor mentía.

—¿Qué edad tienes, cariño? —le preguntó a ella directamente.

Y ella, incapaz de engañarla se lo dijo.

—Trece años... recién cumplidos.

—Lo siento, pero su hija no puede viajar —sentenció, y rechazó los documentos.

Su padre empujó los papeles de nuevo hacia delante.

—O todas o ninguna —sentenció, y cuando la dama no se movió, agregó con tono suplicante—. Por favor. No puedo mandar a las pequeñas solas. Mírelas, señora, por favor. Palmira apenas tiene once años, y esta niña, Carmen, acaba de cumplir ocho. No deberían viajar sin su hermana mayor. Por favor.

La señorita esquivó su mirada y las registró a todas.

Aquellos niños maleados no eran lo que ahora mismo más preocupaba a Mercè. Su temor más grande, desde que el viaje comenzara, era que asaltaran el convoy. Hacía unos días le había tocado presenciar otro pleito entre su padre y la abuela. Discutían acaloradamente la posibilidad de que eso sucediera. Hablaron de una masacre que, según entendió, había acontecido apenas el año previo en un lugar llamado Jaén. Una multitud violenta había asaltado un tren cargado de presos, y después de desenganchar la locomotora, los habían ejecutado a todos. Mercè los interrumpió.

—¿Y si nos atacan en el tren? —preguntó alarmada.

Su padre, tomándola por los hombros y mirándola fijamente le había respondido:

—Es un riesgo que tendremos que correr, hija, porque si os quedáis aquí, podéis morir en cualquier momento ¿entiendes?

Ahora mismo sus palabras se repetían en su mente, y por eso, desde que habían salido de Barcelona, sus plegarias no habían cesado. Cada ruido y cada sacudida del vagón hacían bailar su corazón. Trató de no pensar en ello, de no imaginarse a los franquistas desviando los rieles, o explotando un puente, y miró afuera para distraerse, con el hombro pegado a la ventana. Solo que afuera ya era de noche, y la única vista que la ventana le ofrecía era el reflejo de sí misma. Cerró los ojos y acarició el cabello de Palmira quien, a pesar del escándalo que hacía el tren, dormía plácidamente en su regazo.

—¿Ya nos podemos comer las patatas? —preguntó Carmen.

—Espera un poco —contestó, sin abrir los ojos.

—Es que ya me duele la barriga.

—A ti siempre te duele la barriga, Carmen. Duérmete.

Al cabo de unos segundos Carmen volvió a su cantaleta.

—Es que me duele muchísimo aquí —señaló el ombligo—. ¿Cuánto más debo esperar?

—Poco. Duérmete ya.

Carmen no hizo el menor intento de dormir. Si Mercè se dormía ¿quién las iba a defender de los niños malosos? ¿Qué pasaría si regresaba el chico chimuelo? Ella misma tendría que aplacarlo porque con eso de que Palmira iba a ser monja, y que las monjas no le alzaban la mano a nadie, no podían contar con ella. A Carmen le desesperaba esa hermana suya, era una inútil, incapaz de matar a un solo insecto. Hacía poco, una araña, enorme y patuda, la había picado en la pierna, y ella, en vez de apachurrarla, como Carmen la animó a hacer, se había quedado observándola, embelesada. Tampoco permitió que Carmen la rematara.

—Déjala en paz que mira qué bonita y elegante es —había dicho—. Además, ¿y si tiene bebés?

—Mayor razón para matarla —le contestó. Ya veía el ejército de arañitas trepándosele a la cama y picándola sin misericordia. Al final, Palmira no le había permitido tocar al insecto. Carmen detestaba que su hermana quisiera ser monja. Y le chocaba que no pudiera defenderse ni de las arañas.

No podía dormir. Mantuvo un ojo en el pasillo, alerta, cerciorándose de que los niños malos no vinieran por ahí. Pero lo único que vio fue a esa señora, la que antes la había llevado al baño. Ahí venía, con una gran canasta en la cadera de la que sacaba cajitas que luego repartía a los pasajeros. ¿Qué estaba regalando? Se preguntó, tratando de divisarlo. ¿Sería algo para comer? La observó cuidadosamente, y cuando vio que los niños sentados a su lado abrían sus cajitas, casi brincó de alegría. ¡Sí! ¡Era comida!

—¡Despierta Mercè! Mira lo que nos van a dar.

Mercè abrió los ojos justo cuando la señora les alargaba la dádiva.

—¿Tenéis hambre? —les preguntó.

—Yo sí —dijo Carmen, de inmediato.

La señora sonrió, y le alargó una caja.

—¡Gracias! —exclamó. La dama le acarició la cabeza y siguió de largo.

Carmen abrió su cajita con impaciencia. Dentro había un par de huevos cocidos, carnes frías, pan y una botellita de vino tinto. ¡Hacía tiempo que no le daban tanta comida para ella solita!

—La botella me la dais —ordenó Mercè, sorprendida de que les hubieran dado vino.

Obedeciéndola, le entregó su botella de vino y encajó el diente en aquel panecillo blanco y suave. Crujiente. ¡Estaba delicioso! Luchó por contenerse y guardar un pedacito para después, pero no pudo. Devoró hasta la última migaja, luego los huevos y las carnes frías. Comió sin parar, hasta que la cajita quedó vacía y ella muy llena.

—Me duele la barriga, Mercè.

—Pues claro que te duele. ¡Te has empachado! Te lo he dicho muchas veces, Carmen: la comida se mastica despacio y con la boca cerrada. Has comido como una cerdita.

Iba a contestar, pero de pronto vio que los niños pendencieros venían de nuevo por el pasillo, caminando hacia ellas. Se detenían en cada butaca a molestar a los pasajeros y, por las quejas que se escuchaban, se estaban portando igual de majaderos.

—Ahí vienen los niños esos —advirtió a sus hermanas.

Palmira escondió sus trenzas, amedrentada.

—Cámbiame de lugar —le ordenó Mercè a Palmira. Le cedió su lugar junto a la ventana y tomó el asiento del pasillo.

A Mercè le bastó una mirada a los chicos para saber que estaban embriagados. Caminaban tambaleándose, y hablaban a gritos, arrastrando la lengua. El más alto, un muchacho con indicios de bigote que apestaba a alcohol, lideraba la flota. Tenía la camisa manchada de tinto.

—Con que tú eres la valiente ¿eh? —dijo, dirigiéndose a Mercè.

—¿Qué queréis? —preguntó sin pestañear.

El chico soltó la carcajada.

—Y sí. Tú eres la que le ha hecho daño a este, mi amigo. —Agarró al chimuelo por la camisa y le dio un coscorrón. Luego, sonriéndole, lujurioso, agregó—. Estás muy buena ¿sabes?

Ante el silencio de Mercè, siguió:

—Me llamo Sebastián y tú ¿cómo te llamas?

Estiró la mano con formalidad y ella lo ignoró. Pudo detectar, por su acento, que era castellano, quizás de los chicos que viajaban desde Madrid. Era de complexión delgada y piel muy blanca, cabello negro y lacio, ojos oscuros y pestañas largas. Tenía la nariz curiosa, como un botón. Le calculó unos quince años.

—Eres guapa y valiente. Así me gustan las chicas.

Los amigos se arremolinaban, animándolo a seguir. Estaban divertidísimos. Sebastián, orgulloso de su hombría, volvió al acecho.

—Si me das un beso os dejamos en paz. Venga.

Se le acercó para tratar de darle un beso y Mercè le plantó una cachetada. Carmen comenzó a pegar de gritos.

—¡Auxilio! ¡Socorro, señora! ¡Señoooooora!

—¡Calla a tu hermana! —ordenó él.

Carmen gritó más fuerte.

La señora, alarmada por el escándalo, acudió a indagar qué estaba sucediendo.

—¿Qué pasa? —preguntó, desde el otro lado del pasillo.

—¡Dadme el vino! —exigió Sebastián—. ¡Daos prisa!

Mercè no chistó. Asió las botellas y se las entregó.

—Esto no ha terminado —dijo él con una sonrisa burlona—. Tú serás mi chica. Escucha bien. Tarde o temprano serás mía. Acuérdate de mi nombre: ya te lo he dicho, pero te lo repito, me llamo Sebastián —y con el botín en las manos, dio la orden del repliegue. Todos salieron por piernas tras él.

—¿Estáis bien? —preguntó la señora, cuando llegó con ellas.

—Sí, gracias —musitó Mercè.

—No. No estamos bien, señora —la contradijo Carmen—. Nada bien. Esos chicos han robado nuestro vino.

—¿Qué vino?

—El vino que venía en las cajitas.

—¿Qué? ¿Había vino en las cajas?

—Sí, señora. Mire usted la niña esa, la de atrás —dijo, señalándola—. ¿Ve lo que se está tomando?

La dama miró a la chiquilla que empinaba la botella y se apuró a arrebatársela. Todavía dudando, leyó el rótulo y lo olfateó.

—¡Madre de Dios! —soltó, y en ese instante comenzó a coleccionar las botellas a lo largo del pasillo. Pero era tarde. Algunos niños ya se la habían bebido y ahora roncaban como benditos.

El convoy atravesó la frontera francesa al amanecer. Por fin estaban a salvo de las amenazas que Mercè tanto temía. Sus hermanas, con las pancitas llenas y arrulladas por el ronroneo del tren, dormían profundamente.

Sintiéndose a salvo, Mercè cerró los ojos y dejó que el sueño se apoderara también de ella. Iban rumbo al puerto, donde el vapor Mexique los aguardaba para llevárselos lejos del horror y la barbarie de la guerra. Lejos de su patria. Lejos de sus padres.

La madre perdida

30 de mayo, 1937

Celia García de Roda se cansó de lanzar piedritas a la ventana. Llevaba un rato en ello, pero nadie salía al balcón. ¿Dónde estaban las niñas? Eran las siete de la tarde y deberían de estar haciendo sus deberes. La abuela estaría encerrada en su recámara, cosiendo, y Pere estaría en la imprenta, trabajando. Miró a su alrededor y se agachó a recoger otra piedrita, con discreción. En la calle los peatones empezaban a mirarla con desconfianza. Enfrente, las cortinas de una casa se apartaron con brusquedad y una señora comenzó a espiarla, muy atenta, manoseando sus lentes. Montserrat perdía la paciencia; le tironeaba de la falda y le echaba los brazos para que la alzara, lloriqueando. Arrojó la piedrita, pero nadie se asomó al balcón. Desconcertada, cargó a su hija en la cadera.

—Ya cariño, ya —dijo arrullándola, pero la bebé lloró más fuerte.

Abrió su bolso y extrajo el pan que había traído para sus hijas. Arrancó un pedazo y se lo dio. Montserrat lo agarró con sus manitas regordetas y comenzó a chupetearlo, ávida.

Un mal augurio poseyó a Celia. Sus hijas sabían que esa era la hora en que solía visitarlas. Carmen, sobre todo, siempre estaba pendiente de su llegada y respondía a la primera pedrada. Entonces, ¿dónde estaban?, ¿les habría pasado algo? Mil posibilidades pasaron por su mente agrandando su ansiedad. «Quizás están en la cocina», se dijo, tratando de tranquilizarse, y por eso no me oyen. Se acercó a mirar por la ventana, pero adentro reinaba la oscuridad. Ni una sola lamparilla estaba encendida, ni siquiera la luz del pasillo que siempre dejaban prendida. «Tal vez no hay corriente», repensó y deseó que así fuera. Pero si ese era el caso, se dijo, la abuela lo tendría previsto y hubiera repartido velas a las niñas para que hicieran sus labores. Además, adentro no se escuchaba ningún ruido y eso sí que era raro: sus hijas eran bulliciosas por naturaleza. No, no podía seguir negándolo: la casa estaba vacía. Pero ¿adónde habrían ido?, se preguntó desconcertada. A partir de la caída del sol, poca gente salía de casa, a menos que fuera necesario. Se agachó a recoger una última piedra, ahora con verdadera angustia y sabiendo que nadie acudiría a su llamado. Ya no le importó quién la viera, necesitaba ver a las niñas. Le urgía saber que estaban bien. Iba a arrojarla cuando de pronto se abrió el balcón de la casa del vecino, un hombre desaliñado y malhumorado salió a encararla.

—¿Qué quiere? —preguntó, hosco. Tenía los pelos revueltos y el torso desnudo, el pantalón le colgaba. Se veía adormilado, como si acabara de despertarse.

Celia no conocía a ese señor, más que de vista. A pesar de que había vivido en aquella casa con sus hijas, Pere nunca le permitió hablar con los vecinos.

—No son gente de fiar —solía decir su marido y en cierta forma tenía razón. En aquellos tiempos inciertos cualquier persona, incluso un miembro de la familia podía resultar ser un traidor.

—Buenas tardes. Es que vengo a ver a las niñas. ¿Usted sabe si han salido?

—A mí poco me importa lo que hagan en esa casa, señora. Aquí lo único que queremos es descansar.

—Sí, por supuesto. Ya me iba. Solo quería ver a mis hijas.

El hombre la miró de arriba a abajo, aturdido.

—¿O sea que usted es la madre de esas chiquillas ruidosas?

—Sí.

—¡Pues vaya sorpresa! Sepa que su marido se ha encargado de pregonar que usted está muerta.

Ella no supo qué responder. El hombre se veía impaciente y Celia recordó, de pronto, quién era. Era el sereno del barrio, el encargado nocturno de vigilar las calles y regular el alumbrado público. Todas las noches deambulaba la cuadra armado con su garrote y su silbato para imponer el orden. Las niñas le tenían miedo y Celia se aprovechaba de su temor para amenazarlas con llamar al sereno si no la obedecían. Ahora mismo, con esa cara de enfado, sí que daba miedo.

—Esa casa está vacía. Hace días que se largaron todos.

—Pero ¿dónde se han ido? —preguntó ella, ansiosa.

—Ni idea. Vaya usted a averiguar con esa mujer —dijo señalando despectivo a la vecina que los miraba atenta tras la cortina, al otro lado de la calle—. Seguro que ella sabe algo.

Sin más, el hombre se dio la media vuelta y volvió a meterse en su casa.

Celia trató de procesar lo que el hombre había dicho. No le sorprendía que Pere anduviera diciendo que era viudo. Desde que se habían separado, cada vez que su marido se enojaba con ella, que era siempre, le gritoneaba que para él ya estaba muerta. Y así la trataba, como si estuviera muerta, como si fuera un espectro que de cuando en cuando se aparecía en su vida para importunarlo. Le negaba la palabra a menos que el tema fueran las hijas, o el sustento de Montserrat. A la pequeñita no la quería ¡nunca la había querido! Y eso, el desamor de su marido hacia Montserrat era algo que nunca entendió hasta que él se lo aclaró durante la última discusión que tuvieron.

—Esa niña no es mía —declaró, tajante.

Celia creyó haberlo oído mal.

—¿Qué has dicho?

Él lo repitió sin titubear.

—No te hagas la inocente. Esta niña no es mía y bien lo sabes.

Alzó la mano para abofetearlo, pero él la detuvo en el aire. En aquel momento, el poco amor que Celia todavía sentía por él, el padre de sus hijas, de *todas* sus hijas, se extinguió. Dejó de amarlo.

Al final, los celos habían acabado con su matrimonio. Por más que Celia había tratado de ignorar los arrebatos absurdos de Pere, sus insultos y sus sospechas sin fundamentos, cada vez ocurrían con más frecuencia. Su vida se había convertido en un infierno y ella, que no era una mujer de discusiones, no pudo más. Lo único que quería era vivir en paz, y aquellas reclamaciones ridículas y erráticas la estaban enloqueciendo: que se tapara el escote, que dejara de mirar a ese tipo, que no cruzara la pierna, que le dijera dónde había estado toda la tarde, con quién y haciendo qué. Desesperada, le rogó que fuera con ella a la iglesia y que hablara con el sacerdote para que los ayudara a salvar su relación.

—Por Dios, Pere. Vamos a hablar con el *mossèn.* Que te repita mis confesiones. No te oculto nada. ¡Nada!

Por supuesto, Pere se había negado. Para él la religión católica era la culpable de todos los males.

—¿De qué te sirve tanto maldito rezo? —le contestaba, más enfurecido—. ¿De qué te sirve tragar la hostia? Pídeles pan de verdad, mujer, que tus hijas tienen hambre.

Después de ese último altercado, Celia comprendió que su matrimonio no tenía salvación. De alguna manera Pere había dicho la verdad: era viudo, no obstante la muerta no era ella, sino esa relación enfermiza que tras una larga agonía, finalmente había fallecido. Pero ella no podía morir, no todavía. Necesitaba sacar adelante a sus hijas. Tampoco podía dejarlas a merced de su padre, los celos, tarde o temprano, desviarían su atención hacia ellas. Pere comenzaría a vigilar las andanzas de sus propias hijas, cuestionando su curiosidad inocente, haciéndolas sentir culpables por ser mujeres, por ser bonitas, ¡por existir! Eso no lo iba a permitir. No. Su única opción era divorciarse de él y asumir la custodia de las niñas, aunque la Iglesia lo prohibiera y no pudiera volver a comulgar. Estaba segura de que Dios la perdonaría. Afortunadamente el gobierno de la República por fin otorgaba a la mujer el derecho a divorciarse y también le reconocía a la madre, y no solo al padre, la patria potestad de los hijos. Tenía que ampararse en esa ley cuanto antes, decidió. Pero ¿cómo hacerlo? Necesitaría de un abogado y no tenía recursos ni para comer. Tampoco tenía a nadie que pudiera ayudarla. Su familia y sus amigos estaban en Murcia, su ciudad natal. Ella había emigrado a Barcelona para conseguir trabajo. Después de conocer a Pere y casarse con él, se había quedado en aquella ciudad donde no tenía lazos. Ya vería qué hacer, se dijo. Ahora mismo no podía pensar en ello. Ahora lo único que urgía era encontrar a las niñas.

Ajustó a Montserrat en su cadera, asió bien su bolso y cruzó la calle. Se dirigió a la casa de la vecina fisgona. La mujer, al verlas venir, cerró las cortinas de su ventana abruptamente y abrió la puerta. Salió al pórtico y se plantó ante ellas dejando la puerta entreabierta.

—Se han ido —le dijo, observándola tras los lentes que ya le resbalaban por la nariz.

Era canosa, de tez amarillenta y ojos avispados. Un gato salió por la puerta, ella se agachó con dificultad y lo levantó con manos huesudas, tapizadas de venas. Al ver al minino, Montserrat estiró las manitas para tocarlo, pero la anciana prontamente lo alejó de su alcance.

—¿Adónde se han ido? —preguntó Celia.

—No lo sé —dijo la anciana con voz asmática. Le faltaban varios dientes y los que tenía estaban manchados de nicotina. La miraba con curiosidad y recelo. Tras un breve titubeo se atrevió a preguntar—. ¿Por qué dejaste a las niñas con esa abuela? Ella no las cuida bien, hija.

Celia se mordió los labios. Le dolió que la mujer le hiciera saber lo que su corazón siempre supo. Esa mujer no tenía ningún derecho a indagar sobre su vida íntima.

—¿Sabe cuánto hace que se fueron o adónde?

—Eso no lo sé. No se despidieron. El lunes, me parece. Iban con la abuela y no volvieron. Tu marido se fue después, dicen, ese mismo día. Desde entonces nadie ha puesto el pie en esa casa.

La anciana se balanceaba de un lado al otro, acariciando al gato. Luego señaló el bolso de Celia con inquietud.

—¿Tienes algo que comer para esta pobre anciana? Tengo hambre, hija.

Claro, pensó Celia. La había visto sacar el pan desde el otro lado de la calle. No tuvo corazón para negarle un bocado. Aquella mujer en cualquier momento se desplomaría. Sacó el pan, cortó un trozo y se lo dio.

—Por favor, señora. ¿Nadie le ha dicho dónde se han ido?

—No, hija. Nadie. No me consta, pero por ahí han dicho que se fueron al centro de Barcelona. Ojalá no sea cierto. Con todo el bombardeo que hubo la semana pasada pues... nada. Eso. Hubo muchos muertos. Yo que tú, iría al Hospital Clínic, o al de Sant Pau. Y si no están ahí pues... al cementerio.

Celia sintió desfallecer.

—¿Cómo se atreve a decir semejante cosa? —exclamó, rompiendo a llorar. Montserrat, al ver las lágrimas de su madre, comenzó a sollozar.

La anciana soltó al gato y extendió los brazos hacia ellas como queriendo abrazarlas. Estaba arrepentida por lo dicho.

—Perdón. Perdón. El hambre me está volviendo loca, hija, y ya no sé lo que digo. No me hagas caso.

Pero Celia se retrajo y no permitió que las tocara. Se dio la media vuelta y huyó hacia la calle ancha, abrazando fuertemente a Montserrat.

Mendigar para darle de comer a los hijos es un acto de amor digno. Eso se decía Celia a sí misma cada vez que pedía limosna. De todo lo que había aprendido estirando la mano, lo más sorprendente era esto: nadie tenía el poder de humillar a un semejante a menos que este lo permitiera. Y Celia no iba a permitirlo. Se sabía hija de Dios, amada por Él con igual fuerza que sus hermanos más afortunados, los que de mala gana y a veces con desprecio, le arrojaban una moneda sin mirarla a los ojos.

La luz lechosa de la mañana abrazaba a Celia. Hambreada y haraposa pedía limosna en el Paralelo, una de las avenidas más vivas de la ciudad, donde podía llegar caminando sin extenuarse. Era el fin de la jornada y la gente ya partía a casa con paso apretado. Todo el país hervía a fuego lento y uno nunca sabía cuándo los aviones italianos atacarían la ciudad. Nadie estaba a salvo en las calles y menos los mendigos como ella. A pesar del peligro, a ella le bastaba mirar el rostro angelical de su hija Montserrat, durmiendo en su regazo, para volver a estirar la mano con renovada convicción. En medio del caos de aquella guerra atroz, algo le quedaba muy claro: su vida tenía solo dos propósitos: dar de comer a Montserrat y encontrar a sus tres pequeñas.

Llevaba días rastreando la ciudad en una búsqueda inútil de sus otras hijas. Al preguntar mostraba la única foto que poseía de ellas, manchada y cuarteada. Su primera parada había sido la escuela. Ahí tuvo que rogarle a la directora, casi de rodillas, para que la recibiera. Pere tenía la patria potestad y por lo tanto la mujer no podía darle ninguna información. Lo sentía mucho, le dijo, pero no le era permitido hablar con nadie que no fuera el padre de las niñas, le informó categórica. Celia insistió y, al final, el corazón de la directora se ablandó. Ella también era madre y ya se imaginaba lo que aquella mujer debía estar sufriendo. Además, nunca había simpatizado con el padre de las niñas, un hombre arrogante de mal trato quien encima, ni siquiera se había tomado la molestia de darlas de baja en la escuela.

—Las niñas Roda llevan una semana sin asistir a la escuela —le informó—. Nadie sabe qué ha pasado con ellas.

Celia no supo qué decir.

—Lo siento, señora —agregó, con sincera empatía. Luego se le acercó, la tomó de la mano y con voz suave sugirió—. No estaría de más que pasara por el hospital. ¿Y si están ahí? La estarán necesitando...

Al primer hospital al que Celia acudió fue al Clínic, el que quedaba más cerca del barrio. No le sorprendió que ahí tampoco estuvieran. Si era cierto que habían ido a Barcelona, como había sugerido la vecina fisgona, en caso de estar heridas lo más probable era que las hubieran transportado al Hospital de Sant Pau. Contó las monedas que le quedaban. Apenas tenía suficiente dinero para comprar el boleto de tranvía, que costaba solo diez céntimos. Hacia allá se dirigió. En cuanto llegó al centro de la ciudad, caminó rumbo a la imprenta. No quería un encuentro con Pere, sin embargo prefería eso a seguir sin saber el paradero de las niñas.

En la imprenta se enteró, por primera vez, de que Pere ya no era el dueño y que el negocio había sido expropiado por los anarquistas. El señor Roda ya no trabaja aquí, le informaron. Eso lo explicaba todo. Pere habría estado furioso y desesperado, seguramente por eso se había marchado. ¿Pero a dónde? Nadie supo decirle.

Salió del negocio y se dirigió directamente al hospital. Ahí el cuadro fue desolador. Los heridos del frente seguían llegando y, al no poder atenderlos por falta de cupo, tenían que esperar afuera, a un lado del edificio. Sus gritos espantosos asustaron a Montserrat. Celia le tapó los ojos y entró a aquel hospital desbordado, temblando. Los potentes olores a enfermo, a medicamentos y a desesperación la abofetearon. Se sintió desfallecer. Tuvo que sostenerse a lo largo de la pared hasta alcanzar el escritorio de información. Una vez ahí no pudo hablar. Sacó la foto de su bolso y se la entregó al joven recepcionista quien intuyó lo que aquella mujer quería.

—Espere un momento —dijo, y se fue por los pasillos, mostrando la foto al personal quienes, atareados, le echaban una mirada rápida y negaban con la cabeza.

Nadie reconoció a las niñas y tampoco aparecían en los registros.

—No, señora. Por aquí no han pasado esas niñas.

Celia abrazó a Montserrat y rompió en llanto. El joven la dejó desahogarse. Estaba acostumbrado a esos despliegues de dolor desgarrador. Esa señora no se veía nada bien y la niña que llevaba en brazos, menos.

Los días pasaron y Celia no encontraba valor para ir al cementerio. La premura de indagar en los hospitales, donde las niñas podrían estar luchando por sus vidas, necesitándola, no existía en el caso del panteón. Si las niñas habían fallecido con el último bombardeo, el que había sucedido hacía una semana, ya nada podría hacer por ellas. Pero algo en su corazón le decía que no, que sus hijas estaban vivas. Solo tenía que confirmarlo y para ello tenía que armarse de valor e ir a cerciorarse. La incertidumbre la estaba matando.

Un día se decidió y acudió a ese lugar sobrio y aterrador. Cuando llegó no pudo atravesar el portón enrejado. Estuvo un buen rato espiando desde lejos, con horror, a un par de hombres que cavaban la tierra sin cesar. Eran los sepultureros que, para su gusto, depositaban cadáveres en las fosas con demasiada brusquedad.

En algún momento uno de ellos, alzó la vista y la vio. Detuvo la pala, se limpió el sudor de la frente y se la señaló a su compañero. Los hombres se miraron entre sí. No sabían qué pensar de esa mujer fantasmal en la reja de entrada, con una cría en brazos. Decidieron no hacerle caso. Alzaron las palas de nuevo y reanudaron su macabra tarea, pero al cabo de unos minutos uno de los sepultureros no pudo más. Le desesperaba ver a esa mujer así, rumiando con ojos hundidos, con la pequeña lloriqueando en la cadera.

—¡Mujer! Cuide a su hija que, si no lo hace, alguien la denunciará —le gritó.

La amenaza hizo reaccionar a Celia. El hombre tenía razón, pensó, acongojada. Cualquier persona podría denunciarla y si las autoridades compareciesen seguramente le arrebatarían a Montserrat al verla en ese estado. No quería acabar en el Mental. Celia conocía bien ese hospital psiquiátrico público, enorme, en las afueras de la ciudad. Allí iba a parar la gente loca, pero, también, según decían, personas cuerdas denunciadas por represalias políticas y mujeres acusadas por cualquier cosa. Pere, en sus arranques de celos, muchas veces la había amenazado con encerrarla ahí, en ese lugar del que si ingresabas, ya no salías.

Con el corazón latiéndole fuertemente en el pecho, atravesó la reja y se acercó al hombre. Le alargó la foto de sus hijas con la mano temblorosa. Él volvió a soltar la pala, se limpió las manos enlodadas en los pantalones y la tomó. La miró y de pronto comprendió lo que aquella mujer quería. Se sintió mal por haberle hablado fuerte.

—Bonitas —comentó refiriéndose a las niñas retratadas—. Dígame sus nombres y sus edades y revisaré el archivo de lápidas.

—Roda, apellido Roda García —mustió ella—. Mercè tiene trece años, Palmira once y Carmen ocho.

—Espere aquí. Ahora vuelvo.

El sepulturero partió y Celia esperó con el corazón en vilo. Al cabo de un rato, que le pareció eterno, el hombre por fin regresó.

—Aquí no están, señora —dijo, sin más.

Ella dejó escapar un grito de alivio y cayó de rodillas, abrazando a su bebé.

—Venga, venga —dijo él. Quería consolarla, pero no se atrevía a tocarla con sus manos llenas de lodo. Dirigiéndose a Montserrat preguntó—. ¿Quieres comer algo, maca? Venid. Veréis qué rico bocadillo.

El sepulturero las llevó a la capilla que hacía las veces de cuarto de descanso. Ahí les compartió su almuerzo: un poco de pan y chorizo. Por primera vez Celia comió con ganas y después rezó disimuladamente dando gracias con todo el fervor de su alma al Cristo que coronaba el templo.

De regreso al centro de la ciudad, Celia tuvo que aceptar su cruda realidad, no podía sostener a su hija mendigando. Montserrat no llegaría a sus dos añitos, que casi cumplía, al paso que iban. Comenzaba a perder peso. Ya no sonreía y sus ojitos se iban apagando. Ahora mismo llevaban dos horas con la mano extendida en Las Ramblas y la gente iba y venía sin darle un solo céntimo. Ni siquiera se dignaban a mirarlas. La guerra no permite caridades, pensó, rendida. Tenía que aceptar que ser limosnera era un acto digno, sí, pero suicida.

En el Paralelo, Celia abrió su bolso y contó las pocas monedas que le quedaban, una vez más. Tenía lo justo para tomar el tranvía al Distrito de Le Corts. Su decisión estaba tomada: antes de que las autoridades le quitaran a Montserrat y se la llevaran, solo Dios sabía a dónde, ella misma la entregaría a la CMEB, la Casa Provincial de la Maternidad y Expósitos, la institución que albergaba a los niños huérfanos o abandonados. Ahí, cuando menos, su hija podría comer. Ahí estaría a salvo mientras ella buscaba a sus hermanas. Y en cuanto las hallara, regresaría a reclamar a Montserrat. Con la ayuda de Dios, encontraría a sus hermanitas muy pronto.

El cielo se cubrió de nubes y opacó la luz de la mañana. Las primeras gotas de lluvia rodaron por su rostro, ya húmedo.

El Mexique

27 de mayo, 1937

Carmen había visto el mar solo una vez en su vida. El día que su padre les dio la sorpresa y las llevó a la playa de la Barceloneta. En casa, cuando hablaban de aquel inolvidable paseo, lo mencionaban como «el día del pescado» por el caldo delicioso que la abuela había preparado cuando regresaron de la aventura. Pero a Carmen ese apodo nunca le gustó. Para ella, aquel había sido «el día del mar» porque ¡qué impresión le había causado ver aquel campo inmenso de olas bailarinas! Por más que abrió los ojos, no pudo mirarlo completo: era tan azul y grande; se alargaba desde las nubes hasta esa raya estiradísima de donde, según papá, brotaba el sol.

—Es descuidado ese sol —le explicó—. Sube y baja, y cuando lo hace, deja el cielo todo rayado, como ves.

A Carmen le pareció que el cielo se veía muy hermoso teñido de aquellos colores rojos y púrpuras. Se alegró que el sol fuera descuidado.

Algo más sucedió ese día que Carmen nunca iba a olvidar. Se encontraba corriendo por la arena, brincando olitas en la orilla y recogiendo conchas, cuando de repente vio un caracol muy lindo debajo del agua espumosa. Se agachó a recogerlo, al hacerlo sintió un dolor agudo en la mano. Cuando la alzó, se llevó una gran sorpresa: prendido de su dedo meñique estaba un cangrejo pequeño que la miraba con ojos saltones y muy separados sobre su caparazón. Su desconcierto fue tal, que a pesar del dolor no pudo gritar. Sacudió la mano con fuerza, pero eso solo sirvió para que el crustáceo se aferrara más a su dedo. Ahora sí gritó con ganas y su padre corrió a auxiliarla. Al ver lo que sucedía, pinzó la tenaza del cangrejo y se la arrancó de un tirón, separándolo de su extremidad. Luego, con mucho cuidado, abrió la garra hasta que el dedito lastimado de Carmen quedó libre. Ella no dejaba de llorar.

—Lo has dejado manco, papá. Pobre cangrejo.

—No, hija —respondió él consolándola—. A ese animal le crecerá otra tenaza en unos días, ya lo verás. Así son los cangrejos.

Hoy, mirando el mar por segunda vez desde la cubierta de aquel enorme barco, el Mexique, Carmen experimentaba un dolor parecido al que había sentido «el día del pescado». Era como si la tenaza del cangrejo manco le estuviera apretando el corazón. ¡Qué diferente se veía el mar sin sol! Era de noche, el cielo y el mar se fundían sin rayita que los separara. El reflejo de la luna centelleaba sobre las olas. Aquello semejaba una cueva oscura llena de luciérnagas.

Carmen quería que papá estuviera a su lado para quitarle esa garra de cangrejo que le apretujaba el pecho. Necesitaba hablar con mamá y preguntarle por qué no estaba con ellas. Otros niños sí viajaban con sus padres, entonces, ¿por qué ella no? Familias enteras huían de la guerra juntas. ¡Juntas! Mamá y papá debieron de haber venido en el barco con ellas. ¿Qué pasaría si les caía una bomba y los mataba? Y luego, ¿quién iba a mandar por ellas a México? Al pensarlo sintió que se ahogaba. Respiró muy hondo tratando de calmarse. La brisa fría, molesta, olía a algas y a sal. Quizás a eso olían las ballenas.

—No te asomes tanto, Carmen —advirtió Mercè a su lado.

—Es que me duele la barriga —se quejó. No sabía cómo describirle la garra que la sofocaba.

—A ti siempre te duele algo —contestó su hermana, impaciente.

Mercè no estaba para consolar a nadie. Su madre no había llegado al muelle a despedirlas y ella no acababa de entender el motivo de su ausencia. Se preguntaba con ansiedad si le habría pasado algo. Su madre siempre les daba su bendición cuando se separaban, aunque fueran solo a la esquina. Entonces, ¿qué pudo haberla detenido cuando sabía que sus hijas se iban tan lejos? Una variedad de posibilidades funestas se le encaramaban en la mente como hormigas. ¿Habría caído víctima de un asalto? ¿De una bomba? Trataba de serenarse porque muy adentro sentía que nada malo le había sucedido. Quizás no quiso despedirse, razonaba. Quizás no pudo con ese último adiós. Pero y luego, ¿por qué había permitido que se fueran tan lejos? Tal vez no estaba enterada de que iban en ese barco. Probablemente papá le había ocultado la verdad, como solía hacerlo, y mamá no sabía que las estaban mandando fuera de España. ¡Eso era! Eso tenía que ser porque, pensándolo bien, mamá jamás hubiera permitido que las enviaran tan lejos y mucho menos solas. El jaloneo de emociones la mareaba, pero al final, un sentimiento tomaba protagonismo: la rabia. Sentía rabia contra su padre, contra la abuela, contra la guerra, contra el mundo y sobre todo contra esas hermanas pesadas que de todo se quejaban.

—¿Cuánto tiempo tenemos que estar aquí? —preguntó Palmira—. Tengo frío.

—No lo sé —contestó Mercè con fastidio—. Los maestros dijeron que esperáramos aquí en cubierta y eso haremos.

El Ministerio de Educación había contratado a doce maestros, tres enfermeras y un doctor para que acompañaran a los niños en el viaje. A Mercè le quedaba claro que no eran suficientes para controlar a los casi 500 niños que eran en total. El repartidero de los camarotes, por ejemplo, había sido todo un drama. A cada maestro le correspondía un poco más de 40 niños, y al tratar de separar a los hermanos menores de las hermanas mayores, los pequeños se opusieron vehementemente. Ahí sobrevino un caos. Los niños corrían, se amontonaban, chocaban en los estrechos pasillos, empujándose e incluso poniendo en peligro a los más pequeños. Era demasiado tener a 500 niños en una situación de vulnerabilidad para que 12 personas pudieran poner orden. Se escuchaban llantos, quejas, miedo, descontrol. Al final los maestros desistieron y los niños se acomodaron como quisieron.

Mercè rápidamente y con gran habilidad se había adueñado de un camarote para ella y sus hermanas. Era un cuarto oscuro, sin ventanas, con dos literas en cada lado, ubicado lejos de los chicos revoltosos. Estaba limpio y, además, podía cerrarse con llave por dentro. Ahí los niños esos no las molestarían, pensó.

Desempacaron sus maletitas mientras que los niños continuaban recorriendo el barco, haciendo caso omiso a las advertencias de sus superiores; subían y bajaban de primera a segunda y tercera clase, invadiendo las bodegas y la sala de máquinas. Ahí se entretenían como podían, haciendo travesuras. El barco era enorme y ellos ¡eran tantos! Aquello era una juerga.

El capitán se dio cuenta del desastre que se estaba viviendo a bordo con tanto niño alocado. Resuelto, dio la orden y convocó a los maestros, con sus respectivos grupos, a cubierta. Y ahora ahí estaban todos, medio formados, presenciando la ceremonia de despedida que el consulado de México en Francia había organizado. Había poca luz en el muelle, por las huelgas de los electricistas, pero aun así Carmen alcanzó a ver a varios señores encorbatados, de sombrero, subidos en un tablado. Desde ahí daban sus discursos por altavoz. A Carmen le parecieron larguísimos y rebuscados pero el resto de los pasajeros parecían disfrutarlos y recibían las palabras en un solemne silencio cargado de anhelos, sonrisas y lágrimas.

El que ahora mismo hablaba era un dignatario mexicano.

—¡Españoles! —dijo—. Patriotas españoles que hoy marchan hacia mi tierra, vengo a despedirlos en nombre del gobierno mexicano.

La voz del ministro continuó taladrando las sombras del muelle por lo que a Carmen le pareció una eternidad. En algún momento su tono se volvió contundente, lo cual indicaba el cierre de su sermón.

—Españoles antifascistas, México los considera extranjeros amigos, y les ofrece, a ustedes y a sus hijos, un hogar y ¡la libertad!

Los brazos estallaron en una convulsión de vítores. Carmen también aplaudió, pensando que aquello había acabado, pero enseguida otro señor tomó la palabra. Era el representante de las autoridades de la República quien agradeció, de mil maneras, la noble acogida de los mexicanos a todos los hijos de España, especialmente a los pequeños.

—Hoy, este pueblo marcha sobre el azul generoso del Atlántico, sobre las rutas históricas, hacia otra patria temporal, grande y humana, libre y fraterna, que le abre en esta hora de dolor supremo las puertas mismas del corazón. La unidad, la continuidad en la resistencia antifascista, el trabajo y el sacrificio constante son las armas que los españoles tenemos en las manos para volver sobre estas rutas, el día que sean jubiladas por la liberación definitiva de los pueblos de España.

Alguien en la multitud gritó:

—¡Viva el presidente Cárdenas!

Los vítores al presidente estallaron, impidiendo que el magistrado terminara su discurso.

Las notas del Himno de Riego se dejaron escuchar y todos alzaron el puño al aire en solidaridad a la causa del gobierno Republicano. Era un saludo que Carmen conocía y que había aprendido en la escuela.

Por fin, una vez terminada la ceremonia los pasajeros se dispersaron por la enorme nave. Las hermanas Roda se quedaron en la cubierta a observar el avance perezoso de aquel barco formidable que habría de llevarlas muy lejos de su patria. Carmen abrazó a su muñeca. Quería volver a casa, aunque los aviones escupieran bombas y tuviera que comer sopas de cáscaras de patata, o ratas, el resto de su vida.

Al cabo de un rato, el vaivén de las olas comenzó a afectarlos a todos. Palmira fue la primera de las hermanas en marearse.

—Me encuentro mal —se quejó.

No acabó de decirlo cuando se agarró el estómago, se dobló y vomitó. Carmen prontamente siguió su ejemplo y Mercè, conteniendo su propio asco, apenas tuvo tiempo de forzarlas a inclinarse hacia delante para que no se mancharan la ropa. Después, ella misma se arqueó y arrojó lo poco que llevaba en el estómago. El barco estaba cubierto de vómito. El hedor se volvió insoportable.

Los marineros iban y venían con los baldes de agua, trapeando, pero no se daban abasto para limpiar la cubierta. La cena quedó cancelada y los niños fueron despachados a sus camarotes.

El barco atravesaba el océano Atlántico sin contratiempos. La primera semana la mayoría de los niños la pasaron mal. Sin hambre ni ánimo para nada, deambulaban de las literas a la borda, pálidos y con los ojos extraviados. Paseaban sin destino fijo a lo largo del barco.

A los mayores se les hizo evidente su súbita orfandad; poco a poco fueron tomando conciencia de la vastedad del océano. Estaban solos. Atrás habían quedado los mimos de los padres, la cama tibia y limpia, los rostros amados. Los más pequeños clamaban en vano por sus madres. Intuían, aterrados, que a partir de aquel viaje cada cual tendría que valerse por sí mismo.

Los siguientes días transcurrieron perezosamente, llevándose consigo el malestar en las pancitas de las niñas. Carmen fue la primera en volver a sentir hambre. Una mañana, cuando los llamaron a todos al comedor, se formó en la cola y acudió sola, después de prometerle a Mercè que no hablaría con nadie, ni siquiera con otros niños. Eran pocos en las mesas y por fortuna no estaban los niños malos. Carmen se acabó todito el caldo de gallina que les dieron para asentarles el estómago. La sopa le supo deliciosa y lamentó que sus hermanas no estuvieran con ella para saborearla. Los meseros iban y venían balanceando enormes charolas con los platos soperos que les repartían como podían, tratando de no derramarlos. En el centro de las mesas colocaron bandejas de pan. ¡Pan blanco y suave! Se podía morder sin necesidad de remojarlo en agua o aceite. Cuando nadie la estaba mirando, Carmen agarró varias piezas de pan y las escondió debajo del vestido para llevárselas a sus hermanas. No era un robo, se dijo a sí misma, tenían derecho a su ración.

Al salir del comedor con la falda abultada, uno de los meseros le guiñó el ojo.

—Habrás comido mucho. Mira nada más qué barriga tienes.

En el camarote sus hermanas se arquearon de asco con solo oler el pan. Mercè la regañó por el atrevimiento.

—¿No has escuchado lo que dijeron los maestros? La comida está prohibida en los camarotes para que no se llenen de ratas. Ojalá los maestros no te acusen.

—Los maestros no estaban en el comedor. Nadie me ha visto.

Mercè no dijo nada, pero la ausencia de los maestros era algo que ya había observado y que le preocupaba. Los profesores parecían haberse desentendido de su responsabilidad. Se mezclaban con el resto de los pasajeros en la primera clase y se abocaban a disfrutar de las comodidades del viaje, tomando copas y gozando de la buena comida. Los niños malos, sobre todo liderados por Sebastián, impusieron una anarquía y se dedicaron a abusar de los menores. El pillaje y la indecencia camparon a sus anchas durante la travesía. Aquellos chicos habían crecido solos: sus padres perdidos o asesinados en el frente, sus madres en la búsqueda desesperada de los alimentos. Estaban acostumbrados al abandono y al caos, a vivir con el miedo de perder la vida en cualquier momento. Mentían, robaban y se aprovechaban del más débil para sobrevivir. No tenían respeto a la autoridad. Entre esos chicos machacados por la guerra también había algunos delincuentes que ahora, en el barco, daban rienda suelta a sus más bajos instintos. Ella y sus hermanas procuraban alejarse de todos ellos, pero Mercè sentía que Sebastián la tenía vigilada.

—Ahí va mi chica —le decía a su tropa cada vez que se cruzaba con ella en el comedor o en la cubierta. Y le lanzaba un beso al aire, provocando las carcajadas de los demás.

A Mercè le hubiera gustado acudir a los maestros y quejarse de él, pero sabía que eso no resolvería el problema. El descuido de los maestros era innegable y no pasó desapercibido al resto de la tripulación. En la nave se repartía un diario en el que publicaban lo que estaba sucediendo en el mundo, datos históricos y culturales sobre México, el país que les daría abrigo, anuncios de tertulias y conciertos organizados abordo y cualquier otra información de interés para los pasajeros. Todos los días Mercè les leía ese diario a sus hermanas pues sentía la obligación de impartirles un poco de educación, ya que los maestros no lo hacían. Una mañana, cuando comenzaba la lectura del día en el camarote, el titular de una columna llamó su atención *Dejar el barco sin peques*. Lo leyó en voz alta.

> ¡Ah, de seguir así los solteros, dejaremos el Mexique sin peques! Perdón, eso de dejar el barco sin peques ha sido un arrebato. No tenemos sangre de Herodes, porque, a fin de cuentas, también queremos a los peques y nos preocupamos por ellos. ¿Por qué camaradas maestros, que en fuerte número venís en el barco,

no cogéis a nuestros chavales y en pequeños grupos les hacéis más agradable la travesía, contándoles cosas amenas e instructivas? ¡Venga, camaradas maestros, a reunirse ahora mismo y a precisar las cosas! ¿O acaso no oyen el grito de Pepito? ¿Y no ven que Juanito quiere meter la cabeza por entre las barras de la borda? ¿Y que Luisín se dedica a patinar sobre la cubierta recién baldeada y amenaza con romperse la crisma?

—¿Están hablando de nosotros? —preguntó Palmira, con su acostumbrada inocencia.

—¿Y de quién más va a ser si no? —contestó Mercè—. Por supuesto que sí.

—Eso que dicen es verdad —terció Carmen—. Ayer un niño estaba patinando en la cubierta, pero no se llama Luisín. Se llama Antonio.

—Los nombres son ficticios, Carmen. Se lo han inventado —explicó Mercè—. ¿No veis? Quieren que los maestros metan en cintura a los chicos revoltosos. Ojalá lo hagan. Ojalá que cuando lean esta columna les de vergüenza no cumplir con su trabajo.

—Pues sí, porque son una plaga —asintió Carmen.

—¿Y tú por qué estabas hablando con el tal Antonio? —preguntó Mercè, de repente consternada—. ¿No te he dicho muchas veces que no debes hablar con nadie?

—No. Yo no estaba hablando con él. No quería ni verlo. Él fue el que me habló y me dio una orden.

—¿Qué orden?

—Que cogiera las colillas de cigarro y que se las diera. Quería fumar con sus amigos. ¿Has visto cuántas colillas hay tiradas por todos lados?

Por supuesto que las había visto. Los marineros no se daban abasto recogiendo la basura que los pasajeros lanzaban sobre la cubierta.

—¿Y lo obedeciste? —preguntó, sabiendo desde ya la respuesta.

—No. Bueno, sí. Es que dijo que si no lo obedecía me pegaría. Me gritó: «¡Date prisa, escoria!» y yo me di prisa. Ese chico es así de grandote, Mercè —dijo, señalando con los brazos—. Es amigo del bigotudo, el otro grandote que nos quitó el vino en el tren ¿te acuerdas? Y amigo del chimuelo que me sacó la lengua. El bigotudo se llama Sebastián y el chimuelo se llama José.

Mercè arrojó el periódico en la litera y se levantó. Estaba harta de esos pandilleros, harta de Sebastián, del tal Antonio, y del resto de esos sinvergüenzas que hacían lo que les daba la gana.

—Venid todas. Ahora mismo vamos a acusar a esos miserables con los maestros. Esto no va a quedar así.

Palmira abrió los ojos muy grandes y se abalanzó a la puerta del camarote a impedir su paso.

—No, Mercè. ¡Déjalo, por favor! —suplicó—. Si los acusas se vengarán. ¡No lo hagas! ¿Qué más da que Carmen haya recogido unas cuantas colillas? Eso le pasa por andar vagando sola por la cubierta.

—No, yo no. Yo no estaba vagando —se defendió Carmen—. Yo solo quería ver las ballenas, pero no estaban.

Mercè no apartaba los ojos de Palmira.

—Hazte a un lado —le ordenó.

—Mercè, cálmate. Date cuenta de que estás crispada y ¿te acuerdas lo que siempre nos decía mamá? Ningún problema se resuelve estando enfadada.

—No me importa lo que haya dicho mamá —respondió ella, aún más enojada—. Ella no está aquí, ¿o sí? Aquí la que manda soy yo. Acostúmbrate. Así que apártate o te aparto yo.

Palmira no se movió. Mercè se abalanzó resuelta sobre ella. Las hermanas forcejearon. Carmen se alejó de aquellas dos grandulonas que ya caían al suelo, jalándose el pelo y dándose bofetadas. A Mercè no le llevó mucho tiempo subyugar a Palmira, que no era capaz de alzar los puños. Lo único que hacía era defenderse, empujando a su agresora.

Mercè se encaramó sobre ella y le asió los brazos, inmovilizándola.

—¿No te das cuenta? —jadeó—. Si no encaramos a esos gamberros, seguirán dándonos órdenes. Ayer a Carmen y mañana a ti. Y ¿qué vas a hacer cuando te manden a lamerles los pies? ¿Lo harás? No ¿verdad? Así es que, escúchame. Vamos a acusarlos. ¡Eso es lo que haremos! Y los maestros, si tienen un poco de vergüenza, los castigarán. Solo así nos dejarán en paz.

Palmira nada dijo. Poco a poco dejó de resistir, se tapó el rostro y comenzó a llorar.

—Es que tú no los conoces, Mercè. Son malos, muy malos.

Lloraba y temblaba con verdadero miedo, lo cual sorprendió a Mercè. Aquello no era para tanto. ¿Qué le pasaba? Le soltó las manos y se incorporó, sacudiéndose la falda.

—Cálmate —la amonestó. Le ofreció la mano para ayudarla a incorporarse, pero Palmira se hizo un ovillo y siguió llorando. Su actitud molestó a Mercè. La conocía bien y aunque era miedosa y evitaba el conflicto a toda costa, estaba claro que ahora mismo algo escondía. Algo importante.

—¿Qué te pasa? —le preguntó, incierta de si quería saberlo—. Anda. Suéltalo.

Palmira se sentó con lentitud. Se enjugó las lágrimas con la manga de su vestido y esperó a que los sollozos se espaciaran. Luego miró directo a su hermana con ojos enrojecidos.

—¿Te acuerdas del primer día en el barco, cuando nos dieron la clase de seguridad por si naufragamos?

—Sí.

—Bueno, pues ese día, después de la clase, el maestro me mandó a devolver los chalecos flotadores. A la hora que fui a hacerlo me encontré a esos chicos. Estaban robando la comida que guardan en los botes salvavidas. Hicieron un desastre y cuando me vieron —un sollozo la interrumpió, pero siguió hablando con voz entrecortada—, fue horrible. Me empujaron. Me insultaron. Grité muchísimo y cuando por fin me soltaron me hicieron jurar que no los acusaría. Lo juré. Lo juré muchas veces. Pero ellos no me tuvieron confianza y para estar seguros me obligaron a tomar de una de las latas de leche condensada que habían abierto. Yo no quería beber de esa leche, no quería. No quería ser una ladrona como ellos, pero lo hice. Si los acusas, ellos me acusarán a mí, y el capitán nos meterá en la celda. Yo no quiero que me metan a esa celda, Mercè. No, por favor.

Palmira se cubrió el rostro y dio rienda suelta a su llanto. Mercè se arrodilló junto a su hermana y la abrazó. Carmen corrió a unirse al abrazo. Lloraron juntas arrulladas por el vaivén de las olas. Afuera, cardúmenes de peces voladores perseguían el barco cargado de niños desamparados que no acababan de entender qué hacían en las entrañas de esa nave, en medio del océano.

Mercè alzó el rostro inundado de lágrimas de Palmira y le hizo una promesa que después lamentaría.

—Te prometo que mientras yo esté viva nadie volverá a meterse contigo.

La niña tartamuda

La abuela solía decir que los pecados se pagan en vida, pero Carmen nunca le creyó. Ella creía lo que mamá decía, que era otra cosa. Mamá decía que los pecados se pagan después, cuando uno muere y eso le parecía más justo porque, además, uno no tenía que pagar nada si se pedía perdón.

—Pedid perdón por vuestros pecados —solía aconsejar mamá, a la hora del rezo—, porque si no lo hacéis, cuando Dios os llame a su lado, os cerrará las puertas del cielo y os mandará derechito al infierno.

Carmen no quería ir al infierno. Sabía lo mucho que dolía quemarse, como aquella vez que se quemó el dedo al encender un fósforo. No podía imaginarse lo que sería vivir en las llamas por toda la eternidad. Solo pensarlo le ponía la piel de gallina. Por eso obedecía y por eso, todas las noches, pedía perdón por sus faltas: las de ayer, las de hoy y las de mañana, en caso de que al día siguiente se le olvidara rezar. Pedir perdón era una medida sensata y fácil para evitar el castigo divino. Además, era parte de su rutina, lo hacía después de lavarse los dientes y leer los cuentos, justo antes del beso de buenas noches de mamá. Claro que todo eso era antes, antes de que mamá se fuera de la casa, de que estallara la guerra y antes de que ese barco las llevara muy muy lejos de España. Ahora nada de eso sucedía. Ahora nadie la obligaba a lavarse los dientes. En ese barco no les daban cepillos ni pasta. Tampoco les leían cuentos. Nadie la arropaba en la cama. Aun así, ella rezaba todas las noches, como ahora mismo lo estaba haciendo. Arrodillada junto al camastro con las manos juntas y los ojos cerrados porque en la pared de ese camarote no había ninguna imagen de Jesús a quien pedirle las cosas. Igual, ella rezaba.

—Jesucristo de mi vida, eres niño como yo, por eso te quiero tanto y te doy mi corazón. Tómalo, tuyo es y mío no. Aaaaaamén.

La última palabra se le enredó en la boca. Entonces volvió a pensar en la abuela. Quizás tenía razón, después de todo. Quizás los pecados se pagaban en vida y no después. Si no ¿por qué de pronto ya no podía hablar bien? Desde el día anterior la lengua le pesaba como si fuese una esponja mojada y las palabras le salían torcidas. Algo extraño estaba pasando y aunque no sabía a ciencia cierta qué era, estaba casi segura de que Dios la estaba castigando por haber dicho mentiras. Era mucha coincidencia que justo después de haber mentido, hubiera comenzado el problema. El día antes el doctor de la clínica del barco la había interrogado sobre aquella cosa horrible que le había pasado a Mercè y ella, en vez de decirle la verdad y contarle todo lo que había visto, dijo que no había visto nada. Pero sí había visto. Lo había visto todito. Pero ¿cómo describirle al doctor algo tan... tan malo y feo? No quiso. No pudo. Dijo mentiras y desde entonces la lengua ya no le servía ni siquiera para rezar y pedir perdón, por lo visto. Ya le había costado asimilar el incidente de Palmira con los chicos abusones, que la obligaron a beber una lata entera de leche condensada para hacerla cómplice de sus robos. Pero esta vez...esta vez...

—Duérmete ya, Carmen —ordenó Mercè, desde su cama.

Carmen se persignó, se subió a su camastro, metió a su muñeca bajo las mantas y se tapó hasta el mentón. Cerró los ojos, pero no pudo dormir. Mercè lloraba y sus sollozos le lastimaban las orejas. Se tapó la cabeza con la almohada, pero igual seguía oyéndola. Al cabo de un rato no soportó más, se levantó y con todo y su muñeca se subió a la litera de Mercè. La abrazó.

—¿Por qué lloras? —le preguntó quedito para no despertar a Palmira. Ella sí dormía, desde hacía rato.

—No estoy llorando —dijo ella.

Carmen se acurrucó más. Sabía por qué lloraba Mercè, pero no sabía cómo consolarla.

—¿Quieres que te lea un cuento? —le preguntó.

—No —contestó—. Vete a tu cama.

Eso era una lástima porque a Carmen le encantaban los cuentos. En el barco las maestras habían repartido libros a los niños de la expedición, los había facilitado la Generalitat de Catalunya, les dijeron. Eran *El patito feo*, *El gato con botas* y *Pulgarcito*, este último con un ogro que era un aviador fascista. En todos los cuentos los buenos siempre eran los que defendían a la República y los malos los otros, los de derecha, los que querían destruirla. Pero a Carmen el cuento que más le gustaba era *El més petit*, del niño que llamaba a luchar y que prometía cosas buenas. Como era el menor de tres hermanos, se identificaba con él; ella también era el número tres de las hermanitas Roda. Era como *El més petit*.

—Me parece que en mi camastro tengo el de *El gato con botas* —insistió.

—No, ya duérmete.

—O si quieres, te puedo contar uno de memoria. ¿Te acuerdas del cuento que se llama *Las hadas* que solía contarnos mamá?

—Que no, que es hora de dormir.

—Pero es que es un cuento muy bonito.

Mercè suspiró.

—Vale. Pero después te vas a tu cama y te duermes ¿de acuerdo?

Carmen rápidamente se sentó en el camastro y comenzó a narrarle, en voz baja, ese cuento que desde ayer venía recordando. Lo contó de prisa para que la lengua no se le tropezara. Había notado que cuando hablaba rápido, sin pensarlo mucho, hablaba bien.

—Érase una viuda que tenía dos hijas: la mayor era fea y mala como ella y la pequeña, en cambio, era hermosa y buena, como su padre —cuando llegó al punto final de la frase respiró con alivio. Hasta ahí todo iba bien. La lengua no se le enredaba. ¡Quizás Dios ya le había perdonado sus mentiras!

Antes de que sucediera otra cosa, retomó el relato.

—La madre quería más a la hija mayor porque se parecía a ella y a la hija menor la despreciaba.

—Las madres no desprecian a sus hijas —interrumpió Mercè.

—Pues esta sí, porque era mala, ya te lo he dicho, y las madres malas desprecian a todo el mundo, incluso a sus propias hijas. Nosotras tuvimos suerte de tener una madre buena, Mercè y por eso...

—Vale, vale. ¿Y qué sigue?

—Pues nada, que, por eso mismo, porque despreciaba a su hija pequeña, le daba muchas faenas, entre ellas tenía que ir a la fuente a traer agua. Era una palangana así de grandota y tenía que cargarla muy lejos, ¿sabes? Un día, estando en la fuente, se le acercó una mujer pobre y haraposa y le pidió agua. Ella, que era bondadosa, le dio de beber. La mujer en realidad era un hada y como estaba agradecida, le concedió un don: que cada vez que la niña hablara le salieran joyas y rosas de la boca. Cuando la niña regresó a casa le contó todo a su madre y al hacerlo brincaron de su boca diamantes, perlas y rosas.

—Vaya suerte —comentó Mercè, que ya no lloraba y le acariciaba el pelo.

—Sí, mucha suerte. Entonces la madre mandó a su hija mayor, la mala, a la fuente para que ella también le diera agua a la pordiosera y regresara escupiendo joyas. La hija no quería ir, pero fue, refunfuñando, y cuando llegó a la fuente se encontró a una dama muy elegante. Era la misma hada que se le había aparecido a su hermana, pero ahora estaba disfrazada de rica. La dama le pidió agua, pero la hija mayor le dijo que no, que ella no era su sirvienta, y no le dio nada. Entonces el hada puso una maldición sobre ella: que al hablar le salieran serpientes y sapos de la boca. Cuando su madre supo lo ocurrido le dio el soponcio, y se enojó tanto que echó a la hija menor de la casa, pero un príncipe muy majo la vio, se enamoró de ella y se casaron. Fueron muy felices.

Carmen guardó silencio. Había terminado el cuento y esperaba que Mercè dijera algo, o que la mandara de regreso a su cama, pero ella se limitó a acariciarla. Ya no lloraba.

—Bonito cuento —dijo, finalmente—, pero me da un poco de pena la hija mayor. Una terrible maldición la de escupir sapos y serpientes.

—Sí, terrible, pero eso le pasó por ser mala.

—De acuerdo, pero el hada pudo haberle dado un castigo más piadoso ¿no crees? Qué sé yo, pudo haberla dejado muda, por ejemplo.

Carmen nunca había pensado en eso. Quizás Mercè tenía razón; quizás a esa hada se le había pasado la mano con la maldición. Se imaginó a la hija fea tratando de hablar. Seguro se le hinchaba la lengua, y seguro que le temblaba la boca. Justo entonces, al imaginársela, comenzó a sentir un cosquilleo en su propia lengua, esa sensación rara que venía reconociendo como el preludio a todo lo demás: a la tensión en su cuello, la rigidez de su mandíbula el temblor incontrolable de sus labios. Apretó los puños.

—Tttiiienes rrrrrrazón.

¡La lengua se le volvía a enredar! El castigo había vuelto. ¡Qué poco le había durado el perdón de sus pecados!

Mercè se sentó en el camastro y la miró muy fijo.

—¿Qué te pasa? ¿Por qué hablas así?

A Carmen le dio miedo y vergüenza volver hablar.

—¡Contéstame! —ordenó su hermana.

—Nnnnnno sé —dijo, por fin, arrastrando las palabras.

—Habla bien, niña, que esto no me hace gracia.

—Nnnnnno ppppppuedo —balbuceó, y se soltó a llorar.

Mercè no supo qué pensar. Ya había escuchado el tartamudeo de Carmen, pero no le había prestado mucha atención. Estaba partida de cuerpo y alma y no tenía fuerzas para ayudar a su hermana, ni a nadie más. Lo único que quería era dormir, que la dejaran en paz, que nadie le hablara, que nadie la viera y que nadie, ¡nadie!, la tocara. Desde que las autoridades habían terminado la supuesta *indagación de los hechos* se había encerrado en el camarote. ¿A quién le importaba el resultado de esa investigación? Tantas preguntas. Tanta gente. Tanto lío ¿para qué? Nadie podía borrar lo ocurrido. Y no quería volver a ver a esos maestros inútiles, o a los niños descarriados que solo se burlarían de ella, o a la enfermera, o al médico. Pero tendría que hacerlo, porque ¿qué tal que el padecer de Carmen requiriera atención inmediata?

—Mañana en cuanto amanezca vamos a la clínica del barco a hablar con el doctor —dijo, abrazándola—. Ahora vete a tu cama. Y llévate a tu muñeca.

Al día siguiente, tan pronto el médico entró a la cabina, Carmen comenzó a hablar compulsivamente, sin parar. Habló con urgencia para no tropezarse, resuelta a decir toda la verdad para sacarse el pecado del alma y acabar con la maldición.

—Lo vi todo, doctor. Y perdón que antes no le dije la verdad, pero es que no quería decirlo. Palmira y yo estábamos jugando al escondite ahí en el cuarto donde guardan los salvavidas. Yo me metí debajo de una de las lanchas y Palmira estaba contando todavía, con los ojos tapados. Iba en el número ocho cuando, de repente, llegó ese señor. Un marinero. Agarró a Palmira y comenzó a zarandearla. Yo sentí mucho miedo. ¡No sabía qué hacer! Salí de mi escondite sin que me vieran y corrí por Mercè. Cuando ella llegó le dijo al marinero que dejara en paz a Palmira, y que mejor la zarandeara a ella. Él se rio. Se reía muy feo, pero le hizo caso. Soltó a Palmira y tiró al suelo a Mercè. La aplastó. Y la empujó. Mucho, mucho. Y luego. Llluego. Eeeso. Cccuando paró, Mercè ttttenía sssangre en sssus piernas. Mmme asusté mmmucho. Mmmuuchísimo. Pppensé que te mmmataba, Mercè. Nnno quería que te mmmatara, Mercè. Nnno qqquería.

Mercè se abalanzó a abrazar a su hermana. La arrulló, consolándola. Lloraron juntas.

El médico había escuchado el discurso de la pequeña con creciente alarma e indignación. ¿Dónde estaban las maestras que se suponía deberían de cuidar a los pequeños refugiados? Se preguntó, furioso. ¿Cómo habían permitido semejante desgracia? ¿Y qué tipo de salvaje era capaz de ultrajar a una niña inocente como Mercè? ¡Seguramente ni siquiera menstruaba! El doctor apenas pudo contener su furia. Se asió las manos que temblaban y dejó que las niñas se desahogaran. Aguardó en respetuoso silencio hasta que los sollozos cesaron y después, sacándose el pañuelo de su bata blanca, se los ofreció con gentileza. Mercè se enjugó las lágrimas y luego las de su hermana.

—Gracias por contármelo todo —dijo el médico. Luego se dirigió a la puerta, la abrió, y hablándole a Carmen agregó—. Necesito hablar a solas con tu hermana, guapa. ¿Nos esperas afuera, por favor?

Carmen asintió con la cabeza y se encaminó a la puerta, pero antes de salir le preguntó, sin trabarse.

—Doctor, ¿verdad que una niña, por muy enferma que esté, jamás podría escupir sapos?

Mercè se obligó a levantarse de la cama. Sus hermanitas tenían hambre y ella, por muy mal que se sintiera, tenía que llevarlas a desayunar. No las dejaba ir solas a ningún lado. Después, en cuanto pudiera, regresaría al camarote, le echaría el candado a la puerta, y dormiría el resto del día, decidió. Nunca se había sentido tan cansada. Nunca le había dolido el cuerpo y la cabeza como le dolían ahora mismo.

Sus hermanas ya estaban despiertas y esperándola, desde hacía rato. Carmen se entretenía jugando con su muñeca, haciéndole una casita con las frazadas. Palmira leía el diario, pero al ver que Mercè se levantaba de la cama, rápidamente lo escondió debajo de las mantas, no antes de que Mercè lo percibiera.

—¿Qué haces? —le preguntó.

—Nada. No hago nada.

—¿Por qué escondes el periódico?

Extendió la mano exigiendo su entrega.

—Es mejor que no lo leas, Mercè —le advirtió, suplicante—. No dice nada bueno.

—¡He dicho que me lo des! —ordenó ella. La ansiedad de su hermana acrecentaba su propio temor. ¿No habrían sido capaces de publicar... eso?

Palmira bajó la mirada, resignada y le alargó la publicación. Mercè se lo arrebató, le dio la espalda y comenzó a leer, ávida, los titulares, implorando al cielo con fervor que los editores de aquel periódico no hubieran cometido una imprudencia. Sus ojos escanearon el papel con el corazón latiéndole fuertemente en el pecho. Y sí, ahí estaban las letras negras que resaltaban a la vista de todos en la primera página: Marinero asalta a una niña y aparece golpeado. Mercè sintió que las piernas le flaqueaban. Se sentó a la orilla del camastro y volvió a arrastrar los ojos por cada palabra de aquella columna indecente. Por fortuna no aparecía el nombre de la niña. Su nombre. Pero ¿y si alguien lo adivinaba? Las mejillas le ardieron de vergüenza y furia. ¿Cómo se habían atrevido a publicar eso? ¡Le habían arruinado la vida para siempre! Sintió miedo y desconcierto, sobre todo al saber que alguien había golpeado al marinero ¿quién lo había golpeado? Pensándolo, el estómago se le revolvió. Apenas tuvo tiempo de alcanzar el baño, vomitó en el suelo, arqueándose, mientras sus hermanas la miraban sin saber qué hacer.

Palmira corrió a su lado y la abrazó.

—Lo siento. Lo siento mucho —dijo, arrullándola.

Carmen estaba espantada. Nunca había visto a Mercè llorar así. La muñeca quedó olvidada en su casita de mentiras.

—Lo bueno es que no pusieron nombres —dijo Palmira, tratando de consolar a su hermana.

—¡No hace falta que los pongan! —rebatió Mercè furiosa—. ¿Eres tonta? El mundo entero sabe que fui yo. ¿Y cómo se atreven a decir que fue un asalto? ¡Eso no fue ningún asalto! ¡Desgraciados! ¡Son todos unos desgraciados!

Frenética, asió el periódico y comenzó a desgarrarlo arrojando los pedazos con rabia, lejos de sí.

—¡Mirad lo que hago con su asalto! ¡Mirad!

Carmen se escondió debajo de las frazadas. No reconocía a su hermana mayor. Aquella chica enloquecida no podía ser Mercè.

El camarote quedó tapizado de papeles. A través de las lágrimas Mercè reparó de pronto en el bulto que era su hermana, temblando bajo las mantas.

—Llévala a desayunar —le ordenó a Palmira. Luego se acostó de nuevo en el camastro, acurrucándose en posición fetal, y se tapó hasta la cabeza con la sábana.

Cuando las niñas entraron al comedor, se hizo un silencio abrumador. Todos los ojos estaban puestos en ellas. Mercè tenía razón, pensó Palmira, con desazón. No hacía falta que el diario hubiera publicado el nombre de su hermana en su columna. Todos sabían que la niña que el marinero había ultrajado era Mercè. La denuncia del médico a la capitanía, exigiendo el arresto del marinero, había sido interceptada por la administración que, a su vez, no había podido contener los datos personales de la víctima. La voz corrió entre los chicos como una mecha y cuando la capitanía tomó riendas en el asunto, alguien, nadie sabía quién, ya había golpeado al marinero.

Las hermanas se sentaron a la mesa, en el lugar más apartado, pero aun así se les acercó Sebastián. Palmira lo vio venir con alarma, y pensó, por un instante, irse de ahí con Carmen.

No tuvo tiempo. El chico ya empujaba la silla a su lado. Se sentó y se le acercó más de lo que a ella le hubiera gustado.

—¿Dónde está tu hermana?

El tono suave y amable del chico la tranquilizó un poco.

—En el cuarto. No le apetece desayunar —contestó.

—Ha llorado mucho —irrumpió Carmen, que no se perdía ni una palabra de esa charla—. Creo que le duele mucho la tripa.

A Palmira le costaba trabajo reconocer al chico. El Sebastián que ella conocía era un odioso y engreído, un malo. Este que ahora tenían enfrente era, de alguna manera, diferente, atento y preocupado.

—Dile a Mercè que el tipo ha recibido su merecido. Dile que mientras yo esté vivo, nadie nunca más volverá a tocarla.

Hablaba con arrojo, recalcando cada palabra.

Luego se levantó de la mesa y se fue, mascullando entre dientes.

—Debí de haberlo matado.

México

Veracruz, México, 7 de junio, 1937

La travesía en el barco había durado dieciocho días. El siete de junio, cuando el sol caía, los niños divisaron en la distancia las costas de México; una rayita verde que fue revelando, paulatinamente, la flora tropical del puerto de Veracruz. En cuanto el Mexique fue visto por la multitud que esperaba su arribo, la nave se vio rodeada de pequeñas embarcaciones que llegaron a escoltarla al puerto.

Las niñas Roda miraban sobrecogidas desde la barandilla de cubierta al gentío apiñonado en el muelle. Era un mar de personas: hombres ensombrerados y mujeres que se abanicaban con furia el calor infernal de aquella ciudad *tres veces heroica*. Por esa misma puerta de entrada al país habían ingresado otros españoles, cuatro siglos antes, a conquistar México. Pero hoy los mexicanos, olvidando aquel agravio, abrían sus brazos a aquellos pobres niños que escapaban de los horrores de la guerra de España. Una buena parte de la sociedad mexicana no aprobaba la decisión del presidente Cárdenas de acogerlos. No estaban de acuerdo con los ideales antirreligiosos de los padres de esos *niños rojos*. Les parecía una injusticia, además, que habiendo tantos niños pobres en México vinieran estos chiquillos extranjeros a quitarles el pan de la boca. Los mismos gachupines, antiguos residentes españoles, en su mayoría fugitivos del ejército de la monarquía, eran franquistas. A ellos tampoco les alegraba la llegada de esos niños *comunistas*. No apoyaban la República en su país y albergaban la esperanza de que Franco restaurara la monarquía. A pesar de las diferencias ideológicas, aquel día, tanto mexicanos como españoles hacían acto de presencia para darles la bienvenida. Eso dictaba su buena cuna y Dios. Además, después de todo, aquellos pequeñuelos desamparados no tenían culpa de los pecados de sus progenitores.

Carmen no quería bajarse del barco. Aquel país le parecía muy extraño y la muchedumbre, abrumadora.

—Mercè, me ha dicho un marinero que este barco va a regresar a España. ¿Por qué no nos escondemos y volvemos en él?

—¿Qué marinero? ¡Te dije que no hablaras con los marineros, Carmen!

—No, yo no le hablé. Él me habló a mí porque me escuchó cuando le dije a Palmira que quiero volver a casa.

—Aunque ellos sean los que te hablen tú no debes dirigirle la palabra a ningún extraño, mucho menos si es marinero, ¿me oyes?

—Bueno, lo haré, tranquila. Pero ¿qué dices? ¿Nos escondemos?

—Por supuesto que no. No digas tonterías.

—Por favor, Mercè. Es que echo de menos a mamá y papá.

Mercè se sintió mal por haberla regañado. Le echó un brazo en la espalda y la atrajo hacia sí.

—Todas los echamos de menos, Carmen —dijo, con tono conciliatorio—. Muy pronto, cuando acabe la guerra, vendrán a buscarnos. Ya verás. Pero por ahora tienes que ser valiente.

Carmen dejó el tema en paz y se conformó con el abrazo de su hermana.

La nave llevaba un buen rato atracada en el muelle y la

multitud comenzaba a desesperarse. Se empujaban entre sí, al grado de que algunas personas cayeron al agua. El inesperado chapuzón fue motivo de risas entre la gente que, divertida y alegre, aplaudía cuando los nadadores por fin emergían del mar salado, hechos una sopa. El espectáculo también hizo gracia a los pequeños que se carcajeaban, desde el barandal. Algunos comenzaron a arrojar las gorritas de marinero que les habían dado para la ocasión. Estas fueron prontamente disputadas por los nadadores que, a la vez, bucearon tras las monedas que los pequeños lanzaban al mar. Uno de los maestros los había convencido de que en México el dinero español no tendría ningún valor y por lo mismo el hombre se las había embolsado. Solo algunos niños resistieron la rapacidad de ese señor sin escrúpulos y ahora eran ellos quienes lanzaban las monedas al mar para que las pescaran los improvisados bañistas.

—Este es un buen momento para escondernos —insistió Carmen—. Nadie se daría cuenta.

—¡Por Dios, Carmen! —respondió Mercè, exasperada—. He dicho que no.

Justo entonces el capitán dio la orden del desembarco. Los niños se precipitaron a formarse y a descender a tierra firme por la escalerilla. Iban cargando sus pequeñas maletitas de cartón color azul. En sus vestimentas llevaban prendidas sus señas de identidad. Algunos vestían un lazo negro en torno al brazo, símbolo de luto por la muerte de alguno de sus familiares. Los mexicanos, al entender el simbolismo del listón, se persignaron.

—¡Bienvenidos a México! —clamaron conmovidos—. ¡Vivan los niños valientes! ¡Viva España!

Palmira descendía detrás de sus hermanas, aterrada, obligándose a avanzar, con los ojos fijos en el suelo. No entendía por qué esas personas bajitas y morenas les gritoneaban así, o por qué querían tocarla. Temía que las fueran a secuestrar para meterlas a trabajar en algún circo de gitanos mexicanos, como alguien había dicho por ahí: que les gustaba sobre todo robarse a las niñas *güeritas*, palabra mexicana para referirse a las rubias. El calor era asfixiante y la humedad en el ambiente despedía un olor fuerte a caño, nauseabundo. Los mosquitos no dejaban de atacarlas sin misericordia. Al pasar cerca de una señora muy arrugada y desdentada, la mujer se interpuso en su camino y le asió el rostro.

—¡Qué chulos ojos tienes, mi vida! —exclamó.

Palmira pegó un grito y se retrajo. Mercè, que caminaba detrás de ella, la empujó para que siguiera avanzando.

—No seas desagradable, Palmira. Esa abuela solo quería mirarte. ¿Qué te pasa?

—Es que me siento muy mal —gimió ella—, creo que voy a vomitar.

—Aguanta que ya llegamos.

Por su parte, Carmen no tenía miedo y comenzaba a disfrutar de ese inesperado carnaval. Quizás México no era un mal lugar para esperar a que pasara la guerra, pensó de repente. Quizás el veraneo sería divertido, después de todo. Aquellas personas se veían alegres y se desvivían con sus muestras de cariño: les daban flores, caramelos, pan azucarado de muchos colores, ¡hasta juguetes! Le hubiera gustado detenerse, abrir su maletita y empacar lo máximo posible, al cabo que esta iba casi vacía. Como no pudo hacerlo, hizo un nudo con el dobladillo de su falta y ahí fue metiendo lo que pudo. En realidad, lo que verdaderamente deseaba en ese momento, era tomar agua. Se moría de sed.

—Quiero agua, Mercè —se quejó.

Una de las damas, elegantemente vestida, alcanzó a escucharla, y dirigiéndose a su sirvienta que la acompañaba, le ordenó.

—Corre con los encargados y diles que estos chiquitos tienen sed. Pobrecitos. Se nos van a deshidratar. ¡Que les traigan algo, por Dios!

Como por arte de magia aparecieron otras mujeres vestidas con el uniforme del puerto, cargando bandejas de fruta que comenzaron a repartir entre los pequeños. Carmen se abalanzó a agarrar lo que pudo, que fueron unos trozos jugosos de una fruta muy extraña, amarilla, que jamás había visto. Se la metió todita en la boca sin titubear. ¡Era un manjar!

—Yo quiero más de esto —dijo sin molestarse en limpiar la miel que ya resbalaba por sus mejillas acaloradas.

—Esto se llama piña —explicó la mujer riendo—. Y esta otra fruta es un mango. ¿Has probado los mangos? ¡Pruébalo, corazón!

No le tuvo que insistir. Carmen se metió en la boca la rebanada de mango y ya no supo cuál de esas dos frutas mexicanas le gustó más. Iba a agarrar otro pedazo, cuando su hermana mayor la detuvo.

—No seas ansiosa, Carmen. Y avanza que estás deteniendo la fila.

El puñado de enfermeras que escoltaban a los niños también intervinieron y comenzaron a quitarles la fruta.

—Los pequeños no están acostumbrados a esos alimentos. No se los den, por favor.

De pronto se escuchó un zumbido muy fuerte seguido por un estruendo ensordecedor en el cielo. Eran los fuegos artificiales que los veracruzanos ofrecían como bienvenida a los pequeños. Pero los niños entraron en pánico. La fila se dispersó y corrieron por todos lados, tratando de encontrar refugio. Al no hallarlo se tiraron al suelo y comenzaron a gritar.

—¡Cuerpo a tierra!

Mercè soltó la maleta.

—¡Al suelo! ¡Al suelo! —les ordenó a sus hermanas.

Las niñas se echaron de bruces y Mercè las cubrió con su cuerpo mientras ellas a su vez se tapaban la cabeza. Cientos de maletitas azules quedaron dispersas en aquel muelle inaugurado justo antes de la revolución mexicana.

Entre la multitud se hizo un silencio absoluto. Nadie se

explicaba por qué los pequeños reaccionaban de esa manera. Por fin uno de los encargados gritó:

—¡Ya paren esos fuegos, carajo!

Solo entonces comprendieron que aquellos pequeños creían que los cohetes eran bombas.

—¡Pendejos! —gritó el mismo hombre—. ¡Paren los cohetes!

El pueblo mexicano, transido de emoción ante aquel espectáculo doloroso que eran los niños tendidos en el suelo, de pronto sintió en carne viva toda la tragedia de la guerra.

Cuando los estallidos por fin cesaron, los niños se fueron levantando poco a poco, alentados por los profesores y las enfermeras que iban explicándoles que no, que aquello no eran bombas, y que lo que habían escuchado eran solo fuegos artificiales. Los ayudaron a recoger sus maletas y los pequeños volvieron a la fila. Palmira temblaba como una hoja y ya no hacía nada por ocultar su desazón. Carmen, por su parte, tenía otro problema: necesitaba cambiarse de ropa porque del susto había ensuciado la que llevaba puesta.

—Mmmeee mmmooojé —dijo, tartamudeando.

Mercè se sentía desbordada. ¡No podía con tanto! Llamó a una de las maestras para que las ayudara.

—¡Maestra!

La aludida se acercó a indagar por qué esa niña estaba deteniendo la procesión.

—Mi hermanita se ha orinado —le dijo señalándola.

La maestra vio a la niña empapada de orines y del jugo de la fruta que llevaba en su regazo. Se había reventado cuando se echó de bruces al suelo.

—Venid conmigo —les dijo y las sacó de la fila—. Dime, cariño. ¿Cuál es tu maleta?

—Esta —dijo Carmen.

—Tráela —le ordenó.

Con la ayuda de unas mujeres humildes y bondadosas, que inmediatamente entendieron la situación, le hicieron casita con sus rebozos. Una de las más jóvenes tenía unas trenzas hermosas llenas de listones de muchos colores; Carmen nunca había visto pelo tan negro, tan grueso y sedoso. Ella fue la que abrió la maleta y ayudó a Carmen a cambiarse de ropa.

—No te preocupes, niña —le dijo sonriéndole dulcemente—, aquí no pasó nada. Mira, en este *morralito* vamos a meter tu ropa mojada. Y ya cuando llegues a Morelia les pides a tus maestras que te la laven. ¿Sí?

Carmen, al ver que la maleta estaba abierta y que la muchacha se mostraba tan amable, decidió aprovechar el momento.

—Ssssseñora, ¿mmmmme puedo llevar unos mangos?

La chica, sorprendida por el tartamudeo de aquella pequeña tan bonita, sintió más compasión todavía.

—Claro que sí, niña. *'Orita* te los traigo.

Ya iba por la fruta, pero la enfermera la detuvo.

—De ninguna manera. Los niños no deben comer eso. Y tú, niña ¡menuda lata que estás dando! Coge tu maleta y regresa a la fila, ahora mismo. Vosotras también —ordenó a las hermanas—. ¡Daos prisa que el tren os deja aquí!

En la estación de ferrocarriles de Veracruz, un edificio estilo francés, los niños abordaron El Jarocho, el tren operado por la Compañía del Ferrocarril Nacional Mexicano. El Jarocho hacía la ruta nocturna tres veces por semana: Veracruz – Córdoba – Fortín de las Flores – Esperanza –Apizaco – Ometusco y finalmente, la Ciudad de México. En aquella ocasión, el conductor y su asistente donaban su tiempo para hacer la travesía y entregarle a los niños refugiados sanos y salvos al señor presidente, don Lázaro Cárdenas. Era su manera de hacer una buena labor, y además, tenían entendido que el presidente les daría la bienvenida en la estación de Colonia, y querían conocerlo en persona. Tan pronto los pequeños terminaron de abordar, el conductor sonó el agudo silbido de la locomotora y El Jarocho partió a recorrer esa línea férrea, la primera del país, construida por tramos desde 1864.

La mayoría de los niños durmieron durante el viaje sin percatarse de las fiestas que los mexicanos les habían organizado a lo largo de la ruta. En cada parada la gente les ofrecía regalos, fruta, y todo tipo de dulces extraños para ellos. Solo unos cuantos niños disfrutaron de esas muestras de afecto. Mercè se despertó al llegar a Fortín de las Flores, y viendo que sus hermanas dormían plácidamente, se bajó del tren, atraída por las mujeres que en esta ocasión regalaban flores. Una anciana le extendió un ramo de gardenias. Ella, que nunca había visto ese tipo de flor, quedó impactada por su aroma fuerte y agradable. Por el resto de su vida asociaría el potente perfume de las gardenias con su llegada a México.

Al día siguiente, el ocho de junio, los niños llegaron a la capital en donde los esperaba otra muchedumbre. Esta vez la bienvenida desbordó todos los límites y el Ejército Mexicano, formando valla, tuvo que intervenir para contener a la multitud que se arrojaba a prodigarles muestras de cariño.

De la estación Colonia los españolitos refugiados fueron trasladados a pie a la escuela Hijos del Ejército número dos, en la colonia Santa Julia, cerca de la estación. Allí los internos, niños mexicanos pobres que habrían de acompañarlos a Morelia, los recibieron con curiosidad. También los esperaba el presidente Cárdenas y su esposa, Amalia Solórzano. El presidente saludó a los niños de la fila de adelante, preguntándoles sus nombres y dándoles la bienvenida a México. Terminada la ceremonia, asistieron a los comedores donde comieron hasta hartarse, alegremente mezclados con los niños mexicanos, intercambiando experiencias y mutuamente asombrados por las notables diferencias que advertían los unos en los otros.

A la hora de irse a dormir, una vez acostadas en los catres que les habían asignado temporalmente, Carmen escuchó a Mercè llorar. Seguramente está arrepentida por no haberme hecho caso, pensó. Debimos de habernos quedado en el barco. Ahora el barco ya se fue y quién sabe cuándo podremos regresar a casa. Se le hizo un nudo en la garganta. Asió su muñeca y fue hacia su hermana mayor. Se sentó a su lado en el catre y le acarició el cabello.

—¿Qqquieres qqqque te ccccuente un cccccuento? —le preguntó.

—No —dijo ella, entre sollozos—. Anda, canta algo. Eso estaría mejor.

Carmen comenzó a cantar una de las canciones favoritas que había aprendido del *Cancionero musical de la lírica popular asturiana*, en la escuela:

No quiero que me cortejes
ni me saques a bailar
que tengo ya otros amores
que me saben regalar.

Bailando, bailando,
bailando, bailé,
perdí la cinta del pelo
y eso fue todo lo que gané.

Su dulce voz hizo eco en las paredes del frío edificio y al cabo de unos minutos sus compañeritos comenzaron a hacerle coro. Esa noche no hubo almohada seca en el internado. Hasta los niños mexicanos lloraron con ellos.

La escuela

Morelia, Michoacán, México, 10 de junio, 1937

—¿Aquí vamos a vivir? —preguntó Carmen, con zozobra.

—Eso parece —contestó Mercè.

Se encontraban enfrente de lo que sería su nuevo hogar: dos edificios separados entre sí por un terreno recientemente pavimentado. Eran dos antiguos seminarios que años atrás el gobierno mexicano había expropiado al clero. La Secretaría de Educación Pública, encabezada por el licenciado Vázquez Vela, había sido la agencia encargada de acondicionar los caserones. Después de algunas reparaciones los convirtieron en la Escuela España-México, el hospicio donde alojarían a los niños refugiados de España.

El aspecto tétrico y frío de los inmuebles llenó a Carmen de terror.

—¿Esto es una escuela? —insistió angustiada.

—Sí —contestó Mercè, sin ganas de seguir contestando preguntas necias.

—¿Pero por qué nos han traído a este lugar? Dijeron que íbamos de viaje, a pasear. ¡Yo no quiero ir a la escuela! ¡No quiero ir a clase!

—Todavía no sabemos si tendremos que ir a clase, Carmen. —Palmira trató de levantarle el ánimo—. Quizás esto es solo un albergue mientras nos encuentran casas de verdad.

A Mercè tampoco le agradaba la idea de que aquellas casonas semiderruidas fueran el hogar que les tenían prometido, un lugar de veraneo en el que no habría guerra, y en donde estarían a salvo custodiados por gente caritativa y buena. Eso les había prometido su padre. Estaba claro que se había equivocado. Aquellas casonas estaban destartaladas y aquellos hombres que ahora mismo las escoltaban no parecían maestros, sino soldados ¡cargaban armas! En sus rostros severos no se leía ninguna bondad, sino más bien desprecio. Desde su lugar en la fila, Mercè alcanzó a escuchar la plática entre dos de esos hombres uniformados que repetidamente se referían a ellos como los *niños rojos* o los *chamacos ateos*. Ella ya había escuchado, en boca de una de las damas que los habían escoltado hasta Morelia, que el director Lamberto Martínez era un hispanofóbico recalcitrante que odiaba a los españoles y los culpaba por todos los males de México.

—¿Y él será el director de nuestra escuela? —preguntó a la dama en su momento muy preocupada.

—Sí, pero no por gusto, sino por un imperativo de sus superiores. —Había sido su respuesta, como si eso lo justificara todo.

Desde entonces, Mercè no dormía. ¿Qué tipo de futuro les esperaba si el director de la escuela que los iba a recibir los odiaba? ¿Qué ejemplo daría a esos soldados, o maestros, que se suponía deberían cuidarlos? La actitud de desprecio que mostraban hacia ellos, sus estudiantes, era evidente. Ahora mismo, en el patio, Mercè volvía a sentirse amenazada por uno de los uniformados, un hombre espantoso que tenía el rostro lleno de cicatrices de acné, la nariz ancha y deforme y los dientes amarillentos, la repasaba con una mirada lujuriosa. Cuando sus ojos se cruzaron le sonrió, lascivo. Ella sintió un escalofrío recorrerle la espalda.

—¡Este lugar es horrible! —protestó Carmen—. ¿Estás segura de que esto es México?

—Te lo he explicado mil veces —zanjó, perdiendo la paciencia—. México es el nombre del país. Esta ciudad es Morelia que está en el estado de Michoacán que a su vez está en el país de México ¿entiendes?

—Sí, lo entiendo. Pero lo que yo quiero saber es si vamos a vivir en estas casas feas.

—Ya te he dicho que sí. Aquí vamos a vivir. Así es que acostúmbrate. ¿Qué esperabas? ¿Un palacio?

—No. Un palacio no. Pero una casa bonita con flores, sí. Como esas que vimos de camino en la avenida ancha. ¡Hay tantas! ¿Por qué no nos llevan a una de esas casas?

—Apuesto a que muy pronto nos llevarán a otro lugar —ofreció Palmira, queriendo animarla—. Seguro que nos han traído aquí para que pasemos la noche y después nos llevarán a esas casas que dices.

Hacía calor y todos estaban agotados. El viaje desde la Ciudad de México a Morelia se les había hecho eterno. En la estación, la bienvenida de los morelianos había sido todavía más apabullante que las previas bienvenidas. Una valla humana, formada por obreros y campesinos, policías y soldados y niños de todas las escuelas locales llegaron a recibirlos. A lo largo de todo el recorrido por la calle Real, se repitió el espectáculo que venían presenciando desde que llegaron a México: campanadas, flores, confeti, pancartas y regalos. Solo que ellos no deseaban estar ahí y todo les parecía extraño: la gente desconocida que hablaba gracioso, los olores tan diferentes y los sabores que no acababan de agradarles. La alegría de su entorno, lejos de alegrarlos, acrecentaba ese sentimiento de pesadumbre que les apretaba el pecho: estaban muy lejos de casa. Ahora mismo, en ese patio parco, enfrente de esos adefesios que llamaban escuela y que sería su hogar, lo único que querían era que el viaje acabara y que el dichoso veraneo comenzara para que de una vez terminara y pudieran volver a España.

De repente se hizo un silencio y un señor, elegantemente vestido, se subió a la tarima y comenzó a hablar:

—Mi nombre es José Lamberto Moreno Jasso. Tengo el honor de haber sido nombrado por nuestro presidente Lázaro Cárdenas del Río como director de esta noble Escuela Industrial España-México. Bienvenidos sean, niños de España. Lamentamos las circunstancias que los han traído hasta nuestra hermosa ciudad, la antigua Valladolid, pero estén seguros de que aquí los cuidaremos como si fueran nuestros propios hijos. Haremos todo lo posible para que su estancia sea placentera y a cambio solo pedimos su cooperación para que esta escuela sea un ejemplo de orden y disciplina para el resto del país.

El hombre parecía sincero, pero Mercè ya no confiaba en nadie. Por su parte, a Carmen el sermón le pareció interminable, un suplicio sin fin. El señor hablaba de patrias, de guerras, de responsabilidades, de la historia, y ella lo único que quería era comer. Se moría de hambre. En ese último tren habían repartido bocadillos, pero a ella no le tocaron porque se quedó dormida todo el trayecto. Se despertó con la barriga ardiéndole. Por fortuna Mercè, que la conocía bien, le había guardado la mitad de su propio almuerzo: un huevo duro y un pancillo que le supo a gloria, pero que no la había llenado.

—Tengo mucha hambre —se quejó.

—Pues tendrás que esperar —dictó su hermana mayor—. Eso te pasa por dormilona.

Ahora ya no aguantaba el dolor de barriga. Si ese hombre no se callaba de una vez, tendría que dejarse caer al pavimento y fingir un desmayo, pensó Carmen. ¡Eso haría! Solo así le harían caso los adultos que de otra manera no le prestaban la más mínima atención.

El director por fin llegó al punto final de su discurso y se dispuso a mostrarles las instalaciones. Lo siguieron a él y a su comité de señores que, según anunció, serían sus profesores. Primero les mostró el edificio que albergaría a las niñas. Se llamaba el San Juan. Adentro estaban todos los servicios: la dirección, el despacho del director, la lavandería, la enfermería, la cocina, la panadería y el comedor. En la planta alta se hallaban los dormitorios que eran unas aulas enormes y rectangulares, con camitas de cada lado.

Para decepción de Carmen la panadería estaba cerrada. ¡Que ganas de un panecillo recién horneado! La cocina, en cambio, estaba abierta y eso le dio esperanza. Al pasarla de largo miró por la puerta a un barullo de mujeres menudas que corrían de aquí para allá meneando cazuelas, cortando legumbres y lavando trastos. El aroma que impregnaba el espacio era agradable pero diferente a los olores de la cocina de su casa, a los que ella estaba acostumbrada. Igual, su hambre era tal, que incluso aquellos aromas raros le hicieron agua la boca. En el aula contigua a la cocina estaba el comedor, un salón enorme repleto de mesas larguísimas que corrían a lo largo del salón. Carmen se alegró de ver que las mesas estaban puestas.

—Nos van a dar de comer —dijo anhelante.

—Eso parece —comentó Mercè sin más.

Pero el director no se detuvo en el comedor, sino que se siguió de largo y los llevó al edificio anexo, al que llamaba el Salesiano.

—En ese inmueble se hospedarán los varones —dijo.

El edificio era más pequeño y contaba solo con dormitorios en la planta alta y talleres en la planta baja. Les mostró además lo que describía como el suntuoso teatro, pero lo que los niños vieron fue un salón de fea austeridad, con piso de cemento y burdas butacas de madera. Por último, los llevó a un supuesto jardín en el que no había ni una sola flor. Era una llanura al pie de una pequeña barranca, anexa al edificio, dedicada al cultivo de hortalizas y pastura para ganado, pero el negocio era ajeno. Nada tenía que ver con la escuela.

Terminada la visita a las instalaciones, regresaron al comedor común en donde les asignaron mesas. Era un salón muy grande sin ventanas con tablones largos. Por fin los sentaron a comer, solo que Carmen, al ver lo que sería su nuevo hogar, había perdido el apetito. Aquel par de edificios parecían casas de espanto. Todo estaba sucio y descuidado, las paredes descascaradas, los ventanales y las puertas chuecas y despostilladas. Había telarañas por doquier, los pasillos olían a orines y en los rincones se veían excrementos de ratas que seguramente vivían allá arriba, en esas vigas del techo llenas de polilla, que en cualquier momento se desplomarían y los aplastarían a todos como cucarachas, que también se escabullían por ahí.

Las señoras menuditas que antes habían visto en la cocina pasaron por todas las mesas sirviendo una sopa que olía bien, pero que nadie supo con exactitud de qué era.

—No quiero vivir aquí —anunció Carmen, alejando el plato—. ¡Quiero volver a casa!

—Come, Carmen —la animó Palmira—. Recuerda que en casa no teníamos nada que comer. ¿Quieres volver a comer sopa de cáscaras de patatas?

—Prefiero comer ratas que estar aquí, en estas casas tan feas.

Se cruzó de brazos y frunció el ceño, negándose a tocar la sopa.

Enfrente de ella estaba sentado el niño pecoso. Carmen lo reconoció: era el mismo abusón que le había tironeado las trenzas a Palmira en el tren. Ahora la miraba con una sonrisa burlona. Al ver que despreciaba la sopa, se la adueñó.

—¿No la quieres? —dijo—. Pues para mí.

—¡Deja eso, ladrón! —brincó ella y le arrebató su plato. El caldo salpicó y se regó sobre el mantel con el jaleo.

—Mira lo que has hecho —dijo él—. Te van a castigar.

—Cállate, que nadie está hablando contigo —replicó ella, encendida.

El pecoso se rio más divertido y Carmen comenzó a comer su sopa a cucharadas ávidas. Estaba aguada pero no sabía tan mal.

—Deberías estar contenta —siguió el abusón—. Las chicas estaréis de lujo en esta casona. En cambio, nosotros, ¿habéis visto la pocilga que nos ha tocado?

Ellas ignoraron la pregunta.

—¿Sabéis qué dicen por ahí? —insistió él.

—No. ¿Qué dicen? —preguntó Palmira. No quería ser tan grosera con él y, además, el tono de suspenso en su voz prometía algo interesante.

—Que el patio ese, en el que estábamos esperando, es un cementerio.

Todas dejaron de comer para prestarle atención.

—Lo acaban de pavimentar, pero ahí debajo están enterrados muchos muertos. Eso dicen. Y también dicen que por la noche se aparecen. Por eso nos han dado estas casas viejas, porque nadie quiere vivir aquí.

—Eso no es verdad —zanjó Mercè, viendo los rostros aterrados de sus hermanas.

—Sí. Sí que es verdad. Me lo dijo ese señor —y al decirlo apuntó al soldado del bigotillo que no dejaba de mirar a Mercè—. Si no me creéis podéis hablar con él.

—Ese hombre no sabe nada —dijo Mercè y fingiendo indiferencia volvió a su sopa.

El niño iba a discutir, pero justo entonces una de las señoras que servían las mesas, se les acercó.

—¿Quieren tortillas, niños? —preguntó.

—¡Sí, por favor! —exclamó Carmen, emocionada. Llevaba meses soñando con una tortilla de patatas y no podía creer que ahí, en ese lugar espantoso, su sueño se volviera realidad.

La mujer colocó en la mesa una cestita que adentro contenía un cerro de tortillas de maíz. Los niños se les quedaron viendo sin entender.

—Señora ¿qué es esto?

—Tortillas —respondió ella, sorprendida ante la reacción de los chiquillos. Se veían hambreados y lo lógico era que se abalanzaran sobre el alimento. En cambio, ahí estaban, contemplando las tortillas sin tocarlas, como si fuera comida para perros—. ¿No dijeron que quieren tortillas?

—Nos han engañado —se quejó Carmen, alzando una tortilla.

En la mesa de al lado, donde también se las acababan de servir, Sebastián, el líder del grupo de los chicos rebeldes, se paró en su silla y alzando una tortilla como trofeo exclamó.

—¿A esto le llaman tortillas? ¿Pero dónde están las patatas y los huevos?

Sus amigos comenzaron a abuchear, chiflando y aplaudiendo en protesta. Carmen se unió a ellos, pero Palmira la contuvo.

—¡Nos quieren estafar, compañeros! —siguió el chico, envalentonado—. Nos han dado estas cosas extrañas en lugar de tortillas.

Y así diciendo lanzó la pieza por los aires como proyectil. La tortilla planeó lindamente y golpeó la solapa de uno de los guardianes. En aquel instante volaron tortillas por todo el comedor. El aula se convirtió en un campo de batalla y los chicos reían y gritaban desaforados. Carmen aplaudía, animándolos. Esta vez fue Mercè la que la detuvo.

—¡Estate quieta! —la amenazó y Carmen se limitó a observar la sublevación, pero ahora sí estaba de acuerdo con los abusones: los habían estafado.

Las meseras miraban el desorden, horrorizadas. La mujer que servía la mesa de las niñas parecía a punto de llorar.

—¡No hagan eso, muchachos! —suplicó persignándose—. Tirar la comida es pecado. ¡Ay! ¡Los va a castigar Dios!

El director se levantó de su asiento.

—¡Orden! ¡Silencio! —gritó, pero nadie le hizo caso.

Los maestros corrían por el aula tratando inútilmente de aplacar a los rebeldes. El director, rojo de ira, golpeó la mesa y con ello pudo lograr un silencio repentino.

—¡Escuchen atentamente lo que les voy a decir! —bufó—. Esto que han hecho es una majadería imperdonable que denota su mala educación. En este país, españolitos, tenemos niños que se están muriendo de hambre. Que ustedes desprecien el alimento que tan generosamente les estamos arrebatando a nuestros hijos mexicanos, es una canallada. Deben saber, *gachupines*, que yo nunca estuve de acuerdo con que México los acogiera. Y si he aceptado este puesto como director ha sido por obligación, no por gusto; porque así lo ordenó nuestro secretario de educación, el licenciado Sánchez Vela. Si por mi fuera, no estaría aquí. En mi opinión, México no tiene ninguna obligación con España que, dicho sea de paso, ha sido la causa de tanto sufrimiento para nuestro país. Es más —prosiguió—, si pudiera, me sacaría hasta la última gota de sangre española que corre por mis venas.

Las palabras del director, lejos de atemorizar a los niños, como era su intención, tuvieron el efecto opuesto; los chicos reaccionaron encolerizados y comenzaron a lanzarle insultos y todo tipo de objetos. Ese hombre era un tirano, gritaban. Era un dictador y los estaba humillando. Ellos, que habían sido testigos de asesinatos, robos, violaciones, y otras atrocidades, sabían cómo defenderse. Ese señor no sabía con quién se estaba metiendo.

El director, viendo que la situación estaba fuera de control, ordenó al plantel de profesores que trasladaran a los niños al patio. Entre todos, por fin lograron acallarlos. Cuando el hombre pudo por fin retomar la palabra, comenzó a tratar de comunicarles las reglas y los horarios que seguirían a partir de ese momento. Esto provocó una nueva ola de griteríos e insultos.

—¡Escuchen! ¡Silencio! —repetía sin cesar.

Al final desistió en su empeño.

—¡Bola de salvajes! —gritó furioso y abandonó el patio a toda prisa, seguido por sus guardianes.

Los niños rompieron a carcajadas y corrieron por el patio, celebrando su triunfo.

Las niñas Roda no sabían qué hacer. Agarradas de la mano miraban la escena sin moverse.

—¿Y ahora qué va a pasar? —preguntó Carmen.

—No lo sé —dijo Mercè. No podía creer que así de fácil los chicos rebeldes hubieran tomado control de la escuela. No supo si debía alegrarse o no. Lo único que la abrazaba en ese momento era el cansancio.

Muertos y bichos

La luz de la luna entró por los anchos ventanales sin vidrio, que se extendían a lo largo de los galerones que eran los dormitorios. En aquella aula enorme había cuatro hileras larguísimas de camitas individuales para las niñas.

Carmen, acostada en la cama que le habían asignado junto a la ventana sin vidrio, no lograba conciliar el sueño. Abrazaba a su muñeca, con la sábana trepada hasta las narices, mirando con ansiedad al ventanal roto. ¿Y si por ahí se metía uno de los muertos?, pensaba con aprehensión. ¿Y si de pronto uno de esos palmados decidía deslizarse por un rayo de luna, usándolo como tobogán, para meterse al cuarto? Alguien había dicho que los muertos eran traviesos, ella no lo dudaba lo más mínimo. Más valía estar atenta porque con Mercè no se podía contar, llevaba rato roncando en su propia cama. Carmen no se explicaba cómo podía dormir con el escándalo que había en el dormitorio. Las niñas pequeñas lloraban por sus madres. A la hora de irse a la cama siempre era la misma cantaleta. Justo ahora sus voces estridentes hacían eco en las paredes desgastadas del aula.

—Mamá no te escucha ¿entiendes? —decía una de las encargadas, regañando a una pequeña—. Mamá está lejísimos, al otro lado del mar. No te escucha. Así es que deja de llorar.

Su regaño solo sirvió para redoblar el llanto de la niña.

—¡Mamá! Yo quiero a mi mamá —gritaba, desconsolada.

Cuando la encargada se alejó, Mercè se levantó de su cama y se arrastró al lecho de la pequeña. Se acostó a su lado y comenzó a tararearle una nana que mamá solía cantarles a ellas para dormirlas, después de los besos y los rezos. El arrullo poco a poco tranquilizó a la niña y pronto su llanto se desvaneció por completo. Lo único que quedó fue un quejido rítmico que a Carmen le recordó al gorjeo de las palomas en las ventanas de su casa en Barcelona. Esas ventanas sí tenían vidrios.

El silencio abrazó el dormitorio, pero Carmen siguió atenta mirando el ventanal con celo, no fuera a meterse algún difunto porque entonces... ¿entonces qué? se preguntó, confundida. ¿Qué hacían los muertos cuando se metían en los cuartos de los niños? ¡No lo sabía! Iba a preguntárselo a Mercè cuando afuera se escuchó un chillido agudo y prolongado. Era horrible. Estremecida, se tapó hasta la cabeza y al instante se escuchó otro aullido lastimero. Esta vez se sentó como resorte en la cama, apretando la muñeca contra su pecho que le latía desbocado.

—¿Qqqqué es ese ruido? —preguntó a Mercè, con un hilo de voz.

Mercè no respondió. El ruido se escuchó una tercera vez, ahora más fuerte y cercano. Carmen brincó de la cama y corrió a meterse al lecho que Mercè compartía con la pequeña llorona.

—¡Aquí no cabes! —protestó Mercè—. Vete a tu cama que vas a despertar a esta chiquilla.

—No, por favor. Allí hay un muerto que grita y me da mucho miedo ¿no lo escuchas?

—¿Un qué? ¿Estás loca? Vete a tu cama. Déjanos dormir.

—No. No. Por favor.

—Entonces me voy yo —dijo Mercè molesta, y se levantó. Carmen le agarró el camisón, tratando de detenerla, pero Mercè se desprendió dando un tirón y, decidida, regresó a su cama.

—Pero ¿qué es ese ruido?

—No es nada. Duérmete.

Al otro lado de la cama la pequeña seguía durmiendo sin reparos. Enfrente, en otra cama, había una niña que Carmen inmediatamente reconoció. Se llamaba Amparo, pero la apodaban Amparín. Era una de las niñas valencianas. Tenía ocho años, igual que Carmen. En el barco se había pasado las horas jugando con ella, buscando las ballenas de Jordi, que nunca vieron. Ahora, Amparín también estaba despierta. Sentada a la orilla de su cama mecía sus piernas y le sonreía, con ojos pícaros.

—¿Tienes miedo? —le preguntó a Carmen sonriendo.

—Sí. ¿No escuchas esos chillidos? —contestó.

—Sí. Son coyotes, unos animales que parecen lobos —aseguró Amparín—. Hay muchos ahí fuera.

—¿Cómo lo sabes?

—Nos lo dijo la maestra cuando estábamos en el comedor. Dijo que no debíamos asustarnos cuando aullaran. A mí no me espantan esos animales. No hacen nada.

—Nunca he visto un coyote.

—Yo tampoco. En España no hay esos animales, pero la maestra nos ha dicho que van a los huertos a comerse las gallinas. Son así de grandes —explicó extendiendo los brazos—. Y son como lobos, salvajes. No muerden a los niños, ¿eh? Así que tranquila. Comen gallinas, conejos, o ratas, pero niños no. Y como en esta escuela hay muchas ratas, vienen a comérselas a ellas.

Carmen agradeció que Amparín estuviera despierta.

—Pensé que los chillidos eran de los muertos —dijo, para justificar su miedo. No quería que Amparín pensara que era una miedosa.

—¿Los muertos?

—Sí. Los muertos que están enterrados ahí, en el patio. ¿Sabes que hay muertos debajo de la acera? Antes era un cementerio. Y dicen que por la noche esos muertos se meten en esta casa. Por eso nadie quiere vivir aquí.

Amparín soltó una risita.

—Ya me imagino quién te contó esa historia. Los chicos pandilleros ¿verdad?

—Sí. Bueno. El pecoso.

—¡Me lo imaginé! Es un mentiroso ese chico, Carmen. A nosotras también nos lo dijo, porque quería espantarnos, pero las maestras juran que no, que eso no es verdad. El patio era un cementerio, eso sí, pero los muertos no salen de ahí. Las maestras nos explicaron que en México los muertos aparecen solo un día al año. Le llaman Día de Muertos. Llegan todos juntos en espíritu, ¿sabes? Y hacen una gran fiesta. Los vivos les preparan sus platos favoritos y les dan chocolate. No les dan churros porque aquí prefieren panecillos con azúcar. La fiesta es en el cementerio y ahí ponen bonitas las tumbas, con muchas flores y velas y, ¿sabes qué más?

—¿Qué?

—Les llevan juguetes a los niños muertos. No sé para qué si ya no pueden jugar con ellos, pero eso es lo que hacen —Amparín se rio de su relato y Carmen con ella. Ya no sentía miedo.

—Hay música y luces y todos están muy contentos —siguió la amiga—. Es una fiesta grande, como las *Fallas de Valencia*, o las *Hogueras de San Juan*, o las *Fiestas de Moros y Cristianos*. Qué raro que hagan una fiesta a los muertos ¿no te parece?

Carmen asintió con la cabeza.

—¿Y cuándo hacen esa fiesta? —preguntó, porque eso sí le parecía importante.

—No lo sé, pero creo que cerca de la Navidad. Así que hoy no vienen los muertos. Ni mañana. Llegarán cuando ya no estemos aquí.

Desde el otro lado del aula alguien gritó, molesta.

—¡Silencio! ¡Dejadnos dormir!

Las niñas rieron quedito. Amparín se acostó y Carmen siguió su ejemplo. Afuera, los coyotes siguieron aullando, pero ya no eran sus chillidos lo que impedía que Carmen durmiera, sino el frío. Tenía los pies y las manos entumecidas, esa sabanita delgada no alcazaba a protegerla. Se acurrucó, buscando su propio calor y poco a poco los párpados se le cerraron, en contra de su voluntad. Quedó profundamente dormida y soñó que estaba en una fiesta bailando con unas calaveras de humo. No le daban miedo, eran bondadosas y simpáticas. Muy alegres y traviesas. Alguien le dio un chocolate calientito, espeso y dulce ¡una delicia! Al beber el calor del líquido espumoso le recorrió el cuerpo, quitándole el frío. En algún momento, en medio de tanto gozo, sintió un tirón de pelos. Gritó muy fuerte.

—¡Chamaca meona! ¡Puerca! ¡Mira lo que has hecho!

Abrió los ojos y se topó con el rostro colérico de la encargada del dormitorio. La mujer estaba postrada sobre ella, jaloneándola con brusquedad. Olía a sudor y cebolla. De un empujón echó a Carmen de la cama, a la vez que arrancaba las sábanas empapadas del colchón. La niña miró a su alrededor, desorientada. Sí. Estaba en México, muy lejos de casa. Y ahí estaba Mercè, de pie al lado de su cama mirándola con una mezcla de lástima e impotencia; abrazaba a Palmira, que lloraba en silencio. Un sentimiento de desazón se apoderó de Carmen. Cerró los ojos y deseó, con todo su ser, regresar a la fiesta con las calaveras mexicanas y quedarse allá con ellas. No volver jamás. Los gritos de la encolerizada mujer, la bruja de todos los cuentos, la volvió a su aborrecible realidad.

—¡Al baño, meona! —gritaba tirándola del brazo.

Las uñas de la mujer que enterraba en su brazo no le causaron tanto dolor como la mirada de asombro y decepción de su amiga Amparín. Ese era el dolor más penetrante. La humillación y vergüenza que sentía le hicieron arder las mejillas. Amparín seguro que les contaría a todas las niñas valencianas lo sucedido y Carmen tendría que soportar sus burlas.

En el baño, la tipa le arrancó el camisón de un tirón y comenzó a arrojarle cubetazos de agua helada sobre su cuerpo desnudo, enfrente de todas las niñas curiosas, para que *escarmentaran*. Ella tiritaba de frío y de rabia, pero no lloró. Eso no. No le daría ese gusto a la señora.

—¡Lávate las greñas, piojosa! —ordenó y le alargó un pedazo de jabón en barra.

Era cierto que los piojos habían sido sus fieles compañeros. Se les habían metido en el barco a todos los niños, y desde entonces los acompañaban. A algunas de sus compañeras ya las habían rapado.

Carmen no tocó el jabón. ¡No podía moverse! Tenía los brazos entumecidos. La mujer, enojadísima, se le acercó y comenzó a restregárselo en la cabeza con ahínco. Eso sí que dolía. Comenzó a gritar a todo pulmón y al instante Mercè entró al baño, con el rostro descompuesto de furia. Al ver lo que sucedía, le arrebató el jabón a la mujer, que era el doble de alta y gorda que ella.

—¡No toque a mi hermana! —rugió, con una rabia que Carmen pocas veces había escuchado en ella. Su mirada amenazaba despellejarla ahí mismo—. Deme ese jabón, señora —exigió, alargando la mano—. Yo lo hago.

La mujer soltó una risita nerviosa, desagradable, pero le entregó el jabón.

—'*Órale*, pues, cabroncita. Ya luego nos arreglamos tú y yo —dijo, socarrona.

Mercè abrazó a Carmen, no le importó mojarse. Carmen no pudo más y todo el dolor contenido se desbordó por sus ojos. Los brazos de Mercè lo eran todo: eran refugio, eran abrigo, eran hogar. Con ternura Mercè comenzó a bañarla y en eso estaban cuando de repente entró al baño otra mujer, también encargada de los dormitorios. Jalaba en cada brazo a otras dos niñas que lloraban, muy asustadas.

—Aquí hay otras dos puercas —le dijo a su compañera—. Bien decía el director que son una bola de salvajes estos niños.

—Ahí déjalas. Esta chamaca las va a bañar a todas, ya que

está tan acomedida —dijo, señalando a Mercè. Luego, dirigiéndose a ella, agregó—. ¡Ándele pues! Me baña a todas estas meonas y me las despioja. ¿Me oye?

A Mercè no le importó que le asignaran la faena. Estaban mejor todas con ella, que a merced de ese par de mujeres que no sabían cómo tratarlas. ¿Dónde estaban esas personas bondadosas que les habían prometido? Hasta ahora los adultos que habían conocido, salvo la mesera que los había atendido en el comedor, parecían tener el corazón de piedra. ¿Por qué les tenían tanto odio? ¿Para qué los habían recibido en su país si los iban a tratar así de mal? En cuanto pudiera le escribiría a papá para que lo supiera y les mandara los billetes de regreso a casa. Ahora que lo pensaba, se arrepentía de no haberle hecho caso a Carmen. Debieron de haberse escondido en el Mexique y haber navegado en él de regreso a España.

Estaba secando a las niñas con las partes secas de las mismas sábanas orinadas, a falta de toallas, cuando de repente apareció otra mujer, una señora bajita, desdentada con ojos muy pequeños. Era la lavandera y venía a recoger la ropa sucia. Fue ella quien, al ver los cuerpecitos desnudos de las pequeñas, protestó, alarmada.

—Oiga, mire nomás las ronchas que tienen estas escuinclas. ¡Se las comieron vivas las chinches!

Era cierto. Mercè tenía rato de haberlo notado en su propia piel, pero no había tenido tiempo de mencionarlo a las encargadas. Pensó que las habían picado los mosquitos. Nunca se imaginó que las camas de esa escuela estuvieran infestadas de chinches.

La encargada de los dormitorios se acercó a inspeccionar a una de las niñas.

—Eso les pasa por ser tan blanquitas —dijo, alzándose de hombros—. Ya se acostumbrarán.

La lavandera meneó la cabeza con desaprobación.

—Oiga, no. Las chinches no saben de eso. Qué importa que sean blanquitas o prietitas. Son niñas, pues.

La otra no dijo nada.

—Si quiere al rato que acabe con la lavada regreso y le flameo las camas —ofreció la lavandera.

—Haga *usté* lo que quiera —contestó la encargada de los dormitorios.

Mercè observó los ojos chiquitos de la lavandera. Había bondad en ellos.

Morelia

Julio, 1937

El director colgó el horario de actividades para los estudiantes en la pared del salón de anuncios y luego se marchó. Mercè se acercó con sus hermanas a leerlo, pero un chico se abalanzó primero y de un tirón arrancó el papel de la pared. Era uno de los niños malos.

—No leáis esto —ordenó, haciendo añicos el anuncio.

—Lo ha colgado el señor Moreno —le advirtió Mercè, aunque sabía que el chico lo había visto—. Es nuestra lista de deberes.

—Aquí ese cafre no manda —rebatió él, desafiante—. Haréis lo que nosotros digamos.

Mercè no quiso enfrentarlo. Nada bueno resultaría de ello. Giró hacia sus hermanas que miraban la escena con temor y les dijo.

—Venid, *bonicas*.

Las niñas salieron al patio, Palmira y Carmen inmediatamente corrieron a unirse a otro grupo de niñas que jugaban a *la comba*. Mercè se limitó a observar a sus hermanas, cuidando que nadie se metiera con ellas. Al otro extremo del patio estaban los pandilleros quienes ahora mismo, por fortuna, se entretenían jugando a *la chepa*, un juego de pelota que ellos mismos habían inventando cubriendo una canica con hilo y cola de carpintería. El hilo lo habían conseguido deshilvanando medias y calcetines viejos que sacaban de los basureros. El resultado era una pelota férrea y por eso solo jugaban los que aguantasen los pelotazos.

—Aquí no se acepta a los mariquitas y menos a las niñas —había decretado Sebastián, cuando Carmen quiso jugar con ellos.

Llevaban más de un mes viviendo en aquellas casonas viejas. Para Mercè habían sido días confusos de constante conflicto entre los muchachos mayores y la autoridad. Los chicos habían tomado el control de la escuela y hacían lo que querían. El director parecía haberse rendido y casi nadie le veía el pelo. No podía con ellos.

—Que se maten entre sí esa bola de salvajes —decía y los dejaba hacer.

Y en cierta forma sí que lo eran, pensaba Mercè. La guerra les había arrebatado a sus familias, obligándolos a crecer. Habían sido testigos de asesinatos y ataques. Sus padres habían luchado en las trincheras hombro con hombro junto a sus hermanos y vecinos. Llevaban meses sobreviviendo entre la muerte, la miseria y la crueldad, buscando cada día qué comer. Odiaban con pasión al enemigo y ahora mismo, en esa escuela, el enemigo era el director. Lo atacaban con su desobediencia.

Los empleados y maestros se quejaban de la situación. Precisamente esa mañana, cuando Mercè subió a la azotea a entregar las sábanas sucias de Carmen, que otra vez se había orinado, le había tocado escuchar la charla de dos mujeres que, afanadas en el lavadero, hablaban sobre ello.

—Este director no tiene huevos, pues —decía una de ellas—. Ya dejó a estos escuincles de la mano de Dios. ¡Hágame el favor!

La otra mujer, a quien Mercè reconoció como la señora bajita de ojos bondadosos, meneaba la cabeza con tristeza.

—Sí. Eso está mal, oiga. A esos niños hay que enderezarlos. ¿Cómo no van a hacer maldades si están tan asustados? ¡A saber qué cosas han mirado los pobrecitos! Y luego, ¿no son encargo del rector? Que los eduque, digo yo, que *pa'* eso le están pagando.

No era fácil entender el español de la gente mexicana, pero Mercè comprendió perfectamente lo que esas señoras decían. La apatía del director era evidente, como también lo era su desprecio hacia ellos, los *hijos de los rojos* como solía llamarlos. Al señor Moreno le faltaba vivir una guerra, pensaba. Solo así comprendería que en una guerra todos los niños son víctimas, independientemente del partido que sus padres defiendan.

Mercè observó a una de las niñas pequeñas que en cuclillas miraba de cerca una hilera de hormigas que entraban y salían de un hueco en el pavimento. Ponía su dedito para romper la fila de los afanosos insectos que al toparse con el obstáculo le daban la vuelta antes de retomar su camino. Cada vez que lo hacían, la niña rompía a carcajadas. Le hacía mucha gracia su travesura. Mirándola, Mercè sintió envidia. Qué ganas de ser pequeña y poder gozar el momento a pesar del calorón, sin preocuparse lo más mínimo de lo que sucedía en esa escuela, o en el resto del mundo. A esa niña la traían sin cuidado los abusos de aquellos chicos maleados, las camas infestadas de chinches, las ratas que aparecían en las esquinas y los murciélagos que volaban en las vigas por las noches. Era increíble lo rápido que algunos niños se iban acostumbrando a sus nuevas circunstancias. Eso mismo pasaba con Carmen, pensó. Desde hacía unos días, ya no preguntaba cuándo regresarían a casa a la hora de dormir. Era como si por fin hubiera entendido que por más que llamara a papá, o a mamá, sus padres no vendrían por ella. Comienza a olvidarla, pensó Mercè con zozobra. Y le parecía una traición que después de todos los cuidados y mimos que habían vertido sobre ellas, ya no preguntara por sus padres. Mejor así, pensó, no muy convencida. Cuanto más pronto olvidara a sus padres, menos sufriría. Además, era un alivio poder dormir de tirón y no tener que levantarse a medianoche a consolarla.

Amparín, la niña valenciana, llegó corriendo. Traía un papel que aleteaba en su mano.

—¡Mercè! Os he buscado toda la mañana, chicas —dijo jadeando.

Estaba acalorada. Tenía las mejillas encendidas y los rizos empapados en sudor. El vestido que la escuela le había proporcionado le quedaba apretado.

—¿Dónde está Carmen? —le preguntó.

Amparín se había convertido en la mejor amiga de Carmen y a Mercè le alegraba esa amistad. Agradecía que Amparín no se burlara del tartamudeo de su hermana como lo hacían las demás compañeras. Tampoco le criticaba que se orinara en la cama ni la tachaba de *meona*.

Mercè señaló al grupito que jugaba a *la comba*. Amparín se disponía a correr hacia allá, pero Mercè la detuvo.

—¿Qué llevas ahí? —le preguntó.

—Son nuestros deberes —explicó y le entregó el papel—. Quiero enseñárselos a Carmen. ¡Nos han puesto en la misma clase! —agregó feliz.

—¿De dónde lo has sacado? —. El papel era una copia del listado que el director había colgado en el pasillo y que el abusón había roto antes de que pudieran leerlo.

—Los están repartiendo. Este me lo dio una maestra. Mañana empiezan las clases ¿sabes? No sé por qué tenemos que ir a la escuela, Mercè, eso no está bien. ¡Estamos de vacaciones! Mis padres nunca dijeron que tendríamos que ir a la escuela, a mí no me gusta. ¿Por qué tenemos que ir?

—No lo sé —contestó con brusquedad y le regresó el papel.

Amparín percibió que la hermana de su amiga estaba de malas. Así que trató de alegrarla con mejores noticias.

—Nos ha dicho la maestra que si queremos podemos ir al

pueblo, pero solo si nos acompaña uno de los chicos o de las chicas mayores. ¿Qué dices? ¿Nos acompañas?

—No. Ahora no me apetece.

—¡Por favor, Mercè! Dice que en la plaza venden helados y que aquí, en Morelia, los hacen muy buenos. Y con este calor, ¡anda que no apetece!

Mercè no contestó.

—Ya veremos —dijo al fin y Amparín, contenta con la posibilidad de ir al pueblo se dio la media vuelta y corrió a buscar a Carmen.

Mercè consideró la posibilidad de llevar a las niñas a la ciudad. Por un lado, le atraía, sería bueno salir un rato de ese lugar deprimente. Por otro, le angustiaba que los morelianos las fueran a tratar mal. Durante la travesía en el Mexique los maestros lo habían advertido: no esperen que en Morelia los reciban con los brazos abiertos, como en otros lugares.

—Tendréis que ser muy respetuosos con los morelianos —les aconsejaron—. Recordad que os están abriendo las puertas de su ciudad por compasión, porque así dictan sus conciencias y el mandato del presidente Cárdenas, pero la mayoría nunca han querido a la República. Tampoco esperéis mucho de nuestros compatriotas, los españoles que llevan años viviendo en México. Muchas de esas personas os verán con recelo. Son simpatizantes de los nacionales y celebrarán si vuestros padres pierden la guerra y Franco gana el poder.

En el barco Mercè no le había dado mayor importancia al asunto. Entendía esas diferencias ideológicas porque las había vivido en su propia casa, su madre nunca estuvo de acuerdo con la persecución religiosa. Y su padre estaba harto de las mojigaterías de mamá. Y en cuanto a la política, aunque ambos apoyaban el principio de igualdad ante la ley, estaban muy alejados en esa línea de izquierdas cuyas diferencias ella no acababa de entender. ¡Había tantas facciones dentro del bando republicano!

En la escuela, la mayoría de los chicos mayores, alzaban con orgullo el puño en honor a alguno de los partidos, copiando a sus padres como modelo, que defendían el POUM o Esquerra Republicana. Ellos no se preocupaban por las diferencias entre los partidos, la coalición tenía muy claro quiénes eran el enemigo: los franquistas, los carlistas, los monárquicos alfonsinos y la Iglesia que apoyaba a Franco. Todos estaban de acuerdo en que el director de esa escuela era uno de ellos, un fascista que quería ser dictador. Y no estaban dispuestos a tolerar sus insultos. El señor, por muy uniformado que estuviera, seguramente nunca había agarrado un arma.

En el patio dos de los niños comenzaban a pelearse. Se empujaban y se insultaban y muy pronto rodaron por el suelo, dándose de golpes. Enseguida se formó un círculo de espectadores a su alrededor que abucheaban a un contrincante, o al otro, según sus simpatías.

—¡Dale dale duro! —gritoneaban.

El supervisor del recreo llegó apurado a separarlos y se los llevó de las orejas. El juego continuó como si nada hubiera pasado.

Justo en ese momento alguien dio un pelotazo y el balón salió disparado hacia ellas. Mercè lo detuvo antes de que golpeara a la niña de las hormigas. Sebastián llegó corriendo a recoger la pelota. Ella se la lanzó de regreso. No quería que se acercara más. El chico le hizo un guiño y le lanzó un beso al aire, exagerando el movimiento para que sus compañeros lo vieran. Los amigos silbaron y aplaudieron y ella sintió el ardor en sus mejillas. Le dio rabia no poder ocultar su vergüenza.

Sebastián no era un chico guapo, pero tampoco feo. Lo mejor de su rostro era su sonrisa; cada vez que sonreía, que no era muy seguido, aparecían en sus mejillas mal rasuradas un par de hoyuelos coquetos que lo hacían verse atractivo. A veces a Mercè le costaba trabajo arrancar los ojos de su rostro. Le parecía aterrador y fascinante a la vez. Cuando se ponía pensativo, por ejemplo, había un dejo de ternura en su mirada, pero la mayoría de las veces sus ojos eran un par de hielos brutales, impenetrables. Era violento como un huracán y no tenía la más mínima idea de lo que implicaba el respeto ajeno. Los que lo habían visto usar los puños, y ella sí que lo había visto, no se atrevían a contrariarlo. Descargaba su furia sin control o medida. Otros tenían que intervenir para detenerlo porque él era capaz de despellejar a su enemigo con las manos desnudas. Todos, incluida ella misma, le temían.

A Sebastián le gustaba pregonar que Mercè era *su chica*. Desde que se fijó en ella cuando viajaban en el tren a Francia, la había declarado abiertamente *suya*, dejando claro que si alguien se metía con ella lo pagaría muy caro. Todos sabían de lo que Sebastián era capaz, y por lo tanto, nadie la molestaba. Nadie excepto él. En la escuela, constantemente la buscaba. Era como si quisiera cerciorarse de que todo marchaba bien con ella.

—*Adéu-si-au, bonica* —le decía en catalán, cuando se cruzaban en el pasillo, en el patio o el comedor. Él no hablaba catalán. Era madrileño, pero se había esforzado en aprender algunas palabras para halagarla.

—Que me dejes en paz —le rebatía ella, furiosa.

Le chocaba escuchar ese «Adiós, linda» en los labios de aquel presuntuoso. Era la misma frase con que su padre solía saludarla, pero dicha con muy diferente tono: con cariño y sin malicia. Porque hasta para eso era torpe Sebastián. No sabía cómo lanzar piropos. Lo único bueno de que la prefiriera de entre las demás chicas era que no permitía que nadie la molestara, ni a ella ni a sus hermanas. Las miradas libidinosas de algunos empleados en la escuela la estremecían. Le revivían el recuerdo de aquel, el peor momento de su vida. Trataba de no pensar en ello, y cuando lo hacía, era como si el incidente le hubiera sucedido a otra Mercè, no a ella. Y la otra Mercè, esa pobre niña, ya estaba muerta. El marinero la había arrojado al mar. Ella, en cambio, la verdadera Mercè, no se dejaba tocar por nadie. Sebastián de cierta manera era su escudo. Nada le costaba tolerar los coqueteos de ese chico prepotente a cambio de su seguridad. A pesar de que era violento con los demás, a ella la trataba con algodones.

Con el rabillo del ojo vio que Sebastián se dirigía hacia ella. Iba seguido de sus compinches, porque así siempre andaban ellos, en manada.

—Hola, *maca* —la saludó.

—¿Qué quieres? —le dijo brusca.

—Vamos al pueblo. ¿Queréis venir?

—Yo quiero ir al pueblo —dijo Carmen—. Quiero un barquillo.

Sebastián soltó una carcajada.

—¿Tú quieres un barquillo? Pues no se diga más, *bonica*. Vamos.

Le estiró la mano y cuando Carmen iba a aceptarla, Mercè la agarró.

—Tú no vas a ningún lado —zanjó—. No hay dinero para barquillos. Lo siento.

—Ya pago yo, joder —dijo Sebastián. Y para probar que podía hacerlo, sacó un billete del bolsillo y se lo mostró.

Mercè lo miró con desprecio.

—Sí, ya sé que le habéis quitado a los más pequeños lo poco que tenían —alzó la voz y miró severamente al grupo de amigos—. ¡Vergüenza os debería de dar!

Los regañados no se inmutaron, al contrario, se rieron de ella. La estafa era rutina y por más que Mercè se quejara, ya era lo normal en esa escuela. La corrupción había comenzado desde el barco, cuando uno de los maestros españoles los había despojado del poco dinero que los padres les habían dado para el viaje. Ya estando en altamar el tipo había convocado a los niños que estaban bajo su custodia, y les había exigido que le entregaran el dinero alegando que, en México, las pesetas no tenían valor. Les prometió que él lo resguardaría y que en cuanto llegaran a suelo mexicano, él mismo se encargaría de hacer el cambio de moneda y regresarles hasta el último céntimo. Pero eso nunca sucedió. El tipejo les había robado y después, al llegar a México, se había esfumado. Algunos niños se habían salvado de ese hurto porque, en vez de entregarle al hombre su dinero, lo escondieron en el camarote, tal como sus padres les habían aconsejado que hicieran. La pandilla de Sebastián se enteró y prontamente los pillaron y los obligaron a dárselo a ellos. Al llegar a la escuela los niños habían registrado la queja, pero el director había rehusado interferir en ese asunto. A Mercè le molestaba sobremanera esa injusticia. A ellas lo único que su padre les había dado antes de partir fueron unas patatas horneadas, pero igual les dolía el abuso constante a los pequeños.

—Tiene mal carácter tu chica, ¿eh? —dijo uno de los pandilleros—. ¿Seguro que quieres que venga, Sebastián?

—Tú no te metas, Valladolid —le contestó. Era oriundo de esa ciudad y por ende el apodo. Luego, dirigiéndose a Mercè, le aclaró las cosas.

—Este dinero es mío. Que lo sepas. No se lo he quitado a nadie. Así que ve a buscar a tus hermanas y vamos, que le he prometido a esta pequeña un helado.

—¡Vamos, Mercè! —insistió Carmen.

Mercè titubeó, pero al final no resistió la mirada suplicante de su hermana. Carmen nunca pedía nada. Se merecía ese paseo y, además, quizás era mejor ir al pueblo con los chicos mayores, en caso de que los morelianos quisieran tratarlos mal. Ya le había pasado y en un par de ocasiones se habían topado con gente que las habían insultado.

—Ahí vienen los coñitos rojos —decían al verlas llegar.

Y ¡qué horrible era sentir su desprecio! Por eso era mejor ir en manada, con Sebastián y su pandilla. Así, cuando menos, ellos sabrían defenderlas.

Mercè convocó a sus hermanas y a Amparín, todos salieron en grupo hacia la ciudad. Caminaron en fila, como era su costumbre, cantando las canciones socialistas que habían aprendido en España:

Rusia en la que va adelante
la antorcha de la humanidad
con su gobierno comunista
que presta al mundo solidaridad

A Mercè la ciudad de Morelia le parecía hermosa, era encantadoramente provinciana. Sus construcciones de cantera color rosa, su iglesia catedral, cuyas torres se alzaban impresionantes y sus casas coloniales de gran señorío le resultaban familiares. Alguien comentó que se parecía mucho a Sevilla, pero como Mercè nunca había estado en Sevilla dedujo que era una ciudad muy diferente a Barcelona. ¡Qué ganas de regresar a casa y pasear aunque fuera un ratito, por las calles de su barrio! La añoranza abrazó su corazón y la entristeció. Dejó de cantar y se dejó llevar por los recuerdos. Fingió estar caminando por aquella Barcelona de antes, la hermosa ciudad que la guerra no había dañado, todavía. Recordó los paseos por Montjuic para ver las fuentes iluminadas, los trayectos al mercado con la abuela con todo su ajetreo de verduras y frutas, con el griterío alegre de las vendedoras llamando a los clientes; recordó las salidas de los domingos a tomar el vermut o una limonada acompañada de unos cacahuetes y aceitunas, y en el invierno las salidas a tomar un chocolate deshecho en la calle Petritxol. O la vez que su padre las llevó en tranvía al muelle para comprar pescado. ¡Ay! ¡Cómo extrañaba su terruño! Soltó la mano de Carmen y se enjugó una lágrima que resbalaba por su mejilla, antes de que alguien la percibiera.

Conforme iban caminando, el temor de Mercè de que los morelianos los trataran mal se fue disipando. La gente que encontraban en el camino se mostraba muy amable con ellos. Los saludaban y algunos, incluso, cuando se percataban que eran los huerfanitos de Cárdenas les ofrecían monedas o fruta. A Mercè le molestaba mucho que los llamaran así: huerfanitos. Era cierto que muchos habían perdido a sus padres, pero la gran mayoría tenía a sus padres con vida. Todavía. Quedarse huérfanos era precisamente el tema de sus pesadillas. No quería escucharlo. Los chicos mayores, sobre todo, detestaban el uso mexicano de la palabra huérfanos porque entendían perfectamente el doble sentido del vocablo. La palabra huérfanos era un vulgarismo para los mexicanos y quería decir testículos. Por eso, cada vez que alguien los llamaba así, respondían con algún insulto ibérico. Los mexicanos nunca sabían cómo reaccionar a su atrevimiento.

—¡Qué preciosa eres, mi hijita! —dijo una señora refiriéndose a Palmira cuando pasó a su lado—. Abrió su bolso y le dio una moneda.

Palmira la tomó y comenzó a dar brincos de alegría.

—Para los barquillos —exclamó feliz, olvidándose de dar las gracias.

Aquella señora no fue la única que abrió el bolso. Varias personas les ofrecieron todo tipo de dádivas, principalmente a los pequeños. El problema siempre era que, en cuanto las almas generosas se iban, los niños maleados les arrebataban los obsequios, sobre todo si era dinero. Pero esta vez nadie se atrevió a quitarle su moneda a Palmira. Ella gozaba de la protección de Sebastián, y eso a Mercè le removía los sentimientos. Por un lado, le gustaba que las dejaran en paz, pero, por otro lado, no quería deberle nada a ese chico prepotente.

Al pasar cerca de una de las iglesias, los mayores retomaron el canto de las coplillas obscenas dirigiéndolas hacia uno de los curas que entraba al templo. El hombre se dio la vuelta furioso y los regañó.

—¿Cómo se atreven a cantar así? ¿No les da vergüenza?

A Mercè sí le dio vergüenza y quiso alejarse de ellos tanto como pudo. Uno de los chicos se puso al frente y con el pecho inflado, rebatió.

—No se meta con nuestros padres, escoria.

—¡Deberían regresarlos a su país! —rebatió el cura encrespado y se introdujo apresuradamente en la iglesia.

El chico tomó una piedra del suelo y la arrojó a la puerta con todas sus fuerzas.

—¡Toma, maldito hijo de ...!

—¿Qué haces? —protestó Mercè consternada.

Pero él estaba fuera de sí, y por su actitud, Mercè comprendió que la pelea con el cura no había terminado. Sebastián la apartó de la pandilla.

—Coge esto —dijo y le entregó un billete—. Vete con tus hermanas por los helados, que yo os veo después en la escuela, ¿vale? Esto no va a quedar así.

—Te meterás en líos, Sebastián, déjalo ya.

—Que no. Aquí me quedo, pero vosotras seguid que luego os alcanzo.

Recogió otra piedra del suelo y regresó con los demás. Entre todos comenzaron a apedrear los vitrales policromados de la iglesia, blasfemando y riéndose a carcajadas. Los cristales estallaron y los fragmentos se regaron en la calle, como una lluvia de colores. Dentro, se escuchaban los gritos de los feligreses.

—¡Vámonos, niñas! —exclamó Mercè—. ¡Seguidme!

Las niñas echaron a correr de regreso a la escuela y al llegar allí, se ocultaron en las salas del dormitorio. Temblaban de miedo. Al poco tiempo escucharon los gritos de sus compañeros y, al asomarse por la ventana, vieron que los chicos regresaban en estampida: estaban siendo perseguidos por airados morelianos. Se metieron en la escuela a toda carrera y con la ayuda del portero, que no sabía lo que pasaba, pero que tampoco quería que entrara ese gentío enardecido, cerraron el portalón con cerrojo. Luego corrieron a refugiarse en el edificio principal. Al otro lado del portón, la muchedumbre gritaba furiosa.

—¡Abran esta puerta y saquen a esos demonios!

El subdirector, queriendo saber qué carambas estaba sucediendo, salió. Era el mayor Godínez, un hombre bonachón, el único que parecía tomarse en serio su responsabilidad. A él los niños revoltosos le mostraban deferencia. El portero, que ya había escuchado las quejas de los morelianos lo puso al tanto de la situación. Godínez se preparó para tratar de calmar los ánimos.

—Buenas tardes tengan todos —dijo con calma—. ¿En qué podemos servirles?

—¡Entréguenos a esos delincuentes! —gritó uno de ellos.

—A ver señores, por favor, cálmense. Estos niños no saben lo que hacen. Recuerden que en España la Iglesia está en contra de la República. Para ellos la Iglesia ha matado a sus padres, a sus madres, sus hermanos. Les suplico paciencia. Esto no se repetirá. Tienen mi palabra de hombre que habrá consecuencias.

Desde la ventana del dormitorio las niñas miraban la escena, asustadas. Otros chicos se unieron a ver la gamberrada, y estaban todos apiñonados para seguir de cerca los sucesos. El asunto no pintaba nada bien. En cualquier momento la muchedumbre derrumbaría el portón de la escuela. Mientras el mayor Godínez trataba de apaciguarlos, uno de los maestros llamó a la policía. Al poco tiempo llegó una patrulla a poner orden. Para alivio de todos, poco a poco la gente comenzó a irse.

La mujer encargada de los dormitorios entró al aula.

—¡Quítense de la ventana, chamacas chismosas! —les gritó. Luego, agarrando a Mercè del brazo, la jaló hacia la puerta—. Usted se viene conmigo, señorita. Ahora mismo va a hablar con el director.

—Pero ¿por qué? —preguntó ella, sin entender.

—No te hagas pendeja. ¿Crees que soy una idiota? Ayudaste a esos niños a ultrajar la casa de Dios y ahora vamos a ver qué tan gallita eres. ¡Ándele!

Mercè libró su brazo y la mujer respondió dándole una

cachetada. Carmen se abalanzó a defender a su hermana. Agarró el vestido de la señora con todas sus fuerzas y trató de impedir que saliera por la puerta, arrastrando a Mercè.

—¡Déjala! Ella no ha hecho nada.

La mujer se libró con facilidad y de un empujón mandó a Carmen al suelo.

—Si te acercas, te llevo a ti también con el director —la amenazó.

—Tranquilas —dijo Mercè sobándose la mejilla encendida—. No os preocupéis. Ahora mismo vuelvo. El director sabrá la verdad y no pasará nada.

La mujer soltó una carcajada llena de desprecio.

—¡Ah! A ese pinche viejo le pican los dedos por azotarlos, niña ¿No te has dado cuenta cuánto los quiere?

Su voz, ronca y sardónica, hizo eco a lo largo del pasillo.

Pérdidas

Morelia, noviembre de 1937

Habían pasado casi seis meses desde que llegaran a vivir a México y Carmen tenía la sensación de que había transcurrido muchísimo tiempo. Poco a poco se iban acostumbrando a la rutina de la escuela que regía el mayor Miguel Escalona Godínez. El mayor Godínez era un gordito muy simpático que a todos les caía muy bien. Desde un principio se había ganado el afecto de todos, por su buen humor. Era muy dado a las bromas. Tenía gran destreza para lanzar pelotitas de miga de pan, utilizando los dedos índice y pulgar como catapulta. Así llamaba la atención de los niños cuando los sorprendía en alguna pequeña infracción. En ocasiones les atinaba en una oreja y adoptaba una expresión inocente. Imitaba la manera de hablar de ellos con frases como «Si no te formas, te voy a dar un par de hostias». Con las chicas no bromeaba tanto, pero trataba de hacerlas reír y jamás era cruel con ellas. A Carmen le daba la impresión de que al mayor Godínez no le caía bien el director Moreno. Por eso, cuando desobedecían las órdenes del director, él se hacía de la vista gorda.

Gracias al buen humor del mayor Godínez, los niños fueron aceptando su nueva rutina. El día comenzaba a las seis de la mañana con el toque de diana. En ese instante se desencadenaba una serie compleja de ordenanzas militares: llamada de tropa, reunión, lista, parte, reporte. Después hacían los ejercicios de marcha y de ahí los mandaban a asearse. El baño era obligatorio y diario, rápido y con agua helada. Terminado el aseo, los chicos subían en orden marcial por la calle hasta el edificio de las niñas a desayunar. Al terminar iban a clases donde los profesores prontamente pasaban lista. Muchos niños se escapaban de camino a las aulas. Los chicos maleados siempre faltaban y nadie los regañaba porque la disciplina se imponía de manera arbitraria y la autoridad no quería tener problemas con ellos. Pero eso sí, esos chicos no se perdían la hora de la comida. En el comedor se dedicaban a arrebatarles los alimentos a los más pequeños. Cuando terminaba la comida podían salir a jugar al patio y después era la hora de los talleres. Los chicos tomaban el taller de carpintería y las chicas el taller de costura. El problema para Carmen con las agujas y los ganchos era que siempre acababa pinchándose los dedos. Le hubiera gustado mucho más trabajar con un trozo de madera y fabricarle a su muñeca una camita o un corral. Pero no le habían dado a escoger y ahora ahí estaba, peleándose con los hilos.

En realidad, dentro de todo el desorden que envolvía la rutina escolar, el único momento que Carmen disfrutaba era el taller de costura. Aunque se picara los dedos con las agujas, en esa clase podía hablar a sus anchas con Amparín sin que nadie la callara. Le gustaba platicar con su amiga porque con ella las palabras salían de su boca sin que tuviera que arrastrarlas. Amparín nunca se burlaba de ella. Tampoco trataba de ayudarla. Simplemente esperaba con paciencia a que Carmen dijera lo que tenía que decir, que era mucho, porque a ella, tenía que reconocerlo, le gustaba hablar.

Hoy tocaba aprender a tejer *frivolité*. Las amiguitas se hallaban sentadas en la mesa que les habían asignado, de lado a lado, y se esmeraban con los hilos y las lanzaderas que Sor Lucía, la maestra, les había proporcionado para su labor.

—Qué calor, madre mía —se quejó Amparín—. Tengo unas ganas horribles de tomarme una *horchata de chufa* bien fría.

—¿Una qué? —preguntó Carmen.

—Una *horchata de chufa* —repitió—. Es una bebida que tomamos en Valencia ¿no la conoces?

—¡Ah! Horchata. Sí, aquí ya nos han dado esa bebida. Es esa agua dulce que parece leche, ¿no? A mí no me gusta.

—¡Cómo te va a gustar! La horchata mexicana no tiene buen sabor. Tendrías que probar la de Valencia. Esa sí que está buenísima. Antes de los bombardeos mis padres nos llevaban a la plaza a tomarlas.

—Nosotras también íbamos a la plaza. Mi padre nos llevaba a veces y nos compraba helados.

Carmen miró a su alrededor.

¿Dónde estarán las sevillanas? —preguntó.

Amparín se alzó de hombros.

—No sé —dijo sin levantar la vista de su tejido—. Habrán hecho algo malo y las habrán arrestado. O quizás las hayan puesto de *plantón*. Ya sabes cómo son ellas.

Las sevillanas eran dos chicas de la edad de Mercè. Una de ellas tenía un hermano mayor, Paquito, que le caía bien a todos. Tenía un repertorio impresionante de chistes y por eso, porque siempre los hacía reír, lo querían. La noche previa las sevillanas no habían llegado a dormir a la escuela. Tampoco las habían visto en el desayuno, ni en la comida. A Carmen eso se le hacía muy extraño: eran igual de tragonas que ella. Quizás se habían metido en problemas, pensó, cosa que sucedía a cada rato, porque como bien decía Amparín, eran desobedientes, respondonas y no hacían sus deberes. A Carmen le agradaba su compañía porque con cualquier pretexto sacaban las castañuelas, se alzaban la falda y bailaban. Siempre le pedían a Carmen que cantara porque les gustaba su voz. Carmen las complacía porque el canto era lo suyo. Las chicas eran la luz de la fiesta. Por eso cuando no estaban, como ahora, se notaba su ausencia.

—¿De *plantón*? No. No creo —dijo—. Si las hubieran arrestado ya las habrían soltado.

Que Carmen supiera, esos castigos solo los recibían los chicos. A ellos sí los arrestaban cuando los sorprendían tratando de evitar el baño, por ejemplo, o cuando robaban la comida. El arresto conllevaba una tunda o la suspensión del recreo. Si la falta era más grave, si rompían algo, o se golpeaban entre sí, entonces sí los ponían de *plantón*. Ese castigo consistía en mandarlos al cuarto del vigilante, donde los obligaban a estar erguidos con los brazos en cruz, sosteniendo en cada mano un ladrillo, o una almohada. A veces el *plantón* duraba una o dos horas.

—¿Te has dado cuenta de que no han venido a dormir?

—Sí. Lo he visto. Pero, Carmen, deja de preocuparte por esas chicas, ya aparecerán —señaló su tejido y preguntó—. ¿Cuántos nudos llevas?

—No llevo ni una hilera —contestó ella frustrada.

La maestra, escuchando su queja, se acercó. Sor Lucía era una monjita baja y desdentada. Su apariencia daba miedo a las niñas pequeñas porque tenía el rostro más arrugado que un albaricoque seco. Parecía una bruja de cuento. Pero a Carmen, de todos los maestros que había conocido en esa escuela, la monjita le parecía la más bondadosa. Siempre que sus ojos se encontraban con los suyos, pequeñitos y arrugados, le sonreía con cariño como si Carmen fuera su ser más querido. De vez en cuando le acariciaba la cabeza con sus manos artríticas, en un gesto cálido que a Carmen le recordaba la mano ausente de su madre. Ahora mismo, al inspeccionar su tejido, en vez de enojarse por sus nudos retorcidos, se rio de buena gana.

—¡Ay, niña! —dijo—. Déjame ayudarte.

La monjita aprisionó las manos de Carmen, moldeándolas entre las suyas, y doblegó sus dedos con la autoridad de una pianista que acopla las teclas de su instrumento: ahora elevando el índice, ahora bajando el meñique, ahora metiendo la lanzadera. Carmen se dejó llevar. Le gustaba su abrazo. Los hábitos de Sor Lucía olían a pan de natas.

—Toda dama debe aprender a hacer este encaje ¿sabes, hija? —comentó la monjita—. Así es que mira bien. Primero, agarras la cucaracha en la mano derecha con el pulgar.

—¿La cucaracha? —brincó Carmen.

—Bueno —sonrió—. Así le decimos aquí a la lanzadera, porque ¿a poco no parece una cucaracha?

Lo parecía. El ganchito de carey tenía la forma y el color de esos insectos repugnantes que invadían la escuela. Justo hacía unos días, Carmen se había despertado al sentir un cosquilleo en la cara. Cuando abrió los ojos se topó con la mirada intensa e inquisitiva de uno de esos bichos enormes, el más grande que jamás había visto. Con sus largos bigotes le rozaba la mejilla. Su grito había despertado a toda la escuela. Desde ese día dormía tapándose hasta la cabeza con la sábana.

—Después agarras la cucaracha con el pulgar —siguió la maestra—. Y luego, con la mano izquierda, haces un anillo y por ahí la deslizas hacia arriba y hacia abajo, pasando el hilo por el ojillo. Arriba y abajo, arriba y abajo. ¿Ya viste?

—No me sale —se quejó ahora Amparín que había seguido los pasos puntualmente desde su lugar.

Sor Lucía soltó a Carmen y acudió al lado de la otra niña. Se empinó sobre ella y asió sus manos de la misma manera que había tomado las manos de Carmen. Los fondos de botella que eran las gafas de la monja comenzaron a resbalársele por su abultada nariz.

—Sí puedes, hija. ¿Ya ves? Eso. Vas muy bien.

Pero a Carmen le parecía que no, que aquello no iba nada bien. Ni ella ni su amiga habían logrado una sola hilera de nudos y ya llevaban casi toda la clase intentándolo. Miró de reojo la mesa cercana, donde estaban sentadas sus hermanas, Mercè y Palmira. Ellas tampoco habían avanzado mucho, pero no se quejaban y tampoco hablaban. Estaban absortas en su faena.

—Sigan intentándolo —las animaba Sor Lucía—. Recuerden que si no aprenden a tejer se quedarán para vestir santos. Entonces tendrán que ser monjas, como yo —les advirtió, y al ver sus caras espantadas inmediatamente agregó—: es broma, niñas, es broma. Ustedes están preciosas y seguro no faltará un caballero que las reclame. Anden, sigan, sigan. Vayan haciendo nuditos hasta que tengan doce. Doce como los sagrados apóstoles porque doce nudos hacen un pétalo, siete pétalos una flor, y cuarenta flores una mantilla. ¡Quedarán hermosas!

Carmen no quería ninguna mantilla, pero tampoco quería ser monja. La única niña que ella conocía que sí quería serlo, era su hermana Palmira. Ahora en esa escuela las señoras encargadas de los dormitorios se la pasaban diciendo que el director iba a mandar a las chicas mayores al convento. Palmira se sentía muy feliz cuando lo decían. Quizás es lo que había sucedido con las sevillanas, se le ocurrió de pronto.

—Quizás mandaron a las sevillanas a un convento —dijo en voz alta.

—Claro que no —opinó Amparín—. ¿Qué te hace pensar eso?

—Lo han dicho las señoras del dormitorio.

—¿Han dicho que mandaron a las sevillanas al convento?

—No. No eso justamente. Pero han dicho que el director quiere mandar a las mayorcitas al convento para que las *metan en cintura*.

—Sí. Eso dice, pero no sería capaz. El presidente mexicano no lo permitiría jamás.

—El presidente se ha ido y nos ha dejado con este señor.

—Sí, Carmen, pero el director no manda a nadie. ¿No te has dado cuenta?

De repente entró al aula uno de los niños pandilleros. Era Manuel, amigo de Sebastián.

—¿Os habéis enterado de lo que ha pasado? —dijo, agitado.

Sor Lucía lo paró en seco con un gesto de la mano.

—Espera ahí, muchacho. ¿No ves que estás interrumpiendo el taller?

—Sí señora. Es que afuera se ha armado mucho lío.

—¿Qué pasó? —preguntó la monja.

Iba a contestar, pero en ese momento se dejaron oír unos gritos en el patio. Era la voz de Saturnino, uno de los vigilantes encargados de abrir y cerrar el portón de la escuela. Sobre los gritos del vigilante se escuchó la voz, todavía más resonante, del director Moreno.

—¡Malditos españoles! ¡Qué mala suerte tengo!

Las niñas se levantaron de sus mesas y corrieron hacia la puerta que dirigía al patio, pero Sor Lucía se interpuso en su camino.

—Momento. No se muevan, niñas —les ordenó—. ¡Explícate, muchacho! ¿Qué está pasando?

—Es Paquito —contestó él, trémulo—. Ha muerto. ¡Venid a verlo!

—¿Muerto? —exclamó la monja, espantada.

Las niñas salieron en estampida al patio. Saturnino se encontraba junto al portalón. Estaba de rodillas inclinado sobre el cuerpo inerte del niño. Carmen solo pudo distinguir los pies de Paquito pues una bola de chicos y de maestros lo rodeaban, impidiendo su vista. Tomó la mano de Amparín.

—Vamos por este lado —le dijo, intentando arrastrarla, pero ella se soltó.

—No. Yo no quiero ver nada.

Tenía las mejillas encendidas y los ojos aterrados.

—Está bien. Ahora vuelvo.

Ella no sentía miedo, solo una intensa curiosidad. Quería saber, ante todo, qué había pasado con las sevillanas. ¿Habían muerto ellas también? ¿Dónde estaban? ¿Y por qué había muerto Paquito?

Se acercó, metiéndose a empujones entre los curiosos que cada vez eran más. Cuando llegó al frente y vio el cuerpo inerte del niño se arrepintió de estar ahí. Quiso borrar la imagen de sus ojos, pero estos estaban pegados al cuerpo renegrido de Paquito. Le faltaba parte del pelo y tenía la piel estirada como si fuera de plástico derretido. Su rostro reflejaba una expresión terrible de dolor. Lo peor era el olor, un olor fuerte y penetrante que inmediatamente le produjo náuseas. Apenas pudo contener las ganas de vomitar.

El director seguía pegando de gritos, pateaba el suelo como un chiquillo en plena rabieta.

—¿Me puede explicar que carajos pasó aquí? —le preguntó a Saturnino.

—No lo sé —contestó él, aturdido.

Alguien golpeó el portón de la escuela.

Saturnino titubeó un momento, pero por fin se levantó y acudió a abrirla. Eran las sevillanas, que en un principio no entendieron por qué había esa multitud. Entonces la hermana mayor de Paquito reconoció a su hermano en el suelo, y soltó un alarido de dolor. Se dejó caer al suelo, horrorizada, sin atreverse a tocar el cuerpo calcinado. Carmen corrió a abrazarla. Luego sintió los brazos de su hermana Mercè. Se había abierto paso entre la muchedumbre y ahora se unía al abrazo.

El director encaró a la otra niña, pálida y temblorosa y le exigió una explicación.

—¿En dónde estaban? ¿Qué demonios pasó?

La niña, asustada, comenzó a hablar entre sollozos.

—Anoche fuimos al cine con Paquito y al regreso se nos hizo un poco tarde. Llamamos a la puerta, pero nadie nos abrió. Teníamos mucho miedo. Golpeamos muy fuerte, pero el vigilante no quiso abrir. Dijo que a esas horas ya no se abría. Entonces mi hermano comenzó a saltar la tapia. Lo vimos llegar arriba y saltar al otro lado. Luego oímos un chispazo y un grito. Nos quedamos aquí, sin saber qué hacer, hasta que una señora nos llevó a su casa. Acabamos de volver. Nos daba miedo regresar. Me pasé toda la noche preocupada por mi hermano.

Entonces dio rienda a su llanto.

—¿Es cierto lo que dice esta jovencita, Saturnino? —le preguntó el director al vigilante que solo miraba el pavimento.

—Pues sí, señor. Es cierto. Usted puso ese reglamento de no dejar entrar a nadie después que cerramos, mi general. Yo solo obedecí su voluntad. El joven brincó la cerca y pues... se electrocutó. Pero eso ya estuvo de Dios. No es culpa mía.

El director palideció y apretó los puños.

—¡Cállese el hocico, imbécil! Hay que saber aplicar criterio y está claro que usted no tiene sesos en esa cabeza suya de burro —furibundo se dirigió al medio centenar de niños que rodeaban el cadáver de Paquito—. ¡Lárguense todos de aquí! Váyanse a sus dormitorios en este instante.

Los niños obedecieron y se fueron, cabizbajos, a sus respectivos edificios.

El día se hizo largo y nadie durmió tranquilo esa noche, mucho menos Carmen. No lograba arrancarse de la mente la imagen de Paquito con su piel chamuscada y estirada como un chicle. Por más que se tapaba la nariz, lo seguía oliendo ¡nunca más olvidaría ese olor nauseabundo a carne quemada!

—A eso huelen los electrocutados. —Oyó que decían las mujeres encargadas del dormitorio—. Eso le pasó por desobediente.

Carmen no podía creer la falta de empatía de esas brujas. Toda la tarde habían hablado sobre el *chamaco achicharrado* delante de la hermana de Paquito, provocando su llanto con los comentarios crueles. Carmen no lo entendía ¿Qué ganaban esas señoras con torturar a la chica de esa manera? «Algún día pagarán por sus maldades», pensó sin poder dormir.

Cerró los ojos y trató de contar borregos, de esos que saltan la cerca y ayudan a dormir, pero en vez de borregos su mente dibujó apóstoles, nudos formando una hilera de *frivolité*: Simón, Andrés, Jacobo, Juan, Felipe, Bartolomé, Tomás, Mateo, Santiago, Judas Tadeo, Simón Cananeo y Judas, el traidor. Y ahí estaba Sor Lucía también, aplaudiéndole porque se sabía el nombre de los doce apóstoles. Pero algo iba mal, el nudo que era Bartolomé había quedado demasiado gordo. Y Tomás estaba torcido. Y Simón. Simón insistía en colocarse cabeza abajo. Deshizo los nudos y comenzó de nuevo, pero era inútil, los discípulos la traicionaban. Como Judas.

—Yo no quiero ser una dama —le dijo a Sor Lucía en ese sueño—. Yo quiero cantar y bailar como las sevillanas —insistió disgustada, cuando de pronto llegó Paquito y la sacó a bailar.

Se veía monstruoso con la piel estirada y olía muy mal. Carmen se despertó gritando y Sor Lucía la abrazó con sus brazos huesudos de venas resaltadas. En algún momento, entre sus sollozos, cayó en cuenta que los brazos que la consolaban eran los brazos de su hermana Mercè.

El pequeño féretro blanco que transportaba el cuerpo de Paquito fue escoltado por los niños y los maestros por las calles de Morelia, hasta el cementerio. Era un grupo silencioso de niños recién bañados, algunos cargando flores, otros sin nada. Los pequeños no entendían qué pasaba y los niños mayores caminaban sintiendo una mezcla de furia y de miedo. Por primera vez eran conscientes de que estaban unidos para siempre: eran los *huerfanitos de Cárdenas*, los *coñitos españoles* y, si querían justicia, tendrían que exigirla juntos. Les quedaba claro que los culpables de la muerte de Paquito eran el director y sus colaboradores.

Al terminar el funeral, los sepultureros bajaron el ataúd a la fosa. Carmen miraba la escena horrorizada. Cuando comenzaron a echarle tierra a la caja, a palazos, se abrazó a Mercè.

—Que no lo hagan, Mercè —gimió—. ¡Los gusanos se comerán a Paquito!

—No. Paquito ya se ha ido al cielo —contestó ella con firmeza—. En esa caja no está Paquito. Solo están enterrando la cáscara de su alma. Su alma ya no está.

—Es horrible, es horrible —sollozó Carmen, no convencida de las palabras de su hermana—. No quiero estar aquí. ¡No quiero estar en esta escuela con piojos, ratas, agua helada y niños malos! Vámonos a casa, Mercè. ¡Aquí nos vamos a morir todas, igual que Paquito!

—Tranquilízate, Carmen —le ordenó.

Carmen se tapó los ojos para no ver. Luego se tapó las orejas porque tampoco quería escuchar el sonido de la tierra al caer sobre aquella caja que contenía la cáscara del alma de Paquito. Con los ojos cerrados y las orejas tapadas fue testigo del entierro del compañerito que apenas ayer jugaba en el patio.

De pronto uno de los niños comenzó a gritarle al director.

—¡Asesinos! ¡Muerte a Moreno!

El chico agarró una piedra y se la lanzó, sin atinar. Acto seguido los cabecillas, Sebastián entre ellos, siguieron su ejemplo: recogieron piedras y comenzaron a arrojárselas al director y a su comité de maestros y otras autoridades eclesiásticas que habían acudido al entierro.

—¡Abajo el clero! —gritó Sebastián—. ¡Muerte a los curas! ¡Muerte a Moreno!

El director y sus acompañantes abandonaron el cementerio a toda prisa perseguidos por los chicos quienes, en cuanto alcanzaron las primeras calles que daban acceso a la ciudad, comenzaron a destruir todo lo que encontraban en su camino: escaparates de los comercios, farolas y ventanas. Fuera de sí, prendieron fuego a los basureros y los patearon, lanzando maldiciones, cometiendo los mismos actos de vandalismo que habían visto cometer en sus días de guerra. Todo el odio acumulado hacia el director por sus insultos y su maltrato se desató de golpe.

Lamberto Moreno no se hizo esperar: viendo lo que se le venía encima corrió a refugiarse a la escuela y desde ahí llamó a la policía y al ejército. Cuando los chicos llegaron a la escuela, los edificios ya estaban rodeados de guardias y soldados. La policía ayudó al director a abandonar el inmueble bajo fuertes medidas de seguridad. Nunca más volvió a entrar a esa escuela.

Vacaciones

Morelia, diciembre de 1937

—¿Habéis leído el anuncio?

Estaban en el patio, esperando a que sonara la campana para ir a cenar, cuando Palmira llegó corriendo a compartirles la noticia.

—¿Qué anuncio? —preguntó Mercè.

—¡Nos llevan de vacaciones a Guadalajara!

—¿A dónde? —quiso saber Carmen.

—A Gua-da-la-ja-ra. Ya sé que es un lío pronunciar esa palabra, pero así se llama ese lugar, Guadalajara. Dicen que es muy bonito. Que ahí están los mariachis.

—¿Los mariachis? —eso sí le interesaba a Carmen. En una ocasión había visto a esa banda de vaqueros mexicanos cantar en la plaza, enfrente del mercado, y había quedado prendada de su música y de sus trajes tan elegantes, cubiertos de muchos adornos. Lo mejor eran esos sombreros enormes de ala ancha. Eran muy guapos.

—Eso han dicho, que Guadalajara es tierra de mariachis.

A Mercè la noticia no le causaba alegría; no podía creer que pronto llegaría la Navidad y que ellas seguían en México. Su corazón seguía albergando la esperanza de que la guerra terminaría pronto, y de que sus padres vendrían por ellas para llevarlas a casa, pero conforme el tiempo pasaba, esa ilusión se hacía más frágil. Los periódicos que leía con avidez reportaban que no había fin predecible a esa guerra sanguinaria. Las cosas marchaban mal para los republicanos. Ciudad tras ciudad caían en manos de los facciosos y la resistencia no lograba contenerlos. Lo peor era que no sabían nada de sus padres y cuando Mercè pensaba en ello le entraba tal pánico que no podía ni respirar. ¿Por qué no les escribían? se preguntaba consternada. ¿Por qué no contestaban las cartitas que ellas sí les mandaban con regularidad? ¿No se daban cuenta del terror que les causaba su silencio? ¡Era un tormento no saber nada de ellos! A veces su enojo era tan inmenso que sentía que los odiaba. Después, cuando se tranquilizaba, le crujía el alma de culpa y una angustia se apoderaba de ella, atormentándola. Por su mente agobiada desfilaban un sinfín de posibilidades, ninguna de ellas buena. ¿Y si los habían arrestado? ¿Y si estaban heridos en algún hospital? ¿Y si estaban...? No, por favor... Eso no. En las raras ocasiones en que don Renato, el cartero, llegaba a la escuela y gritaba: ¡Cartas de España! y comenzaba a repartirlas, ella no sabía si alegrarse o llorar cuando se acababa la repartición y ninguna de las cartas era para ellas. A sus hermanas las consolaba repitiendo aquella frase trillada que había escuchado alguna vez:

—Las malas noticias siempre se conocen antes que las buenas —les decía, para aliviar su desencanto.

Justo el día anterior, por desgracia, sus palabras habían resultado proféticas. Estaban en el patio jugando a las escondidas cuando de repente se escuchó el silbido de don Renato. Todos los niños corrieron alborozados a recibirlo. Don Renato era un hombre de rostro enjuto por la edad, pero más ágil que cualquiera de ellos. Solía hacer maromas de circo sobre su bicicleta y su espectáculo encantaba a los pequeños que le aplaudían y querían más. Ayer había llegado a repartir la correspondencia como siempre solía hacerlo, empezando por llamar a los afortunados con voz cantadita, como si jugaran a la lotería: Doloooores Roja, Auuurelio Pérez, Caaarmen Prieeeeto. Los niños miraban cómo se iban desapareciendo de sus manos morenas, con el aliento contenido. En una de esas, don Renato llamó a Amparín. Ellas aplaudieron felices, alegrándose por su amiguita, pero tan pronto Amparín recibió el sobre y miró el rótulo, su sonrisa se le congeló. El aplauso cesó abruptamente.

—Oiga, señor —protestó—. Mire bien su bolso porque aquí hay un error. Esta carta no es de mi madre. ¿Ve esta letra? ¿Ve este nombre en esta esquina? —su dedito apuntaba al remitente—. Ese es el nombre de una tía que ni siquiera sabe que estoy en México. Aquí hay un error, don Renato.

Un silencio sepulcral abrazó todo el patio. Las niñas instintivamente se acercaron a su amiga, formando un círculo estrecho a su alrededor. Todos sabían lo que eso significaba, no era la primera vez que sucedía. Varios compañeros, entre ellos Manuel, habían tenido la terrible experiencia de recibir cartas que no eran de sus padres, sino de sus parientes. En el caso de Manuel, el que escribió fue un vecino. La carta le informaba que su padre había sido arrestado y fusilado y que, por más que habían preguntado, nadie sabía el paradero de su madre. Desde aquel día infame Manuel se portaba muy mal. De por sí era uno de los revoltosos, pero ahora era uno de los peores. Descargaba su ira sin ton ni son y se metía en jaleos constantemente con los maestros. Estos, quizás por lástima, lo dejaban hacer. El gran temor de Mercè era recibir una carta así, como la de Manuel, o como la que ahora le entregaban a Amparín.

—Busque bien en su bolso, don Renato —insistió ella, mientras manoseaba el sobre de la carta de la tía, sin atreverse a abrirla—. Seguro que la carta de mi madre anda por ahí.

La expresión del cartero se ensombreció. Se quitó la boina y miró directo hacia el cielo, rascándose la frente escalonada.

—Pinche trabajo este —murmuró. Luego, meneando la cabeza con pesadumbre, encaró a la españolita ¡tan linda la pobre!—. No, *güerita*. Esas son todas las cartas. Mira, pues —le dijo, y le mostró su bolsón—. Aquí no hay nada más, mija.

Amparín no le creyó. Se acercó a revisar, pero en efecto, el bolsón del cartero estaba vacío. Él esperó unos minutos más, se ajustó la boina de nuevo, y se colgó su bolsa preparándose para partir. Titubeó un instante y después por impulso, y sin importarle el protocolo que de otra manera lo prohibiría, palmeó la cabecita llena de rizos de Amparín. Luego partió, pedaleando su bicicleta con furia.

—¿Quieres que la lea? —preguntó Carmen a su amiga con suavidad.

Ella asintió y le entregó la carta. Su manita temblaba.

—No —brincó Mercè—. Yo la leo.

Mercè desgarró el sobre y sacó la hoja que olía a humedad. Leyó la carta de sopetón, en silencio. La caligrafía era bella y refinada, cada letra era una obra de arte, perfectamente dibujada con sus curvas y colas. Pero el mensaje era el más cruel que había leído en su vida. Aquello no era una carta, decidió. Era un telegrama.

Tus padres han muerto. Es mejor que no vuelvas a España por ahora. Lo siento.
Tía Carmela

No tuvo corazón para leer en voz alta esa salvajada. Tampoco pudo alzar la mirada del papel. No podía darle la noticia a Amparín así, tal cual. No podía. Entonces, con la voz ronca, comenzó a leer lo que ella hubiera escrito, la carta que cualquier persona decente hubiera escrito, comenzando con un saludo amoroso, propio de cualquier tía que extraña a su sobrina, y que lamenta profundamente darle ese golpe contundente. Mercè leyó desde su corazón, pero cuando se aproximaba a esa noticia brutal, irreversible, Amparín la detuvo.

—No. No lo leas.

Mercè obedeció.

—Ya sé lo que dice —dijo Amparín—. Mis padres han muerto. Dice eso ¿verdad?

El prolongado silencio de la lectora y el hecho de que no la mirara a la cara le dieron la respuesta.

—Mi tía es una arpía —exclamó Amparín furiosa. Le arrebató la carta y la hizo añicos—. No me quiere. No me quiere nada. ¡La odio! ¡La odio!

Carmen le ofreció su muñeca. Amparín la tomó por inercia. Al cabo de unos segundos en los que nadie hablaba, Amparín se dio media vuelta y se encaminó hacia el dormitorio sin derramar una sola lágrima. Iba a medio camino cuando sus piernitas flaquearon y cayó de bruces sobre el pavimento sin soltar la muñeca. La muñeca aterrizó mirando el mismo cielo que don Renato, momentos antes, había maldecido.

Al recordar ese momento, Mercè decidió que quizás el paseo a la tierra de los mariachis era justo lo que necesitaban. A Amparín, sobre todo, le sentaría bien irse lejos de esa escuela y distraerse en otro lugar que no le recordara la pésima noticia que acababa de recibir. Las vacaciones de invierno de por sí eran fechas muy difíciles para todos. Quizás en Guadalajara las hospedarían en las casas bonitas de las familias dispuestas a regalarles un poco de cariño. La comunidad de españoles en el extranjero, por ejemplo, de cuando en cuando, les mandaban regalos. Con suerte las llevarían a pasear a la plaza a escuchar a los mariachis. Eso haría a Carmen muy feliz.

—¿Quién ha dicho que vamos a Guadalajara? —quiso saber, antes de hacerse las ilusiones.

—Está anunciado en el pasillo —contestó Palmira—. Si no me creéis, venid a leerlo con vuestros propios ojos.

Las niñas la siguieron hacia el corredor y ahí en el tablón de anuncios efectivamente estaba la carta del nuevo director, Roberto Reyes Pérez. El presidente Cárdenas lo había elegido para remplazar a Lamberto Moreno. A Mercè le parecía que el remedio había sido peor que la cura, porque el nuevo director era un desastre. Si antes el problema era la desatención, la rigidez de horario y el abuso de los mayores hacia los más pequeños, a partir de la llegada de Reyes Pérez, esos males se habían institucionalizado. Reyes Pérez era un hombre de formación militar y por eso la escuela se había convertido en un cuartel.

Mercè leyó el aviso en silencio: por órdenes del presidente Cárdenas, los niños que tuvieran un promedio alto en sus calificaciones disfrutarían de un viaje a Guadalajara, Jalisco, durante las vacaciones de invierno. Los niños que calificaban deberían ir a registrarse a la administración.

—¿Lo veis? —preguntó Palmira. Estaba ofendida de que su hermana mayor hubiera cuestionado su integridad. Ella siempre decía la verdad tal cual. No exageraba. No era cuentista como Carmen.

—Nosotras tenemos un promedio alto —comentó la cuentista.

—Pues el mío es el más alto —se jactó Palmira.

—Solo porque tú eres una pelota con los maestros —rebatió Carmen.

Mercè no estaba de humor para las discusiones entre sus hermanas.

—Bueno basta. Seguidme. Vamos a registrarnos de una vez, no sea que nos quedemos sin lugar.

Decidida, se encaminó a la administración para reservar el merecido viaje.

Zapatitos rotos

La ciudad de Guadalajara estaba a trescientos kilómetros de Morelia. Los niños viajaron en autobús, acompañados de dos maestras, y una de ellas era Sor Lucía. Durante la travesía algunos cantaron las coplas que solían cantar en España, y otros las que habían aprendido en México. Una y otra vez las niñas le pedían a Carmen que entonara los solos, a capella, porque les gustaba mucho su voz. El camionero no podía dejar de mirar a esa pequeña por el espejo retrovisor, para consternación de la monja, que varias veces tuvo que llamarle la atención.

—Nos va usted a matar, señor —lo amonestó—. Mire bien por donde maneja, por favor.

—No se preocupe hermana ¿cómo cree? Nunca he tenido un accidente. Pero oiga *usté* ¡qué retelindo canta esa huerca, pues!

Era de Monterrey el chofer, pero llevaba años viviendo en Morelia.

Para Carmen lo mejor del viaje era que los chicos revoltosos no iban al paseo por aquello de sus malas calificaciones. Los pocos niños que sí alcanzaron el promedio requerido y que las acompañaban, estaban hospedados en otro lugar, lejos del edificio en donde las habían alojado a ellas: el Colegio de Aire de la Fuerza Aérea Mexicana, en la Avenida México. Claro que a ellas les hubiera gustado más quedarse con familias jaliscienses en casitas con jardines, pero igual se conformaron, pues el inmueble que era su hotel estaba cómodo y además estaba ubicado en una zona que les permitía moverse con facilidad por toda la ciudad. Lo mejor era que en el Colegio del Aire no había rigidez militar, y gozaban de libertad. La dirección les había gestionado pases para facilitarles acceso gratuito a los autobuses de servicio urbano y a los cines. Todas esas franquicias las había conseguido el nuevo director, Reyes Pérez, por ser originario de Guadalajara.

Por primera vez en mucho tiempo disfrutaron de paz. Nadie las molestaba ni les quitaba su comida, su dinero, o su ropa. Usaban sus pases todo el día: se subían y bajaban de los camiones sin ton ni son, por el simple deleite que era ser portadoras de esas laminillas mágicas que les abrían las puertas de la ciudad. En los cines sucedía lo mismo, con el agravante del escándalo que hacían al llegar y al salir inmediatamente de las salas, para ingresar en otras. Las maestras no se daban abasto para supervisarlas, y al final, la única condición que les impusieron fue que anduvieran siempre juntas, y que regresaran al edificio antes de que oscureciera. Con ese permiso las niñas deambularon por las calles tapatías haciendo amistades entre la población. La prensa local alertó a la comunidad de la visita de las pequeñas y la colonia española, queriendo halagar a las chicas compatriotas, las colmó de atenciones. Con frecuencia las invitaban a sus hogares a comer, o a sus ranchos para pasar el día en el campo. En torno a una mesa o mantel, rebosante de manjares y de calor familiar las agasajaban, dándoles ropa o dinero que ellas rápidamente se gastaban en golosinas. Carmen hubiera querido quedarse en Guadalajara para siempre, o cuando menos hasta que sus padres fueran por ellas a México. Le gustaba esa ciudad mucho más que Morelia. El día de regreso de Guadalajara a Morelia se aproximaba con gran premura y eso la tenía desolada.

—Nos quedan tres días en esta ciudad y no hemos visto

a los mariachis —se quejó Carmen cuando caminaban por la avenida Lafayette de camino al parque. Iba cojeando pues la suela de uno de sus zapatos estaba rota. La molestia agravaba su mal humor. No quería que las vacaciones se acabaran.

Era una mañana esplendorosa y el plan de las hermanas era aprovecharla. Querían alquilar bicicletas que, según les habían dicho, rentaban en ese parque.

—Quizás los mariachis estén en el parque, Carmen —comentó Palmira, queriendo darle ánimo.

—Lo dudo —replicó Mercè—. Ellos trabajan por las noches, pero igual podemos preguntar.

—Por la noche no nos dejan salir —se quejó Carmen.

—Quizás sí. Quizás si hablamos con Sor Lucía y le explicamos la situación nos permita salir —sugirió Palmira—. Ella es muy maja.

Al llegar al parque se llevaron la primera decepción. La tienda que alquilaba las bicicletas estaba cerrada y no abriría hasta las cuatro de la tarde. Mercè se acercó y leyó el cartel de los precios en silencio. Aunque el local estuviera abierto, el dinero que les quedaba de la cantidad que les habían asignado (una donación de la colonia española), no les hubiera alcanzado para rentar las bicicletas.

—¿Qué hacemos? —preguntó Carmen.

—¿Queréis jugar en esos juegos? —Palmira señalaba los columpios—. Si no os apetece, podríamos ir de nuevo al cine con nuestros pases.

—¿Otra vez? Nos sabemos las películas de memoria —protestó Carmen—. Estoy harta de ir al cine. Además, es muy temprano y ni siquiera ha comenzado la función de matiné.

—¿Y si compramos barquillos? —sugirió Palmira.

—Nada de barquillos a esta hora —decretó Mercè—. Acabamos de desayunar.

En eso estaban, cavilando sus opciones, cuando unas señoritas pasaron a su lado. Eran dos chicas que caminaban agarradas del brazo, platicando animadamente. Al ver a las niñas se detuvieron; les llamó la atención que estuvieran en el parque a esas horas tempraneras; las familias solían llevar a sus hijos por las tardes, cuando los vendedores abrían sus puestos. Lo que más las sorprendió fue lo mal vestidas que iban a pesar de ser tan lindas. Vestían ropa de verano. Seguro que tendrían frío. ¿Dónde estaban sus abrigos? Se preguntaron. ¿Quiénes eran?

—Mira qué rotos están los zapatitos de esa pequeña —le dijo una a la otra—. Por eso cojea, la pobrecita. Es que no tiene tacón.

Consternadas, decidieron acercarse a investigar más sobre esas pequeñas que nunca habían visto en el parque.

—Buenos días —las saludó la más alta—. ¿Todo bien, niñas?

Mercè inmediatamente asumió su papel de hermana mayor.

—Sí, gracias. Todo bien.

—Pero ¿y qué hacen aquí a estas horas, se puede saber? ¿Están perdidas? Y ¿dónde están sus padres? —preguntó la otra chica que era más bajita y pizpireta. Sonreía vivaz y al hacerlo, aparecían dos hoyuelos en sus mejillas.

A Carmen le pareció que esas señoritas hacían muchas preguntas.

—No estamos perdidas —dijo con brusquedad—. Venimos a alquilar bicicletas, pero han cerrado.

Al escuchar el acento ibérico de aquella pequeña, la joven sonrió todavía más.

—¡Pero claro! Ustedes son las *huerfanitas de Cárdenas* ¿verdad? Han salido en todos los periódicos. Pues mucho gusto y bienvenidas a Guadalajara. —Les extendió la mano.

La mano se quedó en el aire.

—No somos huérfanas —zanjó Mercè. ¿Hasta cuando iban a entender los mexicanos que todavía tenían padres?

Las señoritas se miraron entre sí.

—Por supuesto —apuró la más alta—. Perdonen. Nosotras somos Laura y Margarita Aviña. Somos hermanas. Es un placer conocerlas.

Por unos segundos nadie habló y todo el peso de una guerra se acomodó entre ellas. Al cabo de un rato Carmen, que no quería desperdiciar la oportunidad de indagar sobre lo único que a ella le importaba, rompió el silencio.

—¿Ustedes saben dónde podemos ir a escuchar mariachis?

—¿Mariachis? —preguntaron al mismo tiempo, muy sorprendidas— ¿Quieren ver mariachis?

—Yo no —dijo Palmira—. Yo quisiera un barquillo.

La chica de los hoyuelos, que era Laura, soltó una carcajada.

—A mí también me encantan los helados —dijo—. ¿Ves ese puesto? Ahí venden unos helados muy sabrosos, pero no abren hasta en la tarde. Y por cierto, los mariachis sí vienen a este parque, pero ellos llegan por la noche, cuando oscurece. Así es que, lo mejor es que regresen por la noche.

Carmen no pudo ocultar su chasco.

—No podremos regresar. No tenemos permiso de salir por la noche. ¿Saben si los mariachis tocan en otro lugar durante el día? Podemos ir a cualquier parte de esta ciudad porque nos han dado pases para los autobuses —y así diciendo les mostró el suyo, que llevaba colgado del cuello, con mucho orgullo.

Margarita se agachó y leyó el nombre impreso en la laminilla.

—Carmen Roda. ¡Qué bonito nombre tienes! —le dijo sonriéndole.

Las hermanas Aviña sabían por el boletín de la iglesia a la que pertenecían que los niños refugiados de España estaban siendo educados en una escuela laica, donde la religión no era parte del currículo. Justo el domingo previo, el sacerdote a la hora de dar el sermón, había instado a la comunidad a aprovechar la visita de esas *pobres almitas del Señor* para hablarles de Dios, si se les presentaba la oportunidad. El párroco les recordó desde su púlpito que era su obligación como buenos cristianos mostrar amor a esas criaturitas e instruirlas, de ser posible, con la palabra de Dios. A Margarita, sobre todo, le parecía que aquel encuentro con esas pequeñas no era una coincidencia, sino un acto de la mano divina.

—Miren pequeñas, tengo una idea. Nosotras vivimos muy cerca. ¿Por qué no vienen a nuestra casa a tomar un chocolatito caliente? Aquí hace tanto frío. En la casa podríamos platicar tranquilas. Se pueden quedar a jugar y a almorzar con nosotras y si quieren, después, cuando oscurezca, las traemos de regreso al parque a ver a los mariachis. ¿Qué dicen? ¿se animan?

Mercè hablo por todas.

—Muchas gracias, pero no tenemos permiso de ir a casa de nadie, a menos que pertenezcan a la comunidad española. ¿Ustedes son parte de esa comunidad?

—Pues...creo que sí, ¿verdad, Laura?

Laura recibió la mirada cómplice de su hermana y enseguida le siguió la corriente.

—El tatarabuelo era vasco, entonces seguro que sí. Pero a ver, niñas. ¿En dónde están hospedadas?

—En el Colegio del Aire —respondió Mercè.

—¡Ah! Pues muy cerca. Entonces ¿por qué no vamos con ustedes ahora mismo a hablar con sus maestras y les pedimos el permiso directamente?

—¡Sí, por favor! —exclamó Carmen.

Le agradaban esas señoritas, y le emocionaba la posibilidad de tomar chocolate caliente, comer bien y luego regresar a ver a los mariachis.

Las señoritas Aviña y las niñas Roda caminaron hasta el edificio en donde estaban hospedadas. Ahí las recibió Sor Lucía, cuya presencia sorprendió a las jóvenes. No esperaban que la maestra fuera una monja.

Sor Lucía estaba igual de sorprendida. No esperaba que las niñas regresaran tan pronto, y menos acompañadas de esas jóvenes. Las invitó a pasar y sentarse en la salita del cuarto.

—¿Usted es maestra en la escuela de las niñas? —le preguntó Margarita con curiosidad.

—Sí, señorita. Yo soy una de las maestras.

—Ah, ¡qué bien! Oiga, disculpe la pregunta, pero teníamos entendido que los españolitos estaban internados en una escuela laica ¿eso no es cierto?

—Sí, es cierto. La escuela Morelia-España es una escuela laica.

—Pero entonces ¿cómo es que la tienen a usted de maestra?

—Esa es una larga historia, señorita. Digamos que mi presencia en esa escuela tiene más que ver con la seguridad de los pequeños, que con su educación.

Las hermanas se miraron entre sí. Algo habían escuchado de los problemas que los encargados de los españolitos habían tenido con su cuidado. Había habido accidentes. Incluso, recientemente los periódicos habían hecho escándalo por la muerte de un pequeño.

Esta vez, Laura tomó la palabra.

—Pues, sea cual fuere la razón, nos alegra que las niñas la tengan a usted como maestra. Por cierto, ¿las niñas ya hicieron su primera comunión?

—No, lamentablemente no me es permitido impartir clases de religión. Soy su maestra de costura, pero nada más.

—Ah, pues fíjese que nosotras tenemos una pariente en Morelia que quizás pueda ayudarla. Es una señora mayor, muy cariñosa. Le decimos doña Chencha, de cariño. Si se lo pedimos, seguro aceptaría enseñarles catecismo a las pequeñas. Sería muy lindo que pudieran hacer su primera comunión ¿no cree? Y a doña Chencha le sentaría bien la compañía de las pequeñas. ¿Le podemos pasar sus datos?

—Por supuesto. No tengo ningún inconveniente en que conozcan a su pariente, al contrario, lo agradecería.

Las niñas esperaban ansiosas a que las damas terminaran con el protocolo social de esa charla. Sobre todo Carmen, que comenzaba a perder la paciencia.

—Entonces ¿sí podemos ir con ellas a su casa? —preguntó sin rodeos.

Solo entonces las señoritas abordaron el tema que era el propósito de su visita. Sor Lucía les concedió el permiso de que llevaran a las niñas a su casa y después, por la noche, al parque a escuchar a los mariachis. Les permitió, además, que contactaran a su pariente, la tal doña Chencha para que, una vez que regresaran a Morelia, pudieran ir a visitarla los domingos, para prepararlas para hacer su primera comunión, si las niñas así lo querían.

Durante el viaje de regreso a Morelia, por más que el camionero se los pidió, nadie cantó. Carmen miraba por la ventana sin ver el paisaje, sus ojos y su corazón seguían adheridos a los mariachis que por fin habían escuchado en el parque. Algún día cantaría con esos charros, se prometió. Algún día volvería a Guadalajara.

Los reyes

Morelia, enero de 1938

Por la mañana, cuando los pequeños despertaran, recibirían sus Reyes. Mercè venía planeando esa sorpresa, junto con otros chicos mayores, desde antes de que se fueran a Guadalajara. Llevaban meses fabricando juguetes, a la hora de los talleres. En esas aulas los escondían para que los pequeños no los vieran. Querían que fuera sorpresa. Los maestros les habían dado permiso de usar el tiempo de clase en esa noble labor, e incluso los habían apoyado, prestándoles herramientas y facilitándoles materiales que de otra forma no les eran accesibles: cuerda para los trompos, hilo de colores para los muñequitos de tela y abalorios para las diademas, entre otras cosas. Y ahora mismo, en medio de la noche, se apuraban a colocar, calladamente, sus dádivas en los zapatitos desgastados de los pequeños mientras estos dormían, de acuerdo con la tradición mexicana que dictaba que los Reyes dejaban los regalos en los zapatos.

—Toma. Este es para Carmen. Por favor, ponlo en su zapato —le ordenó Mercè a su hermana Palmira.

Palmira agarró la camita de madera que Mercè había fabricado para la muñeca de Carmen. El maestro del taller de carpintería había hecho una excepción y les había abierto las puertas de ese taller, que normalmente era solo para los varones, a ella y a otras chicas. Él no era partidario de la ideología machista del director, les explicó, guiñándoles un ojo. Él tenía hijas y todas sabían usar esas herramientas. Así, ninguna tendría que pedirle el pan a nadie y menos a un hombre. Sabrían valerse por sí mismas.

La camita le había quedado hermosa a Mercè, pensó Palmira, admirándola. Y aunque sabía que era pecado, sintió envidia, pues en el fondo a ella también le hubiera gustado que le dieran un regalo de Reyes. No un juguete, eso no, pero sí una muestra de cariño de su hermana mayor que se pasaba la vida atendiendo a la pequeña.

—¿Le vas a dar el regalo a Carmen? —preguntó hablando muy quedito.

—Sí—contestó Mercè.

—Pero ella ya es mayorcita —protestó con recelo—. Ya sabe que los Reyes Magos no existen.

Mercè era consciente de que Carmen, a sus nueve años recién cumplidos, ya no creía en los Reyes, pero igual le hacía ilusión sorprenderla con un regalo, a ella y a Amparín.

—Ya lo sé y no me importa —dijo sin ganas de dar explicaciones.

Le arrebató el juguete, localizó los zapatos de Carmen y colocó encima la camita de madera. Si no se apuraban saldría el sol y las pequeñas las sorprenderían en el acto.

Palmira se alzó de hombros y se fue a entregar su propia ofrenda, el regalo que ella había fabricado para Juanita, una pequeñita muy coqueta. Era una diadema de moños, hecho con encaje que Sor Lucía le había regalado. ¡Qué alegría le daría a Juanita recibirla!

Mercè trató de espabilar su tristeza. En el zapato de Amparín, se dijo, colocaría el regalo más lindo de todos: la muñeca de trapo que le había llevado mucho tiempo fabricar. La había hecho para que jugara con Carmen a las muñecas. Carmen estaría feliz y la pequeña valenciana necesitaba algún consuelo.

Al otro lado del pasillo algunos de los chicos mayores ya ayudaban a repartir los regalos. Otros, los pandilleros, liderados por Manuel, se conformaban con mirarlas, burlándose.

—Sois unos tontos —dijo Manuel, con tono prepotente—. ¿En serio creéis que los pequeños no sabrán quién hizo esas porquerías que llamáis juguetes? ¡Por favor!

—Shhhh. Baja la voz, Manuel, que los despiertas —suplicó Mercè.

—A mí eso me trae sin cuidado —contestó él, alzando la voz todavía más. Luego se encaminó hacia ella, esbozando una sonrisa socarrona que no le quedaba nada bien—. Mejor deja eso, *maca*, y ven acá. Mira el regalito que quiero darte de Reyes —y así diciendo, se tocó la bragueta.

Sus amigos comenzaron a reírse.

En eso salió Sebastián y hecho una furia, agarró a Manuel de la ropa y lo estampó violentamente contra la pared.

—Con ella no te metas, gilipollas —mascullló rabioso. Alzó el puño para pegarle, pero Mercè se interpuso asiéndole el brazo alzado.

—No, por favor, Sebastián. ¡Déjalo! ¡Vais a despertar a los pequeños! ¡Por favor!

Una pelea en la mitad del pasillo despertaría a toda la escuela y la sorpresa para los pequeñitos, que tanto habían planeado, quedaría arruinada.

Sebastián titubeó, pero finalmente cedió. Soltó a Manuel, no sin antes darle un coscorrón.

—Esta vez te salvas, *bujarra*, pero solo porque me lo pide ella, ¿eh? No vuelvas a insultarla. Y si no te callas, si no os calláis todos —dijo, amenazando también a los demás espectadores— os daré un par de hostias.

Manuel lo miró con desprecio. Se alisó la ropa y alzándose de hombros regresó a unirse con sus amigos. Se fueron.

Sebastián se acuclilló al lado de Mercè y la ayudó a repartir los juguetes.

—Si te vuelve a molestar esa escoria, me lo dices y lo arresto.

Sebastián gozaba de esa nueva autoridad. El director lo había nombrado parte del Comité Disciplinario y ahora tenía el poder de arrestar a quien quisiera. Él se sentía muy orgulloso de su nuevo puesto y se tomaba su papel muy en serio. Presumía que, gracias a ellos, los del Comité Disciplinario, las cosas en la escuela habían mejorado: se habían impuesto medidas higiénicas, por ejemplo; la comida era más sabrosa y abundante y los horarios se cumplían a rajatabla. Mercè tenía que reconocer algunos cambios eran para bien, pero otros habían empeorado: los abusones faltaban a clase, amenazaban a los demás, intentaban acosar a las chicas y robaban en el pueblo y a sus compañeros. Hacía apenas unos días, Manuel había robado un barquito de madera que una de las chicas fabricó para donar el Día de Reyes. Cuando lo enfrentaron, lo admitió abiertamente. Dijo desafiante que lo había vendido en el mercado de los jueves y que había gastado el dinero en caramelos. Se defendió alegando que era una vergüenza que en aquella escuela, que se suponía que era una escuela laica, estuvieran celebrando los malditos Reyes. La iglesia era el enemigo que había matado a su padre.

—¡Abajo el clero! —exclamó con el puño en alto cuando terminó de defenderse.

El delito no tuvo consecuencias. El director, en vez de castigar a Manuel por el hurto, lo había nombrado parte de ese grupo disciplinario del que Sebastián se sentía tan orgulloso.

Mercè aborrecía tener que dar cuentas a esa bola de cafres y aborrecía, sobre todo, la prepotencia de Sebastián que ahora mismo la miraba expectante, esperando que le diera las gracias por haberla defendido de Manuel.

—¿Me oyes? —preguntó él—. Si este te vuelve a molestar, o cualquier otro, me lo dices. —Y luego, cambiando de tema, alzó la muñeca que Mercè había fabricado.

—Es muy bonita esta muñeca. ¿La has hecho tú?

—Shhhhh. Sí. Es para Amparín.

Él miró la muñeca de nuevo y volvió a colocarla sobre los zapatitos de la niña.

—Y ella, ¿cómo está?

—Bien. Bueno, en realidad no lo sé.

—Malditos fascistas —dijo él furioso—. Son una mierda.

Mercè se levantó. Habían terminado de repartir los juguetes y tocaba irse a la cama.

—Gracias por tu ayuda —le dijo por fin, porque como decía el dicho, lo cortés no quitaba lo valiente.

Sebastián sonrió y los hoyuelos se dibujaron en sus mejillas. Luego hurgó en sus bolsillos y sacó algo.

—Falta este —dijo, alargándoselo. Era la barquita que Manuel había robado.

—¿De dónde la has sacado? —preguntó ella sorprendida.

—Eso no importa —contestó él alzándose de hombros.

Un remolino de sentimientos se apoderó de Mercè. Era una lástima que ese chico, que podía ser tan majo cuando quería, insistiera en liderar a los pandilleros. Pero en ese momento, con el corazón desbordado de agradecimiento, se alzó de puntitas y le plantó un beso en la mejilla. Luego se echó a correr al dormitorio.

En la mañana, muy tempranito, la despertaron los gritos de sus compañeros. Pero no eran gritos de alegría, que era lo que esperaba, sino gritos de protesta y de enojo. De llanto. Se levantó de la cama, apurada, y corrió al pasillo a ver qué sucedía. En cuanto llegó, la asaltó un olor nauseabundo.

Palmira estaba ahí, y al verla, se arrojó a sus brazos, sollozando.

—¡Lo han arruinado todo, Mercè! ¡Todo! ¡Mira lo que han hecho!

Alguien había embarrado los juguetes de los pequeños con heces. Alguien había escrito en las paredes: «Muerte a los reyes. Muerte al clero».

Mercè no podía creer lo que veía. Quienquiera que hubiera hecho aquella maldad tenía el alma más negra que Satanás. La rabia apretó sus mandíbulas como piedras. No había palabras.

Amparín también estaba ahí. Miraba su muñeca de trapo, manchada y las paredes rayadas sin ninguna expresión en el rostro. De repente levantó a su muñeca, asiéndola por la manita, la única parte de la tela que no estaba sucia, y la alzó en alto.

—Traed los juguetes al baño —ordenó, dirigiéndose a sus compañeritos que lloraban desconsolados a lo largo del pasillo—. Veréis que con un poco de agua y jabón quedarán como nuevos.

El maestro

Septiembre de 1938, Morelia

Los niños entraron al comedor marchando mientras la banda de música disparaba el toque de rancho. Había pasado casi un año desde que Reyes Pérez asumiera el puesto como director. Desde entonces, así se movían de un lado a otro, en formación y marcando el paso.

El larguísimo recinto pronto quedó lleno de casi quinientos pequeños que a tambor batiente, se fueron acomodando en su lugar asignado. Eran cuarenta tablones y catorce estudiantes por cada mesa de acuerdo con su rango: soldados, cabos y sargentos. Los rangos también eran parte del nuevo régimen del director. A aquellos que pertenecían a los grupos de privilegio, como era el caso del Comité Disciplinario, se les servía con la cuchara grande: doble ración de alimentos. Los chicos de la banda también recibían un *agregadito* para reponerles las energías gastadas por la carga de sus instrumentos. Los demás debían conformarse sin rezongar con lo que diera el cucharón.

Carmen, que siempre andaba con hambre, no estaba de acuerdo con las nuevas políticas del director. Sobre todo, le parecía una injusticia que los *banderos* recibieran ración y media.

—A mí nadie me ha invitado a estar en la banda —se quejó.

Se hallaba de pie muy derechita, como les habían enseñado en la columna, junto con sus hermanas y otros chicos. Esperaban la orden que les permitiera sentarse.

—Pero si tú no sabes tocar ningún instrumento —le recordó Mercè.

—Sé cantar —se defendió ella—. Mi voz es mi instrumento. También sé tocar la pandereta. No me parece justo que a ellos les sirvan dos veces. No.

—Calla, Carmen. Te van a regañar —le ordenó su hermana mayor y luego, en voz baja, remató—: además, ¿tú para qué quieres una doble ración si siempre te quejas de que la comida es mala?

Carmen no rebatió. Era cierto lo que Mercè decía. Lo peor de esa escuela, además de los bichos que las picoteaban sin misericordia, era la comida. Y ella, por más que trataba de acostumbrarse a esos sabores tan extraños, nada más no podía. Los guisos picantes le parecían intragables. No era la única que se quejaba. A muchos de sus compañeros tampoco les gustaba la comida de los mexicanos: tortillas, judías negras ¡siempre judías negras! y chile. A todo le ponían picante. ¡Hasta a los postres! Aunque últimamente ya no tanto y eso sí tenían que agradecerlo al nuevo director. A insistencia de su Comité Disciplinario, había ordenado que suspendieran el chile y que les dieran pan, en vez de tortillas. Ese pan sí era bueno. ¡Y blanco! Le llamaban *pataqueta*. Era muy sabroso. Fuera del pan, la comida era mala y escasa. Por la mañana les servían leche con café, judías negras y pan. Las judías eran un asco. Las llamaban frijoles con carne, de broma, porque invariablemente traían gorgojos. A veces, los chicos hacían competencias para ver quién pillaba el gorgojo más grande, y se lo tragaba entero. Más tarde, al mediodía, les servían un caldo aguado con verduras rarísimas, una de ellas le llamaban chayote y parecía una patata, pero era verde e insípida. Después de ese caldo les servían un guisado irreconocible de carne con pellejos, y otro pan. A la hora de la merienda otra vez café y más pan. Carmen vivía de sus *pataquetas* pero los jueves las guardaba para llevarlas al mercado de San Juan, que estaba situado justo enfrente del internado. Ahí conocía a una marchanta, doña Lupe, que le dejaba llevarse algunos caramelos a cambio de ese pan. Los dulces mexicanos que vendía la señora en su puesto eran deliciosos. Su favorito eran las *palanquetas*, una barra dura y crujiente de cacahuate pelado, cuajado en miel de piloncillo. El único problema era que se hacía mucho ruido al masticarlas y a ella, que solía comérselas a hurtadillas para no tener que compartirlas, y para que los niños maleados no se las robaran, le era difícil disfrutarlas sin meterse en líos.

En el comedor, los niños esperaban impacientes a que Andrés, un chico de piel pálida que fungía como sargento de su mesa, diera la orden de tomar asiento. Andrés llevaba el pelo recortado a cero, porque le habían descubierto liendres. Por fin, la banda terminó de tocar la marcha y el chico dio la ansiada orden. Todos ocuparon sus asientos con bullicio, y se abalanzaron sobre las canastas de pan, arrebatándose las piezas más grandes y escupiendo en ellas para que nadie se las quitara. Nunca faltaba un pequeño que rompía a llorar por quedarse con las manos vacías.

Era domingo y los domingos disfrutaban de un menú especial: en lugar de café con leche les daban pan, chocolate y un huevo frito. La mujer encargada de servirles se acercó y colocó una torre de huevos apilados en el centro de la mesa.

—Es el Mulhacén —comentó la niña sentada al lado de Carmen.

Efectivamente aquello era una plasta de huevos irreconocible que despedía un olor extraño. El sabor de los huevos mexicanos les parecía muy diferente al que ellos recordaban y añoraban. Desde que empezara la guerra soñaban con una tortilla de patatas y un pedazo de chorizo. En la casa de Carmen llevaban meses sin poder comer huevos, eran un producto de lujo muy costoso. Los niños de las provincias, igual. El hambre los había obligado a comerse sus gallinas, y al final tuvieron que conformarse con la tortilla falsa, como todos. Era una receta popular que se hacía con harina, bicarbonato y sal. Ahora, viendo el Mulhacén en la mesa, Carmen hubiera preferido un trozo de aquella tortilla falsa a uno de esos huevos aplastados y malolientes.

En vez de servirse uno de ellos, asió el tazón de chocolate con avidez y le dio un primer trago, pero al hacerlo, casi lo escupe. ¡Sabía asqueroso!

—¡Esto no es chocolate! —protestó, decepcionada. Miró el líquido oscuro tratando de identificarlo. Tampoco era café.

—Señora ¿qué es esto? —le preguntó a la mujer.

—Chocolate de agua, niña —contestó ella, de mal modo—. Hoy no hay leche.

—¿No hay leche? ¿Y por qué hoy no hay leche? —indagó Mercè.

Los niños también querían saberlo. Sospechaban que los estaban estafando una vez más. Recientemente los periódicos habían puesto en evidencia que el presupuesto que el presidente Cárdenas asignaba para los alimentos de la escuela era muy generoso: sesenta centavos por niño. Mercè seguía los reportes del diario con gran interés. Y es que con esa cantidad deberían de estar comiendo como monarcas. Una familia entera de cuatro personas comía con un peso diario. Entonces, se preguntaba, y también sus compañeros, ¿por qué comían tan poco y tan mal? ¿A dónde se iba ese dinero?

A la mesera no le agradó nada el tono de reproche de esa niña privilegiada.

—El lechero se fugó —respondió cortante—. Le pagaron por adelantado y se fue *pa'* su rancho con su lanita. ¡A mí no me eche la culpa, jovencita! ¡Nomás eso faltaba! Tómese el chocolate, pues, y deje de estarse quejando que ya uno quisiera comer como ustedes. Chamacas remilgosas.

Mercè ignoró el insulto. Con la barbilla en alto, alcanzó el platón de huevos y le sirvió a su hermana Palmira.

—No, gracias —dijo ella prontamente.

—Te lo vas a comer —le ordenó y le colocó el plato enfrente.

Mercè estaba cansada de su hermana Palmira. Era una melindrosa y no comía otra cosa que no fueran postres.

Palmira se cruzó de brazos y negó vigorosamente con la cabeza.

—Está bien. No comas. Pero entonces no irás al pueblo —la amenazó Mercè.

La cara de su hermana se iluminó.

—¿Iremos al mercado?

—Hoy está cerrado. Es domingo —les recordó Carmen, con la boca llena de pan—. Hoy toca ir a ver a doña Chencha. Pero la plaza enfrente de la iglesia está abierta. Allí sí que podemos ir. ¿Verdad, Mercè?

—No lo sé —respondió la aludida—. Veremos si Palmira se come su huevo.

—Venga, *bonica* —dijo Carmen, haciendo burla de su hermana Palmira. Le cortó un pedazo de la clara del huevo con el tenedor y se lo ofreció—. Come, anda. Un mordisco de huevo y luego uno de pan y ya verás cómo va entrando poco a poquito. Y si te lo comes todo, te daré mis caramelos.

—Huele mal —replicó la melindrosa.

—Come, aunque sea un pedazo —ordenó Mercè.

Palmira se tapó la nariz y por fin se metió un bocado de huevo. Enseguida mordió su pan, tal como le había sugerido Carmen, y tragó. Hizo una arqueada de asco y a punto estuvo de vomitar pero se contuvo.

Los comensales terminaron su desayuno y esperaron, otra vez, a que Andrés, el niño sargento, diera la orden que les permitía retirarse. Tenían muchas ganas de irse de la escuela.

La orden se dilató por la llegada inesperada del director. El hombre entró al comedor acompañado de otro señor que nadie reconoció. Era raro que el director estuviera ahí, en su día de asueto, pensó Carmen al verlos. Los fines de semana acostumbraba a irse a la ciudad con su familia. Su acompañante era un hombre alto y trajeado que llevaba el pelo peinado y engominado. Era muy delgado y caminaba acompasado, ajustándose de vez en cuando la corbata, como si esta lo estuviera ahorcando. Portaba un bigotillo ralo y una sonrisa de niño gamberro. Había algo en él que inquietó a Carmen. «¿Por qué sonríe de esa manera? ¿Qué le hacía tanta gracia a ese señor?», se preguntó.

El director y su acompañante se encaminaron al frente del salón y se subieron a la tarima. Desde ahí, los ojos negros e intensos del joven de pelo engomado recorrieron el salón, brincando de mesa en mesa, repasando a los niños, como si buscara algo, o a alguien, siempre sonriendo. Cuando los ojillos alcanzaron la mesa en la que Carmen estaba sentada con sus hermanas, se detuvieron. Carmen siguió la dirección de su mirada y cayó en cuenta de que a la que miraba con tanto interés era a su hermana Mercè. De pronto todo en él le disgustó: el pelo tieso, el bigotillo ralo y especialmente esa sonrisa tonta. Lo único que sí le agradó fueron sus zapatos de charol. Eran muy elegantes y brillaban muchísimo. «Quizás se los había limpiado don Lencho en la plaza», pensó. Don Lencho era un limpiabotas anciano, jorobado y desdentado que cada vez que las veía, las saludaba con gran entusiasmo: «Que Dios las cuide, güeritas». Y les mandaba su bendición con la mano al aire, manchada de betún negro. A Carmen le inspiraba ternura ese señor, y se había prometido a sí misma que algún día, cuando fuera mayor, se compraría unos zapatos de piel nuevos que le quedaran bien, y que no estuvieran rotos como los que ahora mismo traía puestos. Era el único par de zapatos que poseía. Eran rojos, pero los nuevos serían de color negro, quizás de charol como los de ese joven estirado, y cuando don Lencho se los abrillantara con su aceite, le pagaría muchos pesos por hacerlo.

En el desayunador, observando al acompañante del director que no le quitaba sus ojillos a su hermana Mercè, Carmen perdió el apetito. Ese señor no le gustaba nada.

El director, sin tiempo que perder, le hizo señas al chico que dirigía la banda y él inmediatamente asió uno de los tambores y lo tocó con fuerza.

–¡Atención! —ordenó con voz de mando.

Se hizo silencio en el aula y el director tomó la palabra.

—Niños de la escuela España-México. Estoy aquí esta mañana para presentarles al profesor Ignacio Amado, quien fungirá en esta institución como profesor de arte. Con su presencia inauguramos el primer taller de arte, lo cual nos causa mucha satisfacción. A partir de mañana, cualquier niño o niña que así lo desee, podrá participar en su taller. Para ello primero deberán registrarse, lo antes posible, ya que habrá cupo limitado para veinte participantes. El profesor Amado nos hará el favor de registrarlos en el patio después del desayuno. Eso es todo. Ahora pueden retirarse.

Los niños se levantaron y corrieron tropezándose, hasta la puerta y de ahí al portón de la escuela que el portero Epifanías, a quien apodaban el Pifas, trataba de abrir a toda prisa.

—¡Échense *pa'tras'* cabrones, que no me dejan abrir, pues!

Carmen y sus hermanas no se unieron a esa carrera descabellada. Antes de salir a pasear subieron al dormitorio a buscar el dinero del *pre* que ahí tenían escondido, y que llevarían a la plaza. Cerciorándose de que nadie las veía, y de que las cuidadoras ya no estaban, extrajeron las monedas que habían ocultado debajo de una loza suelta en el suelo. Palmira sacó las monedas que la señora moreliana le había regalado aquel día fatal, cuando los amigos de Sebastián atacaron la iglesia. Hoy se gastaría una buena parte, decidió, porque en cualquier momento alguien descubriría ese escondite y se lo robaría.

Las niñas bajaron brincando los peldaños de las escaleras

de dos en dos y salieron al patio. Lo único que quedaba, en una esquina, era una mesa improvisada colocada bajo un árbol, donde el maestro de arte registraba a un par de chicos. En cuanto las vio, su sonrisa se amplió.

—Chicas, vengan un momento, por favor —las llamó.

Mercè se dispuso a obedecer, pero Carmen la agarró del brazo y la detuvo.

—Vámonos, Mercè. Mira, el Pifas ya va a volver a cerrar el portón. Y luego se irá y ya no podremos salir.

—Carmen tiene razón —agregó Palmira, igualmente preocupada—. Si no nos damos prisa se acabarán los helados.

—¡No seáis groseras! —las regañó Mercè—. Vamos a ver qué desea el señor. No le vamos a desobedecer. ¿O queréis meteros en jaleos?

Resuelta, se encaminó hacia el maestro. Carmen fue tras ella mientras que Palmira se quedó en su sitio. A ella tampoco le gustaba ese señor. Tenía cara de rata con las orejas despegadas de la cabeza y los ojillos pequeños, vivarachos.

El profesor despidió con rapidez a los chicos que estaban registrándose a su clase y volcó toda su atención en Mercè.

—¿Cómo te llamas? —le preguntó. A Carmen le molestó mucho que solo le hablara a ella.

—Yo me llamo Carmen —se adelantó.

Él volteó a verla y enseguida le extendió la mano, caballerosamente.

—Pues mucho gusto, señorita Carmen. Yo soy Ignacio Amado, a sus órdenes —respondió sonriendo.

Carmen se arrepintió de haberle hablado. Así de cerca le parecía aún más desagradable. Tenía los dientes demasiado grandes, montados los unos sobre los otros.

—Su nombre ya lo sabemos, señor. Lo ha dicho el director. Y no soy señorita, que lo sepa. Soy una niña, aunque me vea mayor.

Mercè se apuró a callarla con una mirada severa.

—Discúlpela, por favor —la exculpó avergonzada—. Mi hermana habla hasta por los codos.

—Ya lo veo. Pero y tú, ¿cómo te llamas?

—Mercè.

—Mercè... Claro, tenía que ser. Es que eres una Mercè de oro.

Las palabras del joven maestro la confundieron. No era correcto que le hablara así. Tampoco que la mirara de esa manera tan... intensa. Quiso marcharse de allí.

—Vamos al pueblo —balbuceó nerviosa—. ¿Qué quería?

—Eso. Díganos qué quiere rapidito —añadió Carmen—. Tenemos que irnos porque si no, se acabarán los barquillos.

El maestro volvió a sonreír con esa sonrisa suya, tonta. Luego le alargó a Mercè la lista del registro. En ella aparecían únicamente el nombre de los dos chicos que acababan de marcharse. Nadie más se había apuntado a su clase.

—Me gustaría que te inscribieras en mi taller —le dijo solo a Mercè, ofreciéndole además una pluma.

—Soy mala para dibujar —se disculpó ella sin tocar la pluma.

—No te preocupes. Para eso estoy yo. Haremos de ti una artista, ya verás.

Ella titubeó. No quería hacerle un desaire al maestro, pero tampoco quería ser su pupila.

Él, viendo que no se decidía, insistió.

—Hagamos un trato, Mercè. Regístrate y ven al primer taller. Si no te gusta la clase, te sales y no pasa nada. ¿Te parece?

Le extendió de nuevo la pluma y Mercè, sintiendo una imperiosa necesidad de alejarse de esa persona, la asió y garabateó su nombre en el papel con rapidez.

—Entonces apúntame a mí también —exigió Carmen a su lado—. Yo también quiero ser artista, de las que cantan.

—Bueno, para eso tendrías que tomar un taller de música, no de arte —dijo el maestro.

—¿Lo ves, Mercè? Ya te lo dije, tendría que estar con los *banderos*.

—No, niña. En la banda nadie canta —aclaró él—. Si quieres hablaré con el director y le aconsejaré que inauguren además de mi clase, un taller de canto.

Mercè le regresó la pluma al profesor Amado y se dio media vuelta, dispuesta a partir.

—Vámonos —ordenó a sus hermanas.

Las niñas partieron al pueblo y fueron directo a comprar sus helados. Mercè, por más que lo intentó, no pudo sacudirse el sentimiento de zozobra que la acompañó toda la tarde.

Bajas

Sor Lucía pasó lista dos veces. Faltaban varias niñas y algunas de ellas eran chicas muy puntuales. ¿Qué estaba pasando? Se preguntó, extrañada. ¿Por qué no estaban en clase?

—¡Mercè Roda García! —volvió a llamar.

Alzó la mirada sobre sus gafas gruesas y recorrió el aula. El asiento que Mercè ocupaba estaba vacío.

—¡Ausente! —respondió alguien.

La monjita giró hacia esa voz. Era Carmen.

—¿Dónde está tu hermana? —le preguntó—. ¿Está enferma?

—No, madre. Está en el taller de arte.

—¿Taller de arte? ¿Cuál taller de arte? En esta escuela no se enseña arte, niña.

—Es un taller nuevo —se apuró a explicar Amparín, la niña que gozaba de ser portadora de todas las noticias—. Ayer nos presentaron al maestro.

Sor Lucía se quitó los lentes.

—Ah, ¿sí?

—Sí. Se llama Amado —agregó Amparín—. Que nombre tan raro, ¿verdad?

Lo que era raro, pensó la monja, era que nadie le había informado del asunto. Y otra rareza era que se tratara de un taller de arte. Pérez Reyes no era partidario de la cultura. Era una persona educada, sí, pero ¿culto? Definitivamente no.

Más bien era un hombre de mente estrecha, tosco, incapaz de apreciar la sensibilidad estética y espiritual de la vida. Para ese señor, lo que los niños necesitaban era aprender cómo ganar su sustento y nada más.

—Haré de ellos gente de provecho —le gustaba decir—, para que dejen de ser una carga para la sociedad.

Con ese único propósito insistía en que todos los niños participaran en los talleres y aprendieran un oficio por el cual no recibían remuneración alguna. Todos los productos que fabricaban se vendían para solventar su propio mantenimiento. Que aprendan a corretear tortillas, alegaba el militar, justificando aquel abuso que suponía el trabajo infantil.

Sor Lucía tenía que reconocer que en el caso de los mayorcitos, que pronto dejarían la escuela, los talleres eran un acierto. Tal como estaban las cosas en España, los chicos no podían regresar a su patria. Desgraciadamente la guerra continuaba y cualquier oficio que los chicos aprendieran para sobrevivir, era mejor que nada. Además, a ellos les gustaba tomar los talleres quizás más que tomar las clases normales que dictaba el currículo. Encima, estaban encariñados con los maestros porque estos eran buenas personas, sencillas y honradas. Eran artesanos respetuosos y muy hábiles, a pesar de que casi todos eran analfabetas. Los chicos los querían bien, y no podía ser de otra manera pues finalmente, ellos mismos eran en su mayoría hijos de obreros. A su vez, los maestros trataban a sus párvulos con gran camaradería y no poca admiración, pues hallaban en aquellos chicos españoles buena madera para el trabajo. «Son *chambeadores*» decían con afecto, y los niños respondían esmerándose para no decepcionarlos. Estaban ávidos de afecto. Existía entre maestro y discípulo una clara identidad.

Los mayores beneficios de los talleres era que mantenían a los chicos ocupados y les daban un propósito. En el taller de costura que ella impartía, por ejemplo, las pequeñas aprendían a hacer ropa de cama, de vestir y algunas piezas finas bordadas para la iglesia. Las niñas más avanzadas, como Mercè, se hacían prendas para vestir, cosa que les hacía mucha ilusión. Nunca les compraban ropa y algunas chiquillas vestían con harapos. En el de zapatería fabricaban el calzado para consumo interno. En la panadería hacían el pan para el diario sustento del internado y para surtir algunos establecimientos ciudadanos. En la imprenta producían carteles que les vendían a los cines para que los pegaran en los muros. En carpintería, mecánica y electricidad se elaboraban artículos de excelente calidad y bajo costo, muy apreciados por los vecinos morelianos. Varios talleres daban mantenimiento al edificio y ahí los chicos aprendían albañilería, herrería y plomería. Este último taller era muy popular entre los varones sobre todo, no tanto por lo que aprendían, sino por el maestro, don Eutiquio Martínez. Era un hombre humilde, extremadamente paciente que había sabido ganarse el cariño de los niños. A Sor Lucía le parecía nada menos que un santo.

A todos los maestros los conocía bien, excepto al tal señor Amado. La pregunta era: ¿por qué lo habían contratado sin pedirle su opinión? «¿Quién es ese sujeto?», se preguntó, sintiendo una vaga y molesta aprensión. En cuanto terminara el taller hablaría con el señor Godínez y le exigiría una explicación, decidió. Le alegraba que el director tuviera a bien agregar al currículo un taller de arte, por supuesto, pero no que lo hubiera hecho sin antes consultarla. Tampoco estaba bien que las niñas pudieran cambiar de taller así nada más, de un día para otro, como si se cambiaran de ropa. Si se les permitía tal informalidad, ¿cómo carambas iban a aprender? Mercè era una de sus mejores costureras; muy hábil con los hilos, la única que mostraba verdadera vocación como modista. Que abandonara el taller sin siquiera avisarle a ella, su maestra, era una falta de respeto. En el fondo el verdadero motivo de su disgusto era el temor de perderla como pupila. Estaba encariñada con ella. Mercè era una niña hacendosa y responsable, siempre atenta a las necesidades de sus hermanitas y ¡tan bonita! Tenía cara de ángel. Que fuera tan hermosa era algo que también le preocupaba. Le daba miedo que algún salvaje volviera a ultrajarla, como había sucedido en el barco durante su travesía a México. El suceso era parte de su expediente escolar, y cuando Sor Lucía lo leyó el corazón se le había hecho migajas. Y ahora ¿cómo ayudarla a sanar tremenda herida? Solo Dios podía curarla, pero eso sí, mientras ella pudiera, no permitiría que nadie más la volviera a lastimar.

De repente le asaltó otra duda.

—Y tú Carmen, que siempre andas con tu hermana ¿por qué no estás con Mercè en ese taller de arte?

Carmen iba a responder, pero Amparín se le adelantó, otra vez.

—No nos gustó ese maestro —dijo sin titubear—. Es un señor extraño.

—¿Por qué es extraño?

La pregunta se la hizo a Carmen directamente quien, observó, no le sostenía la mirada. Se movía inquieta en su asiento y el rubor comenzaba a teñirle las mejillas. Sor Lucía conocía bien a esa niña y comprendió que si hablaba, iba a tartamudear.

—¿Carmen? —insistió.

Carmen abrió la boca e hizo varios intentos para hablar, pero no pudo. Amparín estaba a punto de rescatarla, como siempre, pero esta vez la monja la detuvo con un gesto de la mano. La pausa se hizo eterna. El resto del salón estaba al tanto de la respuesta de su compañera, pero el único sonido que salía de los labios de la niña era una especie de gemido. Por fin, haciendo un esfuerzo sobrehumano, cerró los ojos y arrojó las palabras.

—Nnnnnno nnnnnos gustó ese señoooor.

El tartamudeo de Carmen le rompía el alma a Sor Lucía. Quería ayudarla, pero no encontraba la manera de hacerlo. En algún lugar había leído que la mejor manera de ayudar a los tartamudos era dejándolos que hablaran sin interrumpirlos. Pero en ese momento decidió que aquella técnica era demasiado cruel. No volvería a usarla, se prometió a sí misma.

Marcó la ausencia de Mercè en la lista de registro con un símbolo de interrogación y dirigiéndose a la clase, ordenó.

—Pasen a la mesa de corte y lleven sus tijeras.

La monja dictó las medidas para la prenda que las niñas iban a fabricar: una blusa. Era una blusa sencilla de líneas rectas como los huipiles que las indias bordaban y vendían en el mercado. El objetivo principal era que aprendieran a doblar y a cortar la tela con precisión.

Tan pronto la clase terminó las chiquillas salieron del salón en estampida. Iban al comedor por su merienda y Carmen iba al frente de todas. Sor Lucía sonrió. Esa niña siempre andaba hambreada, pensó.

La monja cerró el aula y se encaminó decidida a la oficina del señor Godínez. Al llegar al despacho del administrador tocó la puerta. La voz del hombre no se hizo esperar.

—Adelante.

Entró.

El señor Godínez estaba parado junto a la ventana. Miraba hacia el patio tan atentamente que no se molestó en ver quién había entrado.

—Buenas tardes —dijo ella sin moverse.

El administrador al ver que era la monja, le sonrió y le hizo un ademán para que se acercara.

—Venga a ver, Sor Lucía. Acérquese.

Lo hizo.

—Mire nada más —dijo él, señalando a los niños que, terminada la merienda, ahora salían de la escuela y se iban a la calle como era su costumbre. Sor Lucía no entendió qué podría tener esa escena de extraordinaria. Los chicos tenían permiso hasta las nueve de la noche, hora en que debían de estar de regreso y en la cama para escuchar el toque de queda. —¿Sabe a dónde van ese trío de pillos? —preguntó señalándolos.

Sor Lucía conocía a esos chicos bien. Siempre se metían en líos.

—Mientras no vayan a apedrear la iglesia de nuevo... —comentó en respuesta.

—Ojalá eso fuera, hermana, pero no. Van a la Ciudad de México.

—¿Cómo?

—Bueno, harán el intento. Llevan días tramando el escape. El problema es que han hecho los preparativos con tal indiscreción, que hasta las pulgas lo saben.

—¡Qué barbaridad! —exclamó ella—. ¿Y no los piensa detener? —preguntó, ahora sí, alarmada.

—No. Ahora mismo, no. Vamos a ver qué tan lejos llegan. Pero mire, mire nada más qué contentos van. ¡Sorpresa que se van a llevar! —Rio divertidísimo.

—Señor Godínez, por favor. Esto no es motivo de risa.

—Ay, hermana. No se tome tan a pecho todo esto —dijo él conciliatorio—. Usted se preocupa demasiado, Sor Lucía. Estos niños estarán bien ¡Ya verá! Acuérdese que son hijos de la guerra. Son guerreros. Aguantan vara.

El optimismo del hombre enervó a la monja.

—Lamento diferir con su opinión, señor Godínez. Estos hijos de la guerra, como usted los llama, no están nada bien. Si lo estuvieran, no intentarían escapar.

—Tranquila, tranquila. Esos chamacos son levantiscos de por sí y usted lo sabe. No hay nada que podamos hacer por ellos. Nos los mandaron de España ya dañados. Aquí tampoco hacemos milagros, hermana.

—No se trata de milagros, señor Godínez. Se trata de encausar, dirigir, educar... con un poco de amor y paciencia todos los niños responden.

El administrador sonrió condescendientemente y le ofreció una silla.

—Está bien, pero no se me enoje. Siéntese y dígame ¿en qué puedo servirle?

Ella aceptó la silla y se sentó y él a su vez ocupó el sillón detrás de su escritorio.

—Hoy faltaron a mi taller más niñas —le informó, entrando de lleno al tema—. ¿Me puede decir qué está pasando?

Él suspiró y se acomodó mejor en el sillón. Sabía que la monja, tarde o temprano, llegaría a pedirle cuentas.

—No lo sé. Eso depende de cuáles niñas faltaron.

—Mercè Roda. Y las niñas sevillanas. Ellas ya llevan dos días sin asistir.

—A las chicas sevillanas las mandamos a la Ciudad de México al convento. Eso sí lo sé.

—¿Al convento?

—Así es. Fueron ocho jovencitas en total las que se mandaron, me parece, pero déjeme verificar el dato. Según entiendo al director no le agradó que fueran al baile ese, en la ciudad ¿sabe a qué baile me refiero?

Claro que sabía de ese baile. Las niñas llevaban días hablando del evento. Estaban tan emocionadas que ella misma las había ayudado a confeccionar sus vestidos nuevos en el taller de costura para que los estrenaran en esa ocasión tan especial. Habían quedado muy bien hechos sus vestidos, como si los hubiera fabricado la mejor modista. A la monja le daba gusto que las chicas pudieran salir a divertirse un poco. Era lo justo y lo sano.

—¿Y por qué no le agradó que fueran al baile? Nada malo había en ello. El baile lo organizó una de las mejores familias en Morelia. Son gentes de Dios, honorables y rectas.

—No sé exactamente cuál fue el problema, hermana. Usted ya sabe cómo es él. El director es un hombre... digamos... ¿puritano? O mejor llamémoslo conservador. Sí, eso. En su opinión el baile es la «antesala del libertinaje y del vicio». Qué sé yo. El caso es que se enojó de que les permitimos esa salida a las niñas. Seguro usted ha observado las reacciones tan extrañas de nuestro director cuando se trata de ciertos temas...

Sor Lucía comprendió al instante lo que el señor Godínez trataba de articular. El director se mantenía exageradamente preocupado por la actividad sexual de los niños. Se interponía entre cualquier amorío que hubiera entre ellos, por inocente que fuera. Ridiculizaba a los varones cuando tenían una erección. A las chicas las vigilaba constantemente y las tachaba de *putas* si osaban coquetearle a algún compañerito, o llevar la falda corta. La enfermiza obsesión de Reyes Pérez lo había llevado a diversos excesos, como el de abofetear a los tipejos que piropeaban a las chicas a la puerta de la escuela.

—Entiendo lo que me trata de decir, señor Godínez —dijo, sin más.

—Es una lástima que las cosas se hayan dado como se dieron, Sor Lucía —siguió él—. Yo desde siempre fui partidario del plan original. No sé si usted lo sepa, pero en un principio, cuando el presidente Cárdenas decidió acoger a los niños, se había contemplado que fueran distribuidos en casas de particulares, de preferencia familias españolas. Ese era un buen plan, creo yo. Y déjeme platicarle que hubo muchas peticiones de residentes españoles, y también de familias mexicanas, que hasta hicieron gestiones para recibir en custodia a uno o varios niños. Debimos de haberlos aceptado. Pero ya lo ve. No fue así. En vez de ello se decidió abrir esta escuela, si se le puede llamar escuela. Y ahora aquí estamos.

—¿Y por qué no se hizo el plan original, señor Godínez? ¡Por supuesto que hubiera sido mucho mejor!

—Los políticos, hermana. Siempre los políticos. Ya sabe. Temían que los chiquillos cayeran en manos de familias reaccionarias. Ya ve que los residentes españoles en México, en su gran mayoría, apoyan a Franco. Y las familias mexicanas siendo religiosas, también apoyan a Franco. Eso a los políticos no les gustó. No quisieron entregarles los niños a familias que, según ellos, eran los enemigos de los padres de los niños. Les pareció que sería un peligro. Pensaron que podían influir en forma negativa en las conciencias de los pequeños. Y ahora mire usted lo que está pasando. Ahora nosotros mismos, por órdenes del mismísimo director, la trajimos a usted aquí a poner orden. Una monja en una escuela laica ¿quién iba a decirlo? Y encima estamos mandando a las chicas nada menos que a un convento. ¡La ironía!

Al decir esto último soltó una risita mordaz. Sor Lucía se irguió en su silla. La actitud del ejecutivo le parecía indigna de un caballero con su puesto. Habló con frialdad.

—Lo que yo quiero saber, señor Godínez, es esto: ¿Qué han dicho los padres de esas niñas? ¿Acaso no deben consultarlos antes de mandarlas a un convento?

—¿Cuáles padres, hermana? ¡Nadie sabe del paradero de la mayoría de esos padres! No sabemos si están vivos o muertos. ¿Es que no se ha dado cuenta? Se nos viene encima otra guerra.

—Dios no lo permita —se persignó ella.

—A Dios nunca le hemos pedido permiso para armar guerras, Sor Lucía. Esta no será ni la primera guerra, ni la última. Créame. En cuanto a los niños, su custodia pertenece a nuestro presidente. Es él quien toma todas las decisiones. Ya ve que los *adoptó*. No por nada son los *niños de Cárdenas*.

—Pues bien. Pero entonces dígame. ¿Dónde está Mercè? ¿Qué pasó con ella? Su hermana me ha dicho que se registró en un taller de arte. ¿Usted sabe de qué están hablando?

—Sí. El director ha visto bien agregar un taller de arte. Y para ello contrató al hijo de un amigo suyo. Fue todo muy rápido y desconozco los detalles. Pero que le quede muy claro, hermana, yo nada tuve que ver con esa decisión. A mí tampoco me consultó. Cuando vine a ver, ya había contratado al fulano. El profesor… Amado creo que se llama.

—¿Cómo? ¿Tampoco lo consultó a usted? Pues no me parece que el director contrate a gente que ni usted ni yo tengamos oportunidad de entrevistar. Y menos que sean amigos suyos.

—A mí tampoco me parece, ya lo he dicho. Pero lo hecho, hecho está, hermana. Podemos registrar nuestro disgusto, por supuesto, pero ahora mismo solo queda esperar a que ese muchacho demuestre su incompetencia, lo cual sucederá, créame. De acuerdo con su currículo, nunca recibió una educación formal en su materia. Ni siquiera terminó su carrera de economía, creo que era. No lo sé. Lo que sí sé es que el título de *artista* se lo dio él mismo.

—Qué vergüenza —comentó ella.

Un sentimiento de zozobra la abrazó. El señor Godínez tenía razón, aunque registraran una queja con el director, no le haría caso. En ese momento lo único que podía hacer era encontrar a Mercè y tratar de persuadirla para que regresara al taller de costura. Mientras tanto, investigaría sobre ese maestro que habían contratado y lo vigilaría. Tampoco se iba a quedar con los brazos cruzados. Cuando tuviera evidencia de su incompetencia, llevaría la queja al presidente Cárdenas, junto con el resto de sus quejas. Las cosas no podían continuar de esa manera.

Se levantó.

—Muchas gracias por toda la información, señor Godínez.

—Para servirle, hermana —replicó él incorporándose—. Y por favor, trate de no preocuparse demasiado. ¡Se nos va a enfermar! Ya verá que los niños encontrarán su camino, a pesar de nuestros errores.

Ella no se molestó en contestarle. Estaba claro que para el señor Godínez la vida era un juego y su misión era disfrutarla, a toda costa, como espectador. Lo que el hombre no entendía era que para esos niños que tenía bajo su custodia esa misma vida, muy lejos de ser una comedia, era una tragedia. Los chicos necesitaban un héroe que los salvara, no un sonso como él que se sentara a verlos sufrir, comiendo palomitas.

El Ser Dorado

La voz melodiosa de Sor Lucía comenzó a arrullarla, y Carmen no pudo evitar que se le cerraran los párpados. Su cabeza poco a poco se fue inclinando hacia la mesa de costura y pronto encontró una almohada, sobre sus propios brazos. Cayó en un sueño tan profundo que ni cuenta se dio de las risas burlonas de sus compañeras. Tampoco sintió el tirón de brazo de Amparín que en vano trataba de despertarla.

—Déjala que duerma —le ordenó la maestra— y tu abócate a lo tuyo, hija.

Sor Lucía ya había notado el cansancio en el rostro de aquella pequeña: sus oscuras ojeras, la palidez de su carita, y el esfuerzo que hacía para no dormirse durante el taller. Últimamente nada andaba bien con las niñas Roda, pensó preocupada. De momento su gran angustia era Mercè, no la encontraba por ningún lado y nadie le daba razón de esa jovencita. Según decían, andaba del tingo al tango con el nuevo maestro, el tal Amado. El director había ignorado sus quejas de la misma manera que había ignorado su vehemente objeción por haber agregado esa clase sin antes consultarla. Mercè seguía asistiendo al taller de arte con ese fulano, que a ella le daba muy mala espina. Le urgía hablar con ella para aconsejarla que se mantuviera lejos del tipejo, pero a saber dónde estaba esa muchachita. Era como si Mercè la estuviera evitando. Y ahora esto: Carmen durmiéndose otra vez a media tarde. No. Las cosas no podían seguir así, decidió. Hoy después del taller hablaría con Carmen. Algo andaba mal y ella llegaría al meollo del asunto.

Amparín percibió el disgusto de su maestra y se apuró a ahorrarle un castigo a su amiga Carmen.

—No es culpa de ella —dijo refiriéndose a la bella durmiente.

La monja detuvo su faena, y Amparín le hizo señas para que se acercara.

—¿Quiere saber por qué duerme? —le preguntó con voz bajita—. Yo se lo digo, pero no le cuente a ella que me chivé, porque juré guardar su secreto.

Sor Lucía se acercó a recibir la confidencia y Amparín le susurró al oído:

—La culpa es del Ser Dorado.

—¿De quién?

—Del Ser Dorado —repitió muy seria—. Pregúntele a Carmen cuando se despierte y entenderá. Yo no puedo decirle más. Prometí no contárselo a nadie.

Sor Lucía asintió, comprensiva.

—No te preocupes, hija, que yo no soy nadie.

—Sí que lo es, ¡usted es nuestra maestra!

—Haces bien en guardar los secretos de tu amiga, Amparín —comentó la monja dejando de insistir—. La lealtad es una gran virtud.

Sonó la campana indicando que la clase había terminado y el bullicio de las estudiantes, que ya escapaban del salón, despertó a Carmen. Solo entonces notó las sonrisas burlonas de sus compañeras que al partir le decían: buenos días. Se levantó, avergonzada. Asió su costura y la guardó. Buscó a Amparín con la mirada, porque siempre salían juntas, pero su amiga por algún motivo extraño ya no estaba.

—Aguarda un poco, Carmen, que quiero hablar contigo —le ordenó Sor Lucía.

«Me ha pillado dormida», pensó Carmen y se detuvo, resignada a recibir la merecida reprimenda. Cuando quedaron solas, la monja se le acercó, le tomó una mano y le habló sin una pizca de enojo en su voz.

—Cuéntame de tu Ser Dorado, hija. ¿Quién es?

A Carmen le sorprendió mucho esa pregunta. ¿Cómo sabía Sor Lucía sobre el Ser Dorado? ¿Quién se lo había dicho? Entonces lo supo: por eso Amparín había salido corriendo del salón. Claro, había sido ella. ¡Era una chismosa! Una traicionera. No volvería a contarle nada, jamás, se prometió a sí misma.

La mirada dulce y paciente de la maestra llegó directa al corazón de Carmen y de repente, sin proponérselo, las palabras brotaron de su boca como un chorro de agua. Se lo contó todo de la misma manera que se lo había contado a Mercè, y después a Amparín, pero tuvo cuidado de no exagerar, para que la monja le creyera. No quería que Sor Lucía pensara lo mismo que Mercè había pensado: que se le estaba yendo la cabeza, le dijo. Que se estaba volviendo loca.

El Ser Dorado llevaba días apareciéndosele a medianoche, le dijo. Tan pronto las señoras encargadas del dormitorio apagaban las luces, llegaba ese ser luminoso. Ella se tapaba con la sábana hasta la cabeza, y esperaba, muy quieta, muerta de miedo. No quería verlo y temía que, si movía un pelo, la atacara. O se la comiera. O algo. Pero nada de eso sucedía. Noche tras noche llegaba y se sentaba al pie de su cama. Una luz brillante se filtraba a través de la tela raída. ¡Era un Ser Dorado! Carmen no sabía si era bueno, o malo. ¿Quién era? ¿Qué quería? se preguntaba. Que se vaya, por favor, rezaba, tapándose las orejas porque tampoco quería oírlo. Pero el Ser Dorado nunca decía nada, ni se movía. Se quedaba muy quieto unos segundos y luego, se levantaba y se iba tan discretamente como había llegado.

Sor Lucía la dejó hablar, sin interrumpirla, y Carmen, animada, le siguió contando.

—Mercè piensa que me estoy inventando cuentos. La primera vez que se me apareció el Ser Dorado, fui a pedirle ayuda. Le conté todo a Mercè, tal cual sucedió: el soplo que de repente entró por la ventana, los pasos suavecitos, el rechinar del catre. ¿Sabe qué?, el Ser Dorado debe ser muy ligero porque la cama se hunde muy poquito. Y le hablé de la luz, esa luz que brilla como un sol. Pero ¿sabe lo que me dijo ella?

La monja negó con la cabeza.

—Dijo: «Me tienes hasta el moño con tus cuentos, Carmen, ¡controla tu imaginación!» Eso dijo, muy enfadada, y también me dijo: «Si te sigues creyendo tus propias fantasías te volverás loca. O peor, ¡me volverás loca a mí!» —Al llegar a este punto en su relato, le tembló la voz—. No sé por qué no me cree, madre. Ni ella ni Amparín. Estoy diciendo la verdad.

—Ya veo que te duele mucho que tu hermana y tu amiga duden de tu honestidad, hijita.

—Es que es verdad ¡lo juro! —rebatió Carmen vehemente—. Alguien viene a sentarse en mi cama todas las noches. ¡Tiene que creerme!

—Yo te creo, niña, por supuesto que te creo.

—Las noches me dan mucho miedo —se quejó, y viendo que Sor Lucía seguía dispuesta a escucharla, se largó a registrar todas sus quejas.

Detestaba irse a la cama. Era el peor momento de sus días; el frío se colaba por las ventanas desvencijadas, las cobijas eran unos harapos, y los animales: chinches, ratas, cucarachas y murciélagos rondaban por toda la sala con descaro. Aquello era un zoológico y ellas eran la carnaza. Carmen sabía que podría ser peor, eso sí. En el dormitorio de los chicos se padecía todavía más. ¿Sabía eso Sor Lucía? Ahí, sobre todo los más pequeños, tenían que soportar las maldades de los abusones, además del frío y de los insectos. Les robaban las sábanas y si podían, les quitaban hasta los pijamas. Los pequeños tenían que envolverse en sus colchones, o acostarse todos juntos en bolita para compartir un poco de calor. Continuamente los chicos malos los obligaban a escuchar cuentos de terror, y después, a medianoche, les tiraban de los pies para asustarlos o les arrojaban agua helada, lo cual los hacía orinarse y que los corrieran al cuarto de los meones. Al pensarlo, Carmen agradecía que cuando menos su Ser Dorado, quienquiera que fuera, no le hacía nada. Nunca la había tocado.

—El problema es que no puedo dormir —le explicó a Sor Lucía—. Por un lado, eso es bueno, así ya no me hago pis en la cama. Por otro lado, a veces me entra mucho sueño, como ahora. Lo siento. Es que no sé qué hacer para que no se me cierren los ojos.

La monja sonrió y después la abrazó.

El abrazo era justo lo que Carmen necesitaba para que la congoja que llevaba aprisionada en su pecho saliera. Lloró y los sollozos le sacudieron todo el cuerpo que Sor Lucía apretó aún más.

—Llora, hijita, llora. No pasa nada. Las lágrimas limpian el alma, ¿sabes?

Carmen asintió, agradecida por ese abrazo que olía a pan de natas.

La monja le acarició los cabellos.

—No te preocupes, hijita. Escucha: ese Ser Dorado que me describes ¡es tu ángel de la guarda! No debes tenerle miedo, al contrario. Debes sentirte privilegiada de que puedes percibir su presencia. Muchos ya quisieran tener esa sensibilidad. Y ¿sabes?, no me sorprende nada que tu ángel te permita ver su luz porque tú, mi niña, tú también eres un angelito de Dios, solo que sin alas.

Carmen sintió alivio de que Sor Lucía le creyera, y también sorpresa por lo que decía.

—¿Quieres saber lo que haría a tu ángel de la guarda muy feliz? —preguntó la maestra acariciándole el cabello.

La niña negó con la cabeza.

—Que le cantes, hijita. ¡Cántale con esa voz tuya tan hermosa!

La monja sacó un pañuelo de su manga y enjugó sus lágrimas.

—Entonces —siguió— esta noche, en cuanto aparezca tu Ser Dorado le cantas ¿de acuerdo? Y ya me platicarás qué pasa. Ahora anda, que se te hace tarde para la cena.

Carmen se dispuso a obedecer.

—¡Ah! ¡Espera! Olvidé preguntarte hijita, ¿van a ir al pueblo mañana domingo?

—Sí, eso creo.

—¿Irán a ver a doña Chencha?

—Pues sí, nos invitó a comer una tarta. Es el cumpleaños de Palmira.

Desde que habían regresado de Guadalajara, Sor Lucía había hecho arreglos para que las niñas tomaran sus clases de catecismo con esa señora que era prima de doña Lolita Guzmán y vecina de las señoritas Aviña. Gracias a esas señoritas, y a través de Sor Lucía, doña Chencha recibía a las pequeñas en su hogar todos los domingos.

—¡Ah, ¡qué bueno! Pues hazme un favor, hija. Quiero que le entregues una cartita de mi parte ¿lo harías?

—Sí, claro.

—Bien, espera un minuto que ahora mismo te la doy.

Sor Lucía se acercó a su escritorio, asió una pluma, y escribió unas frases con rapidez en un papel.

> Doña Chencha, necesito urgentemente su ayuda. Las niñas Roda están en peligro y debemos sacarlas de esta escuela cuanto antes. Por favor, le ruego que llame a las señoritas Aviña para alertarlas de la situación. Quizás ellas conozcan a alguna familia que pueda solicitar su custodia. ¡Las niñas merecen un hogar! Le agradezco mucho su ayuda. Que la gracia de nuestro Señor la proteja. Su hermana, Sor Lucía.

Dobló el mensaje, lo colocó adentro de un sobre y después de sellarlo, se lo entregó a Carmen.

—La saludas mucho de mi parte, por favor.

Ella tomó el sobre y partió.

Sor Lucía volcó su atención a poner el recinto en orden: dobló telas, retazos y tijeras. Barrió los hilos y pedazos sobrantes de encaje, esparcidos por el suelo. Una vez satisfecha, se fue directo a buscar al señor Godínez. Volvería a hablar con Godínez y exigiría saber el paradero de Mercè. Más les valdría que no la hubieran mandado al convento, como a las otras chicas.

Palmira y Carmen estaban formadas en la fila del *pre*. Todos los domingos al salir del comedor, una vez desayunadas, les entregaban esos centavos junto con el pase que les permitía salir de la escuela para pasar el día en el pueblo. Hoy necesitaban el pase más que nunca. Les tenían prometido un postre especial porque era el cumpleaños de Palmira. Por eso a Carmen le extrañaba mucho que Mercè no hubiera regresado al comedor para ir al pueblo con ellas. Sabía que doña Chencha las estaba esperando. Su esperanza era que Mercè ya estuviera ahí, en casa de esa señora, esperándolas. Quizás había pasado la noche con ella, se le ocurrió. ¡Tal vez doña Chencha las dejaría quedarse a vivir con ella! La posibilidad la ilusionó mucho y su paciencia aumentó. Llevaban un buen rato esperando en esa fila que se alargaba porque los chicos maleados se colaban con impunidad. Eso la ponía furiosa. Le hubiera gustado quejarse, pero no lo hizo. Sabía que, si lo hacía, en cuanto salieran de la escuela, los colados les caerían encima como buitres para quitarles sus centavos. Ahora mismo ahí estaban, revoloteando al otro lado del portón, esperando a que salieran sus víctimas para quitarles su dinero. Hoy seguro que nos robarán, pensó con resentimiento, porque Mercè no estaba ahí para defenderlas. Y no solo les quitarían el *pre*, sino también el pase. El pase era un papel firmado por el director y se lo daban solamente a los estudiantes que habían cumplido con sus deberes para poder salir. Y ellas sí que habían cumplido con todas sus obligaciones al pie de la letra. El problema era que los chicos reprobados solían quitárselos, y lo usaban para ellos mismos. Eso no podían permitirlo. Hoy necesitaban salir.

—¿Vais a ir al pueblo? ¿Dónde está Mercè?

Lo quería saber Sebastián. Que el chico no supiera del paradero de su hermana preocupó mucho a Carmen. Tenía la esperanza de que Mercè estuviera con él.

—¿No me vais a contestar? —insistió.

—Pensé que estaba contigo —contestó—. Es que no sabemos dónde está. No ha venido a desayunar. Le he guardado un poco de pan para cuando le duela la barriga —agregó mostrándole su blusa abultada.

A Sebastián le extrañó mucho esa respuesta. Mercè nunca dejaba solas a sus hermanas.

—¿La habéis buscado en la enfermería? —preguntó—. Varios se han contagiado de no sé qué enfermedad.

—No. Ahí no está —dijo Palmira, sin titubeos—. Ella nunca se enferma. Es muy fuerte. Seguro que está con ese maestro nuevo. Ahora va con él a todos lados.

—¿Qué maestro? —preguntó con voz gélida y el rostro ensombrecido—. ¿De qué estáis hablando?

—Pues...el maestro de arte ¿cómo se llama? —balbuceó Palmira. Estaba arrepentida de haberlo mencionado.

—Amado. Se llama Amado —informó Carmen—. Ese señor no deja en paz a Mercè, Sebastián. Es un tipo muy raro. No me gusta nada.

Carmen sabía que la información no le agradaría a Sebastián y justo eso quería, que él se preocupara y que fuera a buscar a su hermana porque ella ya estaba cansada de hacerlo.

Sebastián le acercó la cara hasta que su pecosa nariz casi tocó la suya.

—¿Cómo que no la deja en paz? ¿Qué queréis decir?

Ella no se retrajo, ni parpadeó.

—Pues eso, lo que oyes. Allí donde vamos se aparece ese maestro y obliga a Mercè a irse con él. El viernes, por ejemplo, cuando estábamos en el cine, llegó a media función. Le dijo algo a mi hermana y se fueron. No dejó que terminara de ver la película. Se la llevó. Tal cual. Mercè dijo que volvería enseguida, pero no lo hizo. Y tampoco llegó al dormitorio por la noche. Desde entonces no sabemos nada de ella. Tengo miedo de que le haya pasado algo.

— A mí tampoco me gusta ese señor —agregó Palmira —. Es muy feo.

Sebastián agarró a Carmen por los brazos.

—¿Y por qué coño nadie me ha dicho nada de esto? —le reclamó furioso.

—¡Oye! ¡Me estás haciendo daño! —se quejó ella.

—¡Contéstame! —ordenó el.

—Mercè no nos deja hablar contigo, por eso, y menos con tus amigos. Dice que sois una jauría de animales —se defendió ella—. ¡Suéltame! Me duele.

Palmira se armó de valor y empujó al chico.

—¡Deja a mi hermana! ¡Déjala!

Sebastián soltó a Carmen y giró su atención hacia Palmira.

—Calma *bonica* que aquí el malo no soy yo ¿eh? —dijo muy serio—. El malo es ese maestro imbécil que se ha metido con mi chica. ¿Quieres que traiga a Mercè para que vayamos al pueblo?

—¡Si! Justo eso queremos —exclamó ella, con el rostro esperanzado.

—Venga, pues no se diga más —dijo él—. Voy a buscar a vuestra hermana. Ya verá lo que es bueno ese malparido. Con mi chica no se mete nadie. ¡Nadie!

Y así diciendo comenzó a alejarse. Iba con los puños apretados.

—Espera, Sebastián —lo detuvo Carmen—. Por favor,

dile a tus amigos de la entrada que no nos quiten el *pre*. Es que cuando Mercè no está con nosotras, siempre se aprovechan y se lo quedan.

— Ah, ¿sí? Pues hoy debería dejar que os lo quitaran. Habéis hecho mal en no avisarme que el mierda ese está molestando a vuestra hermana, Carmen.

—Por favor —suplicó Palmira terciando—. Es que, si nos quitan el *pre*, no podremos buscar a Mercè en el pueblo. Además, tenemos cita con doña Chencha y no podemos faltar. Te prometo que la próxima vez que Mercè se pierda, serás el primero en saberlo.

—Que no habrá próxima vez ¡coño! —zanjó él categórico—. De eso podéis estar seguras. El chico estaba rabioso.
—Está bien —dijo él, calmándose un poco—. Esta vez os perdono. Escuchadme, cuando lleguéis a la salida le vais a decir a Valladolid que yo he ordenado que os dejen pasar. Él sabrá qué hacer. Y si veis a Mercè en el pueblo me lo decís ¿de acuerdo? Si no, os quitaré ese dinero yo mismo y os daré un par de bofetadas.

Con eso, se dio la media vuelta y retomó su camino.

A la salida, las niñas siguieron las instrucciones de Sebastián y sus amigos las dejaron pasar sin hostigarlas. Iban tarde a su cita con doña Chencha y no querían quedar mal con esa señora tan bondadosa. Casi todos los niños tenían alguna persona así, que les abrían las puertas de sus casas y les daban algo de comer, alguna golosina, o alguna caricia. Y ellos, siempre hambreados de alimentos y de cariño, no se perdían la oportunidad de ir a reclamar esas dádivas, sobre todo el amor que tanta falta les hacía.

Carmen redobló el paso. Palmira se quejó.

—No vayas tan rápido.

—Es que si no nos apuramos, no llegamos —la animó Carmen—. Ya sabes que la casa de doña Chencha está en el quinto pino.

—Ya me he cansado.

—Doña Chencha nos dará tarta. Venga, sigue andando, que ya casi llegamos.

Doña Chencha vivía sola con Taquito, su perro faldero, en una casa modesta pero cómoda, a unas cuadras de la iglesia. Era viuda y aunque su esposo había fallecido hacía muchos años, ella seguía guardándole luto. Su jardín era un pequeño cielo lleno de flores coloridas y árboles de fruta que la viuda les permitía cortar y saborear. Era una gran jardinera y cada vez que sus huerfanitas llegaban a visitarla les mostraba cada plantita y les platicaba sobre ellas: que si a las buganvilias había que castigarlas y negarles el agua para que dieran flor, que, si a la sábila hay que atarle un listón rojo para que bendiga el hogar y que si hay que embarrarse una guayaba en la cara por las noches para no envejecer. Carmen le tenía cariño a esa señora que además tenía muy buena sazón. A las tres les gustaba mucho jugar con su perrito y les hacía mucha gracia su nombre.

—Es que es mi taquito de amor —les decía ella, mimándolo.

Por su parte, Doña Chencha disfrutaba inmensamente las visitas de las pequeñas. Eran tan bonitas ¡las tres! y tan buenas niñas. No merecían estar lejos de sus padres, pensaba, y tampoco vivir en esa escuela llena de pillos, niños que no sabían quién era Dios. Y luego, era un crimen que las trajeran así de mal vestidas, con ropa que les quedaba estrecha, o demasiado grande, y con los zapatos rotos. Estaba segura de que no las alimentaban lo suficiente porque había de ver qué buen diente tenían, sobre todo la pequeña Carmen. El bienestar de las pequeñas la había preocupado tanto que un día se atrevió a ir a hablar con el director, un hombre de lo más desagradable. Pero aquel señor, en vez de atenderla, la había mandado a quejarse con Sor Lucía. Había estado mejor, pensaba, porque desde entonces la monjita la mantenía al tanto de sus huerfanitas. Eso ayudaba con su presión arterial. Ya no estaba en edad para estarse angustiando.

Hoy había asistido a la primera misa para regresar a casa temprano y decorar el pastel para Palmira. Era de chocolate, el favorito de la festejada. También le tenía un regalo muy especial y estaba ansiosa por dárselo. Por eso, a cada rato miraba por la ventana para ver si ya venían. En una de esas, las vio doblar la esquina de la cuadra, pero solamente eran dos. ¿Cuál faltaba? Claro, faltaba Mercè, la mayorcita. Quizás vendría después, pensó, y se encaminó a la puerta. Taquito comenzó a ladrar dejándole saber que él también sabía que las niñas estaban por llegar. Doña Chencha lo alzó en sus brazos y fue a recibirlas. En cuanto abrió la puerta, el perrito se le escabulló de las manos y corrió a saludar a las invitadas dando brincos y lengüetazos.

Las niñas estaban felices con su cálida bienvenida.

—Eres más chulo que un ocho, Taquito —le dijo Palmira acariciándolo.

Por su parte, Carmen buscaba ansiosamente a su hermana.

—Señora, ¿se encuentra aquí Mercè?

—¿Mercè? No, mi niña. ¿Por qué?, ¿no viene con ustedes?

Carmen no pudo ocultar su decepción.

—Es que no sabemos dónde está —dijo, con el corazón en el suelo.

—¿Cómo que no saben en dónde está? —exclamó sorprendida la anciana.

Ante el silencio de las hermanitas, la viuda abrió la puerta de par en par y las instó a entrar a la casa.

—Bueno, primero pasen. ¡Adelante caminantes! Ya me explicarán qué está pasando.

Para Carmen, lo mejor de la casita de doña Chencha, además de Taquito y su jardín, era el aroma que permeaba por doquier. Siempre olía a pan recién sacado del horno. Olía a hogar, a su casa en España, antes de que sus padres discutieran y se separaran, antes de que llegara la guerra y tuvieran que comer sopa de cáscaras. La casa olía también a chocolate, y el motivo estaba ahí, como trofeo en el centro de la mesa: era una tarta redonda, de dos pisos, decorada con velitas.

Al ver el pastel, Carmen comenzó a dar brincos de alegría. Taquito se puso a brincotear con ella.

—¡Una tarta! ¡Una tarta!

Doña Chencha no las hizo esperar. Las invitó a sentarse y les sirvió un vaso grande de leche. Luego encendió las velas y las instó a cantar *Las mañanitas*, un corrido mexicano que ellas habían aprendido en la escuela.

—¿Por qué los mexicanos cantáis esa canción en los cumpleaños? —quiso saber Carmen.

La manera de hablar de las niñas siempre le arrancaba a doña Chencha una sonrisa.

—Pues no lo sé, mi niña —contestó alzándose de hombros—. Palmira, a ti te toca partir tu pastel.

La tarta era una delicia. Las dos quisieron una segunda porción y doña Chencha se las sirvió sin reparos. Sentía lástima por ellas, se notaba que otra vez no habían comido bien.

—¿Quieren comer algo más? —les preguntó—. Tengo una sopita de verduras muy sabrosa.

Pero ellas estaban llenas e incluso Carmen temió que si comía otro bocado, lo vomitaría.

—A ver, mis niñas, ahora díganme qué ha pasado con Mercè, por favor, que me tienen preocupada. ¿Por qué dicen que no saben dónde está?

Carmen y Palmira se fueron turnando, contándole lo poco que sabían. Que no la habían visto desde el viernes, que no había llegado a dormir y tampoco a desayunar. Que la última vez que la habían visto, se había ido con el maestro Amado.

—Ese maestro es más pesado que una vaca en brazos —dijo Carmen.

—¿Cómo? —la expresión de la niña le hizo mucha gracia, pero doña Chencha contuvo su risa, pues aquello que las niñas le contaban era alarmante.

—Pues eso. Que no nos gusta el maestro Amado. Además, es muy feo.

—A mí me da miedo —confesó Palmira—. Dice Sebastián que ese maestro es malo.

Carmen recordó de pronto el encargo de Sor Lucía. Sacó la carta de la bolsa de su falda y se la entregó.

Doña Chencha se colocó los anteojos y la leyó en silencio. Miró los rostros inocentes de sus huerfanitas que la miraban expectantes. Hizo a un lado la carta y les sirvió otra rebanada de pastel.

La viuda comprendió que sus oraciones no bastarían para poner a salvo a esas pequeñas. Como bien decía Sor Lucía, si no hacían algo, las perderían a todas. En cuanto las niñas se fueran, llamaría a las señoritas Aviña, decidió. Les pediría que hablaran con su prima Lolita. Lolita llevaba años rogando a Dios por un hijo y ahora Dios le haría el milagro mandándole esas tres hermanitas. ¡Así sería! Doña Chencha no tenía idea de qué tendría que hacer Lolita para sacar a las niñas de esa escuela nefasta, pero confiaba en el marido de su prima, un hombre de empuje en Guadalajara, él sabría mover sus influencias para arreglar el papeleo que fuera necesario. Las pequeñas estarían a salvo con la familia Guzmán.

Sor Lucía encontró al señor Godínez en el pasillo.

—Señor Godínez, precisamente iba yo a buscarlo. ¿Tiene un momento?

Él la tomó del brazo y la condujo hacia el patio.

—Sí, madre, pero hablemos aquí, afuera, ya ve que las paredes oyen y tengo algo importante que decirle.

Comenzaba a oscurecer y el velador ya daba su primera ronda. Sor Lucía se detuvo bajo la luz de un farol, y desde ahí notó, por primera vez, el rostro desencajado del administrador. Se le veía nervioso, la frente le sudaba y la barbilla le temblaba sutilmente. Nunca lo había visto así.

—¿Qué sucede, señor Godínez? —le preguntó, alarmada.

—Se trata de Mercè Roda —dijo él con tono grave.

Sor Lucía sintió que se caía y tomó el brazo del hombre para sostenerse.

—No. No por favor. ¿Qué le ha pasado a Mercè?

—No sabemos con exactitud, hermana. Pero todo apunta a que se fugó de la escuela con el profesor Amado.

—¿Qué? ¿Cómo que se fugó? Mercè nunca dejaría a sus hermanas. ¡Nunca!

El administrador esperó unos segundos a que la monja se calmara. Luego sacó de su bolsillo una nota de papel y se la mostró.

—Dejaron esta carta y como puede usted ver, ambos la firmaron. Dice que se han ido de la escuela para poder vivir su amor con libertad. Que por favor no los busquemos.

Sor Lucía se puso los lentes y se acercó al farol.

—Esta no es letra de Mercè, señor Godínez, se lo aseguro. Tampoco su firma. ¿No se da cuenta? El profesor Amado se la robó. Ya le dije. ¡Mercè nunca se iría por su propia voluntad sin sus hermanas! Me apena que no la conozca —le regresó el papel, con desprecio—. ¿Ya reportaron el secuestro a las autoridades? Si no lo han hecho ¡ahora mismo lo haré yo!

—Sor Lucía, cálmese, por favor —suplicó él. Comenzaba a perder la paciencia con esa monjita entrometida, pero sabía demasiado bien que ella tenía la confianza del presidente y por eso lo conveniente era tenerla de su lado. Armándose de paciencia, suavizó su tono—. Entiendo que usted le guardaba cariño a esa pequeña, hermana, pero bueno, ya sabemos que Mercè es una chica… digamos…precoz.

Sor Lucía no podía creer lo que el hombre estaba insinuando. ¿Cómo se atrevía?

—¿Qué quiere decir con eso? —zanjó.

—Por favor, hermana, no nos hagamos los tontos. Ambos sabemos que esa niña ya llegó a esta escuela dañada. Por eso, a nadie sorprendían sus coqueteos con los chicos. ¿Usted sabe que era novia de Sebastián? Y no sé usted que opine, pero si Mercè se iba a enredar con alguien, mejor que fuera con el profesor Amado. Cuando menos él no es un delincuente.

Sor Lucía sintió ganas de darle una bofetada a ese hombre necio que, por lo visto, no comprendía nada. ¡Nada!

—¿Cómo se atreve a decir semejantes sandeces? —dijo ella, temblando de ira—. Señor Godínez, Mercè no llegó a esta escuela dañada. Llegó violada ¿entiende? ¡Llegó ultrajada por un hombre salvaje igualito al profesor que ustedes contrataron sin mi consentimiento! Y en cuanto a Sebastián, sépalo bien: Mercè nada quiere con ese muchacho delincuente que ustedes han premiado asignándolo a su disparatado comité de disciplina.

El administrador iba a defenderse, pero ella no se lo permitió.

—No, señor Godínez. Ni usted ni su director se saldrán tan fácilmente de este secuestro. Ahora apártese de mi camino, que tengo que ir a hablar con el presidente Cárdenas.

La cama de Mercè estaba vacía. Carmen se metió en ella abrazando a su muñeca. Apagaron las luces y ella rápidamente se tapó hasta la cabeza. La almohada olía a Mercè. Hundió su cara en ella y aspiró profundo. ¿Adónde se había ido? ¿Se habría escapado? ¿Por qué las había dejado?

—Ya verás cómo pronto regresa por nosotras —le susurró a su muñeca, estrechándola con más fuerza—. Tenemos que ser valientes.

Entonces comenzó a cantar la canción favorita de Mercè. La que siempre le pedía que cantara, la misma que mamá solía cantarle a la hora de la cama.

> Ala nanita nana, nanita ea, nanita ea. Mi niña tiene sueño,
> bendita sea, bendito sea

Ala nanita nana, nanita ea, nanita ea. Mi niña tiene sueño,
bendita sea, sea…

Carmen no supo si al Ser Dorado le gustó su canción. Cuando despertó cayó en cuenta de que había dormido toda la noche. Y que su cama estaba seca.

Esperanza

Todo estaba listo: hoy se escaparía de aquella escuela horrorosa y no regresaría hasta que encontrara a Mercè. Carmen repasó una vez más en su mente el plan que Sebastián había ideado para rescatar a su hermana mayor: primero irían al cine Rex a la función de las cuatro de la tarde. Don Juanito, un anciano bondadoso que cuidaba la puerta, siempre los dejaba entrar al lunetario de *a gratis*, porque les tenía cariño a los huerfanitos. Luego, en cuanto apagaran las luces y se durmiera don Califas, el cinematógrafo, se irían derechito a la tienda de las bicicletas, la que quedaba enfrente del parque. Ahí, Carmen haría lo que fuera necesario para distraer al empleado, mientras Sebastián robaba una bici. El empleado seguramente correría tras él, y Carmen aprovecharía el momento: se montaría en otra bicicleta y se escaparía, pedaleando rápidamente, en dirección opuesta. Cuando ya estuviera lejos, tomaría el camino que Sebastián le había trazado en una servilleta para ir al cementerio y encontrarse con él. De ahí, andarían juntos en sus bicis robadas por carretera hacia la estación de tren. Sebastián compraría dos pasajes con destino a la Ciudad de México. Ya tenía el dinero. Carmen lo había sacado del escondite debajo de la loza en el cuarto y se lo había entregado completo a su compinche. Una vez en la estación de ferrocarril de la gran ciudad, habrían llegado a su destino. Carmen y Sebastián sabían, de buena mano, que el profesor Amado, aquel hombre perverso que había secuestrado a Mercè, la tenía escondida en esa estación de la gran ciudad, viviendo en uno de los vagones abandonados. Carmen no podía imaginárselo. ¡Su hermana debía estar sufriendo tanto! Solo pensarlo le daba ganas de llorar. Tenía que salvar a Mercè cuanto antes. No estaba dispuesta a seguir esperando a que lo hicieran los mayores, que hasta ese momento seguían ignorando sus súplicas de que fueran a rescatarla. ¡Ya había pasado casi una semana desde que desapareciera! Pero nada. Entonces tendría que encontrarla ella misma. Por suerte, contaba con la ayuda de Sebastián. Él, en cuanto se enteró del rapto, había armado un gran escándalo que de nada sirvió. Lo único que había conseguido por su rabieta era que había acabado de *plantón* y con la piel desgarrada por los cinturonazos. Eso solo había redoblado su cólera. Juró rescatar a su chica, aunque le costara la vida. Hoy iba resuelto a matar al profesor Amado si no les entregaba a Mercè y para eso llevaba el cuchillo que había robado de la cocina. Carmen lo sabía y al pensarlo se estremeció. Ella no quería ser testigo de ningún crimen. Lo único que quería era encontrar a su hermana y llevársela lejos de ese señor repugnante. Lejos de esa escuela aborrecida. Hoy, una vez que estuvieran juntas las hermanas, encontrarían la manera de fugarse.

En el salón la llamaba el señor Uribe, el profesor de matemáticas.

—Carmen Roda, ven acá un momento, hija.

El señor Uribe era un hombre chaparrito y regordete que a veces tartamudeaba, como ella. Por eso trataba a Carmen con deferencia, algo que a ella la hacía sentir incómoda.

— Tú y yo somos iguales —insistía él, tropezándose con las palabras al hablar—. Ambos hemos sido elegidos por Dios para cargar con esta cruz.

Carmen no estaba de acuerdo, por supuesto. En primer lugar, ellos no eran iguales, para nada. Ella no escupía cuando hablaba, ni hacía esas muecas horrorosas cuando las palabras se le atoraban. Al profesor se le distorsionaba el rostro de tal manera que algunos niños le tenían miedo. Y Carmen tampoco creía en eso de la cruz. Su madre le había enseñado que Dios amaba a todos los niños porque era un ser bueno y misericordioso. Jamás pondría a ningún niño a cargar una cruz.

—Carmen ¿mmmmme escuchaste? —alzó la voz el profesor.

Sí, lo había escuchado, pero no quería obedecer. Ir al frente significaba tener que hacer algo desagradable o vergonzoso, como quizás resolver esa ecuación matemática que el profesor había escrito en la pizarra. Ella no sabía cómo resolverla, las sumas y las restas no eran lo suyo. O quizás eso no era lo que quería el profesor, sino algo peor. Hacía apenas unos minutos, Ignacio, uno de los chicos maleados, había entrado al salón a interrumpir la clase y le había entregado al maestro un papelito amarillo, de esos que mandaban de la dirección. Ignacio era la mano derecha del director, lo apodaban el lamebotas, porque la hacía de su sirviente. Por eso, ya nadie se llevaba con él, ni siquiera sus propios amigos. Le habían perdido la confianza y lo tachaban de ser un traicionero, un fascista que se había vendido a la autoridad. El hecho de que estuviera ahí junto al maestro Uribe, mirándola con aquella sonrisita burlona, le daba mala espina.

—Carmen, nnnno me hagas ennnojar —insistió el maestro, con creciente impaciencia.

Se levantó del pupitre y caminó lentamente al frente sintiendo el peso de la mirada curiosa de sus compañeros en su espalda. El profesor, que todavía sostenía el papelito amarillo en la mano, dio la orden que tanto temía.

—Carmen, aquí dice que debes presentarte en la dirección.

—Pero ¿por qué? —protestó—. Yo no he hecho nada.

—Baja la voz, niña. No sé por qué te están convocando,

pero más vale que vayas prontito y lo averigües. Anda, vete con Ignacio y enseguida regresas a terminar tus labores.

No se movió.

—¡Ándele, pues! —ordenó él, crispado.

El lamebotas sonreía de oreja a oreja. Carmen sintió unas ganas enormes de darle una patada, pero se contuvo. Eso solo la metería en más líos. A ella nunca la habían convocado a la dirección, pero sabía que ese paseo no era nada agradable. El cinturón del director era grande, pesado. Los latidos de su corazón se aceleraron y comenzó a picarle la nariz, lo cual siempre precedía a las lágrimas. «No voy a llorar», se dijo, rascándose la nariz, «no voy a darle el gusto a este niño odioso», que ahora mismo le hacía señas para que lo siguiera.

Salieron del salón, Carmen arrastrando los pies. Buscaba desesperadamente la manera de salirse de aquel aprieto. Quizás debería escaparse, pensó, corría más rápido que su escolta traicionera. Ignacio nunca la alcanzaría ¡nunca! Pero, por otro lado, los guardianes sí. Ellos la descubrirían en un dos por tres y la zurra del director sería peor. Además, reflexionó, ¿a dónde se iba a escapar? El Pifas no le iba a abrir el portón así sin más, por su cara bonita. Tampoco podría escabullirse por debajo de la cerca como hacían algunos de los pequeños. Eso ya lo había intentado, pero siempre se atoraba. Saltar la tapia tampoco era opción, no quería acabar electrocutada como Paquito. El recuerdo del cuerpo achicharrado de su compañerito la estremeció. No, la mejor opción, decidió, era ir a la dirección y encarar y negar cualquiera que fuera el delito que le estaban imputando. Ni siquiera sabía cuál era ese delito ¿de qué la estaban acusando? Ella no había hecho nada malo. ¡Nada! Cierto que a veces se robaba los panecillos ajenos, eso no podía negarlo, pero todos lo hacían y, ¿cómo no? ¡En esa escuela los estaban matando de hambre! No. El cargo tenía que ser otro, pero ¿cuál? De repente se acordó del trompo. Eso. Sí, seguro era eso. El trompo. Se lo había robado al abusón de Manuel en venganza por todas sus maldades para que escarmentara. Lo tenía escondido en el ropero debajo de las mantas y seguramente la señora encargada del dormitorio lo había encontrado. Será eso, concluyó, seguramente esa señora la había delatado. La mujer no quería a nadie, y menos a ella. Pues lo negaré, decidió. Esa arpía tendrá que demostrar de que he sido yo quien ha robado el trompo de Manuel.

Ignacio tocó la puerta de la rectoría.

—Adelante —se escuchó la voz del director.

Carmen sintió un escalofrío recorrerle el cuerpo. Ignacio abrió la puerta, y le cedió el paso. Al ver que ella no se movía la metió de un empujón.

—¡No he sido yo! —exclamó ella, una vez adentro.

Lo que sus ojos vieron no cuadraba con la escena que se había forjado en su imaginación. El director no estaba solo en su oficina. Sentados enfrente de él había una pareja de personas mayores, elegantemente vestidos. La señora llevaba una falda de tablones y una chaqueta de tela fina, Carmen sabía lo que costaba esa tela porque en la clase de costura le habían enseñado a distinguir la calidad de los tejidos. A su lado, sentado en la otra silla, el caballero vestía un traje sobrio, bien cortado, con corbata y pañuelo en la solapa. Se notaba que eran personas adineradas de sociedad. Y para sorpresa de Carmen, ellos no eran los únicos que acompañaban al director. Su hermana Palmira también estaba ahí. La señora la tenía tomada de la mano y le sonreía con cariño. ¿Qué hacía Palmira en ese despacho? se preguntó, ofuscada. Y ¿quiénes eran esas personas? ¿Qué querían?

En cuanto Palmira reconoció a Carmen, se soltó de la mano de la señora y corrió a abrazar a su hermana. Los adultos giraron a ver a Carmen. Su abrupta llegada y sobre todo su vehemente declaración de inocencia los había tomado a todos por sorpresa. El director la miraba con reprobación.

—Carmen, entra y saluda a los señores Guzmán —le ordenó haciendo señas para que se acercara.

Carmen dio dos pasos hacia delante, tomada de la mano de Palmira. No entendía qué estaba pasando, pero le reconfortó que otras personas estuvieran en el despacho: el director no se atrevería a quitarse el cinturón enfrente de sus invitados. Algo en la actitud de aquella pareja la tranquilizó. Quizá era la forma en que las estaban mirando. Era una mirada cargada de anhelo. Pero ¿qué querían con ella esos señores?, se preguntó, confundida. Nunca los había visto y de eso estaba segura, porque de otra forma se acordaría del peinado rebuscado de la dama, o de los bigotes canosos del caballero. De repente un presentimiento, una ilusión, se apoderó de ella. A veces llegaban personas de bien, como ellos, a adoptar a niños. Eran personas que, en su gran mayoría, pertenecían a la parroquia de la ciudad. Gente bienintencionada que quería que ellos, los niños españolitos, ateos, aprendieran a rezar. Esas personas casi siempre adoptaban a los niños más pequeños, y por lo general, solo a uno de ellos. Por eso, Carmen había perdido la esperanza de que las adoptaran a ellas. ¡Eran tres! Muy de vez en cuando, adoptaban a niños mayores, incluso de la edad de Carmen, pero solo a los que habían participado en el sacramento de la comunión. A Carmen le hubiera gustado decirles a esos padres adoptivos, tan inocentes, que sus compañeros les estaban mintiendo. Que iban a la iglesia y comulgaban no porque verdaderamente creían en Dios, sino porque el día de su comunión les regalaban un traje muy bonito, blanco, con zapatos nuevos y les hacían un desayuno delicioso. Todos en la escuela sabían que si tomaban el supuesto «cuerpo de Jesús», alguien ¡quien fuera! los sacaría del muladar que era esa escuela, y se los llevarían a vivir a una casa bonita con flores en el jardín. Carmen conocía a varios compañeros que justamente habían hecho eso. Incluso ellas, gracias a doña Chencha, harían la comunión muy pronto. Y según les había dicho esa señora, les darían zapatos y vestidos nuevos. ¿Quizás aquellos señores sabían todo eso? ¿Quizás por eso estaban ahí? Pero no, eso no podía ser, razonó. Ellas eran tres y ya eran mayores.

Nadie querría adoptarlas a todas y ellas jamás se separarían.

En la oficina del director la señora seguía mirándolas con una mezcla de ternura y compasión.

—¡Ay, Toñito! —le comentó a su esposo—. ¡Mira! Otra niña hermosa. Ven, corazón. Acércate. Déjame verte bien a ti también.

La mano que le extendía estaba llena de anillos y pulseras.

Se acercó y al llegar a su lado la señora le levantó la barbilla y la miró con detenimiento. Por su parte, Carmen pudo observar a sus anchas aquel extraño peinado: era una trenza enrollada como serpiente encima de su cara, amplia y morena. Una corona canosa.

—¿Cómo te llamas, hijita? —le preguntó.

—Carmen.

—¡Carmen! ¿Oíste eso, Toñito? Se llama Carmen. ¡Es un milagro! Qué agradecida me siento con doña Chencha por hablarnos de ellas.

El caballero asintió, amable, y el miedo que Carmen había sentido al entrar, desapareció por completo. El otro sentimiento, el de la esperanza, seguía creciendo en su pecho.

—Hijita, ustedes son una bendición de Nuestra Señora del Carmen —afirmó la señora, muy conmovida—. Le he rezado todos los días para que me mostrara el camino hacia ella, y ahora, ¡aquí estamos! Es muy milagrosa nuestra virgencita, ¿sabes? —al decirlo sacó de su pecho un escapulario y se lo mostró—. Mira, es ella. ¿La conoces?

Carmen conocía bien a esa virgen. Era la Estella Maris, la patrona de los pescadores. Su madre era devota de esa madre de Dios, y por eso Carmen llevaba su nombre. En alguna ocasión, mamá le había mostrado una estampilla muy parecida a la que la dama le mostraba ahora y le había prometido que, cuando acabara la guerra, la llevaría a la Barceloneta a la fiesta que ahí hacían los marineros para honrar a esa virgencita. El problema era que la guerra seguía sin terminar y los marineros ya no le hacían fiesta a nadie. Muchos ya ni siquiera pescaban porque los habían mandado a defender la patria. Sus barcas se mecían a la deriva en los muelles.

—Sí, la conozco —murmuró.

De repente el recuerdo de su madre le apretó la garganta. Un deseo imperioso de verla le recorrió el cuerpo. Necesitaba verla. Necesitaba saber que estaba bien. Quería volver a casa, aunque no la llevara a la Barceloneta y tuvieran que comer ratas. No importaba que cayeran las bombas y las aplastaran a todas, ya no le daba miedo morirse porque, si se morían, se irían al cielo juntas como le había dicho Sor Lucía tantas veces, y eso era mejor que estar ahí sin ella. Y ahora sin Mercè. La nariz comenzó a picarle, como si un mosquito estuviera perdido en sus fosas nasales. Los ojos comenzaron a humedecérsele, pero no, se dijo. No iba a llorar delante de esas personas extrañas. Y mucho menos delante de Ignacio que ahí seguía de fisgón, con su odiosa sonrisa.

El caballero, quizás percibiendo su lucha interna, se apuró a intervenir.

—Lolita, ya deja en paz a las chiquillas. Las estás hostigando, mujer.

Así supieron que la señora se llamaba Lolita. A Carmen le gustó su nombre y le volvió a parecer gracioso que los mexicanos siempre hablaban en diminutivo, achicando las cosas. Él era Toñito, ella era Lolita y ni uno ni otro eran pequeños.

La señora acarició una vez más su mejilla.

—Tienes razón. Perdón, corazón. Es que he esperado tanto tiempo para conocerte.

Carmen seguía sin entender del todo qué estaba sucediendo, pero ahora sí estaba segura de que esos señores no estaban ahí hablando con el director para acusarla de nada.

El director se colocó las gafas, abrió un expediente y lo leyó.

—Como les estaba diciendo, el apellido oficial de estas niñas es Roda. Son oriundas de Barcelona. Es todo lo que sabemos de ellas. Tenemos el nombre del padre, un tal Pere Roda

Artés, pero nada más. A esta escuela llegaron tres niñas, pero la mayor ya no está aquí.

—¿Y dónde está esa niña? —preguntó el caballero.

—Con su marido. Se casó y ahora vive felizmente con él.

Carmen no podía creer lo que el hombre decía.

—¡Eso no es verdad!

Los adultos giraron a verla, muy sorprendidos.

—¿Qué cosa no es verdad, hijita? —preguntó el caballero intrigado.

El director no permitió que Carmen contestara. Con un dedo amenazante la calló.

—Usted no se meta en esta conversación, señorita. Este asunto es entre adultos.

El señor Guzmán se enderezó y se ajustó el saco.

—Señor Reyes Pérez, por favor —dijo—. Permita usted que la niña hable. Me interesa escucharla.

—De ninguna manera, caballero —zanjó él con tono amable pero contundente—. Esta niña no sabe, ni entiende, las circunstancias que precipitaron el matrimonio de su hermana. Si el tema le interesa, lo hablaremos en privado. —Y luego, dirigiéndose a Carmen, añadió—: Y a usted, niña, le prohíbo que contradiga mi palabra. ¿Quién se cree que soy? Hágame el favor de regresar a su clase en este instante. Y llévese a su hermana. Ya después ajustaremos cuentas usted y yo.

Carmen comprendió su sentencia: tan pronto se fueran aquellas personas, el director la mandaría a llamar y ahora sí, no se salvaría de una zurra. Miró una vez más su cinturón, grueso y pesado, y se acordó de los moretones que dejaba en el cuerpo de sus compañeros desobedientes. Sin pensarlo, se arrojó a las piernas de aquella señora bondadosa y sobre su perfumado regazo vació toda su amargura, y su terror.

—¡No se vayan! ¡No nos dejen aquí, por favor!

La dama inmediatamente la abrazó.

—¡Ay, mi niña! No llores.

—A mi hermana se la llevó un maestro —sollozó ella—.

Y nadie la ayudó ¡Nadie! Mercè no es feliz, señora. Al contrario. ¡Está muy triste! ¡Ayúdenme a encontrarla, por favor! ¡Ayúdeme!

El director palideció y luego, reaccionando, se precipitó a separarla de la dama.

—¡Levántate, niña! —le ordenó.

La jaló violentamente, pero Carmen se aferró con todas sus fuerzas a las piernas de la dama quien la retenía con el mismo empeño. Al final la fuerza del hombre fue superior. Las separó y comenzó a arrastrar a Carmen hacia la puerta. Ella pegaba de gritos y patadas. Palmira se abalanzó a ayudar a su hermana, tratando inútilmente de detener al director.

El caballero no pudo más. Brincó de su asiento y golpeó el escritorio con la palma abierta.

—¡Señor Pérez! —exclamó con voz gélida —¡Suelte a la niña, por favor!

La orden sacudió al director que se detuvo, desconcertado. Carmen aprovechó el momento para zafarse de él y corrió una vez más a refugiarse en los brazos de la señora Guzmán. Su hermana siguió su ejemplo, se unió al abrazo y desde ahí las dos miraron, asustadas, a los hombres que se retaban con la mirada.

—¿Disculpe? En esta escuela yo soy la autoridad, no se le olvide —clamó Pérez.

—Pues a mí no me manda, señor. Yo no soy ni su soldado, ni su alumno. Y por lo que he visto, usted no sabe cómo mandar.

El director dio un paso hacia delante con actitud amenazadora pero el señor Guzmán no se retrajo ni un milímetro.

Justo en ese instante, la puerta del despacho se abrió de par en par. Era Sor Lucía quien, alarmada por los gritos de Carmen y las voces alzadas de los señores, entró deprisa y sin tocar la puerta. La monja inmediatamente comprendió que algo muy serio estaba sucediendo.

—¿Qué pasa? —preguntó inquieta.

Nadie le contestó. Los hombres seguían ahí parados, desafiantes.

El primero en reaccionar y serenarse fue el señor Guzmán.

—Aquí no pasa nada, no se preocupe, Sor Lucía —dijo sin quitarle la mirada al director.

A su vez, el director se ajustó la corbata y se pasó la mano por el cabello engomado en un gesto irascible.

— Por favor, señor Guzmán —masculló, encaminándose una vez más a su escritorio—. Tome asiento para que terminemos los trámites.

Se sentó e hizo una señal a su invitado para que ocupara su asiento. Pero él no lo hizo. En cambio, se acercó a Sor Lucía, que seguía en la entrada del despacho y la saludó con toda propiedad.

Luego se acercó a su mujer, tomó una de sus manos y la besó amorosamente. La pareja intercambió una mirada de acuerdo, de esas miradas que suelen regalarse las parejas que han convivido por muchos años y que se conocen bien. Solo entonces se dirigió al director.

—Señor Reyes Pérez. Mi esposa y yo hemos decidido adoptar a estas niñas. La única condición es que usted permita que nos las llevemos en este instante. Si acepta, mi abogado lo contactará esta misma tarde para ponerse a sus órdenes y para realizar cualquier trámite que sea necesario. Esa es mi propuesta. Usted decide.

El director parpadeó, asombrado. Y quiso cerciorase de que lo había escuchado bien.

—¿Me está diciendo que adoptarán a las dos niñas?

—Sí, señor.

—Pues no se diga más, caballero —decretó, sin titubear. Giró hacia la monja y agregó—: Sor Lucía, hágame el favor de ayudar a las niñas a empacar sus pertenencias. Ahora, si me disculpan, tengo otros asuntos que atender.

Una casa con jardín

Sor Lucía mandó a la señora encargada de los dormitorios a buscar las maletas de las niñas Roda, para que pudieran empacar sus pertenencias. La mujer tardó en regresar y cuando por fin lo hizo, estaba de muy mal humor.

—Me mandó *usté* al infierno —se quejó—. Hubiera visto esa bodega sucia y apestosa; *pior* que una tumba. Aquí tienen, pues, chamacas.

Así diciendo las soltó de mala gana.

Carmen se acercó a reclamar la maletita que llevaba en el asa un rótulo con su nombre. Era la misma caja de cartón azul que le habían proporcionado al comienzo de su viaje a México. El color del cartón estaba desteñido y sucio, pero de otra forma, la maletita seguía intacta. La levantó y se la llevó a su cama.

—Quítale bien el polvo, hijita —le ordenó Sor Lucía, dándole un trapo.

La niña obedeció: sacudió el polvo frotando bien las esquinas plateadas, el asa y los broches. Al terminar la colocó sobre la cama y la abrió. Su interior olía a humedad y el olor la llevó de golpe a aquel día nefasto cuando había empacado ese mismo baúl por primera vez. Qué orgullosa se había sentido de ser la dueña de su propia maletita. Qué emoción tan grande saber que viajarían en un barco muy grande hacia un lugar bonito y seguro donde no caían las bombas. La guerra acabaría pronto, había dicho la abuela, iban solo de veraneo, y cuando acabara, regresarían a casa. Pero nada de eso había sido verdad. La escuela no había sido un lugar bonito y tampoco seguro. La guerra crecía y se extendía por todo el mundo, como una telaraña.

Viendo la maleta abierta, algo más creció en su corazón: el miedo. Las dudas comenzaron a desfilar como soldaditos por su mente: ¿y si el viaje a Guadalajara era el comienzo de otra pesadilla? ¿Cómo sabían que esos señores que las querían adoptar eran buenas personas? ¿Y si las estaban llevando a vivir a una casa más vieja y fea que la escuela? O, peor todavía: ¿y si las vendían en el mercado? La señora encargada de los dormitorios seguido las amenazaba con esa posibilidad: que, si no se portaban bien, las venderían a un señor muy malo que a eso se dedicaba, a comprar escuinclas malcriadas.

—Apúrense a empacar, niñas —las instó Sor Lucía—. Carmen ¿quieres que te ayude, hija? —veía que esa pequeña no se movía.

Ella iba a contestar para compartirle sus dudas, pero su hermana Palmira adelantó.

—Yo no puedo empacar —se quejó—. Esta no es mi maleta. Es la de Mercè, señora ¿lee usted el rótulo? —le reclamó a la encargada.

—¡Qué voy a leer, chamaca! —rebatió ella, enojándose más todavía—. La bodega es un muladar, ya les dije. Si no te gusta, vaya *usté* a buscar su maleta. Yo allá no regreso. Primero que me corran.

Lo dijo lanzándole una mirada desafiante a Sor Lucía.

La monja dejó pasar el modo rudo de la empleada y se abocó a lo importante: que las pequeñas se fueran de esa escuela, cuanto antes.

—No te preocupes, Palmira —le dijo—, ahora mismo le cambiamos el rótulo.

—No. No se lo cambie, por favor —suplicó Carmen—.

Yo quiero la maleta de Mercè. Ten la mía, Palmira, te la cambio. Esta ya está limpia.

Las niñas intercambiaron maletas y Carmen se abocó a sacudir la maleta de su hermana ausente. Al hacerlo, las dudas que la habían asaltado minutos antes fueron desapareciendo. Los señores que las iban a adoptar y que las estaban esperando, no podían ser peores que la señora esa, gruñona, que tantas veces las había humillado y maltratado. Además, reflexionó, en esa escuela corrían igual peligro que afuera, donde según ella podrían venderlas. ¿Acaso no había secuestrado a Mercè un maestro? Por mucho que quisieran negar ese crimen, para Carmen, el hecho de que la maleta de Mercè estuviera ahí, era otra prueba de que no se había ido por voluntad propia. Sus pocas pertenencias seguían en el dormitorio; de hecho, no se había llevado nada, ni siquiera la única foto que tenía de mamá y papá en la que posaban juntos en un parquc. Era la misma foto que Mercè se había traído de España. Ahí seguía, pegada a la pared a un lado de su cama. Al recordarla, Carmen fue por ella, la despegó del muro con cuidado para no dañarla, y la empacó en la maleta que ahora era suya. También metió el vestido de flores que Mercè la había ayudado a empacar al comienzo de esa pesadilla, a pesar de las objeciones de la abuela. Después de año y medio ya no le iba bien, por supuesto, pero eso no le importó. El vestido representaba la lealtad de su hermana. Tenía que llevárselo.

Encima del vestido, Carmen empacó a su muñeca. También trató de guardar la camita de madera que Mercè le había fabricado para el día de Reyes, pero esa no cabía.

—Esa mejor déjala —comentó Sor Lucía—. Es más importante que empaquen ropa, sobre todo chamarras. ¿Se acuerdan cuánto frío hacía en Guadalajara cuando fuimos?

Carmen se acordaba bien de ese otro viaje, pero ahora mismo lo único que le preocupaba era el presente. El plan de rescate seguía pendiente. Sentía que al irse a Guadalajara estaba abandonando a su hermana y traicionando a Sebastián.

Había quedado de verse con él en media hora.

—¿Qué pasará cuando Mercè regrese por nosotras y no nos encuentre? —le preguntó a la monja.

Sor Lucía sonrió con tristeza.

—Si eso sucede, hija, yo misma llevaré a tu hermana a Guadalajara.

—¿La adoptarán también a ella? —quiso saber Palmira dudosa.

—Sí, hija —respondió la monja categórica—. Ha sido una de las condiciones de esta adopción: que las adopten a todas. Así es que no se preocupen.

Las niñas siguieron empacando en silencio.

—Sor Lucía, ¿esos señores tienen perrito? —preguntó Palmira—. Es que vamos a extrañar mucho a Taquito.

—Pues no lo sé, hijita, pero seguro que vuelves a ver a Taquito. Doña Lolita y doña Chencha son primas ¿sabían eso?

No, no lo sabían.

Carmen miró el reloj con ansiedad. En breve debería estar reuniéndose con Sebastián en la tienda de las bicicletas. Ese era el acuerdo y no podía dejarlo plantado. Tampoco quería atrasarlo y que se quedara ahí, esperándola, pues eso aumentaba la posibilidad de que lo pillaran. Y si lo pillaban lo pondrían de *plantón*. ¡Le darían una buena tunda! Tenía que avisarle de alguna manera, pero ¿cómo? Trató de tranquilizarse. Seguro que no lo pillan, se dijo, Sebastián es muy listo, y no se dejará agarrar ni por Dios. Pero, por otro lado, si no lo pillaban y lograba encontrar a Mercè, seguro que mataría al maestro. Ella ya no sabía qué sería peor. Recordó el cuchillo robado de la cocina, y se estremeció. No quería que Sebastián matara al maestro. Si lo mataba ¡los meterían a la cárcel a los dos! A Sebastián por asesino y a ella por cómplice.

De alguna manera tenía que avisar a Sebastián que el plan se había venido abajo, decidió, con el corazón acelerado. Pero ¿cómo?, ¿cómo? Quizás debería pedir permiso para ir al baño, y luego correr a buscarlo, antes de que el Pifas lo dejara salir de la escuela. O quizás debería de confesárselo todo a Sor Lucía para que ella lo detuviera. Ella sabría cómo ayudarlos, razonó. El miedo la paralizaba.

—¿Qué te pasa, Carmen? —le preguntó la monja. Conocía bien a esa pequeña y sabía que cuando enrojecía de esa manera, era porque algo la molestaba.

—Es Sebastián —soltó al borde las lágrimas—. Es que tiene un cuchillo y va a matar al maestro Amado. ¡Tenemos que detenerlo!

—Pero ¿qué dices, niña? —preguntó la monja muy asombrada.

Carmen trató de hablar, pero las palabras salían a pedazos.

—Cálmate, por favor —le tomó las manos y la miró calmadamente por encima de sus gafas—. Respira profundo, hija. Así. Tranquila. No. No hables todavía.

Cuando vio que recuperaba su color natural, volvió a preguntar.

—Ahora sí dime, hijita ¿qué pasa con Sebastián?

La niña se lo contó todo y esta vez las palabras fluyeron con naturalidad.

—Tenemos que detener a Sebastián —suplicó al concluir.

—Carmen, ese chico ya no está en la escuela —dijo la monja, serenamente.

—¿Cómo? ¿Entonces dónde está?

—No sabemos. Ayer lo reportaron desde la tienda de bicicletas. Al parecer, se fue con una de ellas. La policía lo aprehendió cerca del cementerio, pero él logró escaparse. No sabemos su paradero, hija mía, pero por lo que me cuentas, sospecho que no regresará a esta escuela.

—¡No puede ser! Quedamos de vernos *hoy* en esa tienda de bicicletas. *No ayer*.

—Te entiendo, pero ya lo ves. Él tenía otro plan. Me parece que él nunca tuvo intención de que tú fueras parte del rescate de tu hermana. ¿No te das cuenta? Le hubieras sido un estorbo. Por poco lo cachan. Si no se hubiera escapado, ahorita estaría en la cárcel. Así es que alégrate que no fue así.

Un remolino de emociones invadió a Carmen. Por un lado, se sintió humillada ¡qué tonta había sido en pensar que Sebastián la necesitaba para llevar a cabo su plan! Él no necesitaba a nadie, y menos a ella. A la vez sintió alivio al saber que se había escapado y que nadie le daría una zurra. También sintió esperanza porque Sebastián, con todo su enojo y osadía, seguramente lograría rescatar a su hermana. Pero si la rescataba ¿qué sería de Mercè? Sebastián no le permitirá regresar a la escuela por ellas. Lo más seguro era que la obligara a andar de fugitiva con él por todo el país. Así, Mercè pasaría de ser la rehén del maestro, a ser la novia de ese chico violento que no quería. Y ellas, sus hermanas, seguramente no la volverían a ver.

—Tenemos que encontrar a mi hermana —suplicó, dando rienda a su llanto.

Sor Lucía la abrazó.

—Hija, debes de tener fe. Todo se irá resolviendo cuando Dios lo disponga. A Mercè la encontraremos muy pronto ¡ya verás! pero ahora mismo hay que empacar. Estarán muy contentas con la familia Guzmán. Así es que anda, niña, guarda tus cositas, y tú también —dijo, ahora hablándole a Palmira—. Apúrense antes de que el director cambie de opinión y no les permita irse de esta escuela.

La amenaza bastó para que las niñas Roda obedecieran. Guardaron de prisa lo que les faltaba y cerraron los broches plateados de sus maletitas. Al salir del dormitorio Carmen se detuvo brevemente y le entregó un trompo a la encargada.

—Es de Manuel. Por favor entrégueselo. —Sabía que esa señora seguramente no lo haría, pero esa ya no sería responsabilidad suya, se dijo.

Sor Lucía escoltó a las hermanitas hacia la entrada de la escuela, donde el señor y la señora Guzmán las estaban esperando. A lado de la pareja estaba un hombre uniformado que, al verlas, se acercó con prontitud a recibirles las maletas.

—¿Es todo? —preguntó solícito el uniformado.

—No, Julián, espera, por favor —dijo el señor Guzmán—. Falta una niña.

La monja miró perpleja al caballero.

—Señor Guzmán, le recuerdo que Mercè no se encuentra en la escuela, pero cuando aparezca...

—No. No me refiero a ella, Sor Lucía.

—Ah, ¿no? ¿Entonces a quién?

—Mire, justamente ahí viene.

Y al decirlo señaló hacia el pasillo. La monja y las niñas giraron a la vez y vieron venir por el pasillo a Amparín. La niña empujaba su maletita, deslizándola sobre el piso. La caja estaba desbordada, atiborrada de cosas.

—¡Espérenme! —jadeó. Tenía las mejillas coloradas por el esfuerzo.

—¡Amparín! —exclamó Sor Lucía—¿Tú a dónde crees que vas, hija?

—Con ellas —contestó la niña—. A mí aquí no me dejan ¿eh? ¡Ni lo sueñen!

Sor Lucía sintió pena ajena. Buscó palabras para darle la mala noticia de que no, que esta vez no podría acompañar a sus amiguitas a ningún lado, pero no tuvo tiempo de hablar porque la señora Guzmán ya lo hacía.

—Amparín se viene a casa con nosotros —le informó—. Hemos conseguido el permiso del director. Así es que usted no se preocupe, hermana. Ya está todo arreglado.

La monja no podría creer lo que estaba escuchando.

—¿Cómo? ¿Pero qué dice, señora? —la pregunta iba dirigida al señor Guzmán, pues a ella le parecía que ahí, todos habían perdido la cabeza. Todos menos ese caballero que ahora mismo observaba la escena con una sonrisa benévola.

—Es verdad, hermana —avaló él—. Como sabe, nosotros veníamos preparados a llevarnos a tres niñas. No estábamos enterados de las circunstancias de Mercè, pero bueno, usted sabe que uno pone y Dios dispone. Eso ya no importa. El caso es que mi esposa y yo ya estábamos resignados a llevarnos solo a estas dos pequeñas, cuando un pajarito nos informó que Amparín es casi otra hermana de estas niñas. ¿Eso es verdad? —le preguntó directamente a Carmen.

—¡Sí, sí, señor! Es ciertísimo —brincó ella—. Hemos hecho un pacto de sangre ¿sabe? El pinchazo todavía me duele ¡mire! —dijo, mostrándole un dedo—. Amparín es nuestra hermana, sí. Y es la que mejor se porta. Nunca se mete en líos —le aseguró.

El señor Guzmán rio de buena gana y se acercó a ver el dedo pinchado del pacto.

—Pues entonces el asunto está resuelto. Nos llevamos a Amparín. Y ahora sí, Julián. Vámonos.

Los señores Guzmán vivían en una casa afrancesada en la calle Justo Sierra, en el centro de la ciudad tapatía. Era una casa grande de dos pisos con un hermoso jardín al frente, cercado por una tapia de hierro. Tan pronto Julián, el chofer, detuvo el auto a la entrada de la residencia y les abrió la puerta del coche, las niñas corrieron al jardín a jugar en ese edén que parecía un parque lleno de árboles y arbustos de muchos colores.

La pareja caminó tras las pequeñas exploradoras tomados del brazo. Disfrutaban calladamente de ese momento que tanto habían anhelado: poder ver huellas de niños sobre el pasto y escuchar sus voces cantarinas alegrando su paseo.

—¡Qué bonitas flores! —exclamó Palmira—. Ni siquiera doña Chencha tenía tantas plantas en su jardín.

El señor Guzmán sonrió, complacido.

—Las primitas, Lolita y Chencha, son muy aficionadas a la jardinería —comentó—. Y este es el resultado. Todo esto es el mérito de mi mujer.

Al decirlo le besó la mano y ella le correspondió acercándose más a él.

—Esas flores se llaman primaveras —les explicó a las niñas, señalándolas—. ¿Las conocen?

—Sí, señora —dijo Palmira—. Doña Chencha nos enseñó los nombres de todas las flores.

—Ah, ¿sí? —alzó una ceja, sorprendida.

—Pues a mí las que más me gustan son las bignonias. Estas —apuntó Carmen.

—Exactamente, son muy lindas las bignonias.

—Y las flores favoritas de Mercè son las gardenias —agregó Carmen—. Decía que le recordaban nuestra llegada a México.

La mención de la hermana ausente menguó la alegría del momento.

—No tenemos gardenias —dijo la dama—, pero ahora las plantaremos en honor a tu hermana —de repente quiso saber qué tanto les había enseñado Chencha—. A ver, díganme, las que están allá, esas de color blanco ¿cómo se llaman?

—¡Rosas! —dijeron todas, a la vez.

—Todo el mundo conoce las rosas —se burló Amparín—. Hasta yo que soy tonta para eso.

—Pero apuesto que no saben que las rosas son la flor tradicional de Guadalajara —dijo Lolita sonriendo—. O que a Guadalajara se le conoce como la ciudad de las rosas.

—No, eso no—admitió Amparín.

Aquel juego de adivinar el nombre de las plantas ya había aburrido a Carmen.

—Yo quiero subirme a ese árbol —anunció y corrió hacia un macizo muy alto.

—No, ese no. ¿No ves que te puedes caer? —la amonestó Palmira quien, desde que Mercè no estaba, había asumido el papel de hermana mayor. Eso chocaba a Carmen y por eso, no la obedecía.

—¿Y cómo se llama este árbol? —le preguntó la señora

Guzmán, aprovechando otro momento didáctico.

Carmen se alzó de hombros, pero Palmira se apuró a contestar.

—Es una jacaranda. En Morelia hay muchos de ellos. Cuando florecen dan una flor color lila ¿verdad?

—¡Cierto! —celebró la dama.

—¿Puedo subir? —insistió Carmen.

El señor Guzmán no pudo negarle el permiso.

—Ven acá, pequeña. Yo te ayudo.

Carmen se dejó cargar. Le gustaba ese señor bigotón. Y también le gustaba esa señora que a cada rato sonreía, sin aparente razón.

Cuando las niñas se cansaron de jugar en el jardín, se dirigieron a la casa. Al entrar, un olor delicioso las asaltó y de pronto sintieron hambre, pero ninguna se atrevió a decirlo. Desde la puerta miraron deslumbradas la elegancia del interior de aquella casa: pisos de mármol, alfombras persas, y cortinas de terciopelo. Del techo colgaban enormes lámparas de lágrimas de cristal. En el centro de la estancia se alzaban unas escaleras circulares que conducían a un segundo piso. La casa les pareció un palacio. Al pie de las majestuosas escaleras estaban dos señoras uniformadas, una de ellas ya canosa y la otra, mucho más joven. Esta había trenzado su cabello con listones de muchos colores. Carmen nunca había visto unas trenzas tan gruesas.

—Bienvenidas —dijo la señora mayor y luego, dirigiéndose a su patrona agregó sonriendo—, ¡Ay, señora! ¡Qué bonitas están las niñas!

—¿Verdad que sí, Petra?

Ellas no supieron qué decir. Se quedaron muy quietas sin atreverse a entrar del todo.

El señor Guzmán se quitó el sombrero y el saco y se los entregó a la más joven.

—Entren niñas. Les presento a Petra y a Jovita. Estas buenas señoras amablemente nos ayudan en esta casa. Ellas nos harán el favor de mostrarles sus recámaras y ayudarlas a desempacar. Cuando terminen bajen a cenar, por favor. —Las niñas asintieron al mismo tiempo—. Bien. Eso es todo. Las esperamos en el comedor.

Siguieron a Petra y a Jovita al segundo piso, admirando al ascender los cuadros enormes que decoraban las paredes de la casa, a un lado de la escalera. Las obras mostraban a diversos santos y Carmen inmediatamente reconoció entre ellas la imagen de la Virgen del Carmen. Era igualita a la de la estampilla de mamá.

—Por aquí, niñas —dijo Petra guiándolas al final de un largo pasillo.

Les tenían asignadas dos recámaras, cada cuarto con dos camas individuales. Ninguna de las habitaciones tenía balcón, de acuerdo con el estilo porfiriano de la casa, pero todas tenían ventanas.

—¿Cómo quieren repartirse? —preguntó Jovita.

Amparín no perdió el tiempo.

—Yo quiero esta cama —dijo, subiéndose a una de ellas—. ¡Madre mía! Carmen, ven a tocar estas almohadas. ¡Tócalas! Mira qué suaves son.

Carmen no se acercó a tocarlas; en cambio, fue a la ventana y tocó el vidrio recordando las ventanas del dormitorio de la escuela, tapadas con plástico y cartón. Aquí no tendremos frío, pensó con alivio. El viento no se colaría a enfriarles los pies. Tampoco los muertos mexicanos. Acá lo único que se filtraría era la luz del sol. Afuera comenzaba a oscurecer, pero, aun así, la luz anaranjada del anochecer alumbraba el jardín lleno de flores, la tapia enrejada, la calle empedrada y más allá, la avenida principal.

Esta sí era una casa de verdad. Era una casa con jardín.

La hija reclamada

Barcelona, España, 1947

El cuarto era pequeño, pero en él cabían dos camas, una para ella, y otra para su hija Montserrat. Celia había soñado con ese momento durante mucho tiempo y no podía creer que por fin ahí estaba, pagando el alquiler de un techo propio, un techo que ofrecerle a su hija, la más pequeña.

Habían pasado diez años desde aquel día nefasto en el que había dejado a Montserrat en La Casa Provincial de la Maternidad y Expósitos, la institución de asistencia a mujeres que no podían sostener a sus hijos. Desde entonces, Celia vivía atormentada por la culpa a pesar de que en el fondo de su corazón, entendía que aquel había sido un acto de amor. Un acto de supervivencia. De otra forma, Montserrat se hubiera muerto de hambre, o atrapada en algún bombardeo. A ella le hubiera sido imposible rastrear la ciudad buscando a sus hijas mayores con la bebé a cuestas. Por desgracia, su búsqueda había sido inútil. Seguía sin saber el paradero de las niñas. ¡Era como si la tierra se las hubiera tragado! Y eso era justamente lo que algunas personas querían que creyera: que sus hijas estaban sepultadas en alguna fosa común. Pero no. Ella, hasta no abrazar los cuerpos sin vida de sus hijas, seguiría creyendo lo que su corazón le decía: que estaban vivas y que, tarde o temprano, las encontraría. No obstante,

¡por fin!, había llegado el momento de reclamar a Montserrat. Juntas encontrarían a sus hermanas.

—Pues bien. Esto es lo que hay, señora —comentó el casero.

Era un hombre de pocas palabras, ceñudo, pero atento y de mirada franca. Se hizo a un lado para cederle el paso, y Celia entró. El cuarto olía a humedad, al aroma típico de un espacio encerrado.

—¿Cuándo podría mudarme? —preguntó.

—Podría ser hoy mismo, si usted quiere —contestó él—. Tal como están las cosas en el mundo, señora, quién sabe si mañana llegará.

No podía estar más de acuerdo. La guerra en España había terminado pero otra guerra, aún más atroz, había estallado en el resto del continente expandiéndose como una plaga desde Europa hasta Asia y desde África hasta Oceanía. Muerte, violencia y enfermedades era lo que había en el mundo. ¡El planeta entero se había vuelto loco! Ya de por sí España era un país empobrecido, pero ahora, con el advenimiento de esa Segunda Guerra Mundial, en la que España no participaba, se hundían aún más en la miseria.

Al otro lado de la alcoba había una ventana por donde se filtraban los rayos de un sol veraniego, esplendoroso. Celia se dirigió a la ventana y miró hacia fuera. Daba a un callejón empedrado por el que en ese momento transitaban un par de peatones. Mas allá, en la esquina de la cuadra, un vagabundo pedía limosna. Echado a su lado, un perro sarnoso se rascaba las pulgas. Enfrente, al otro lado del callejón, se alzaba un edificio arruinado por los bombardeos. No había recursos para reparar las destrucciones de obras públicas y fábricas, o de edificios demolidos como ese. Era un milagro que aquella casa siguiera de pie.

—Corrió usted con suerte —comentó, señalando el daño del edificio.

—Así sucede con las guerras, señora. Siempre hay ganadores y perdedores. En cuanto a los derrumbes la ganamos, pero en todo lo demás...

No terminó la frase, pero Celia comprendió su postura. Lo peor era eso, que aunque el conflicto armado había cesado en las trincheras, la guerra de ideologías había quedado adentro, muy adentro. Los ciudadanos seguían divididos, ahora en esos dos bandos que el casero mencionaba: el bando de los vencedores y el de los perdedores. Los ganadores franquistas deseaban cimentar la dictadura militar, fuera como fuera. Para lograrlo perseguían a toda persona que sospecharan que formara parte de la oposición. A veces, formar parte de la oposición quería decir opinar. Pero no todos se atrevían a hablar... La Ley de Responsabilidades Políticas, por ejemplo, promulgada por la dictadura, castigaba cualquier manifestación, defensa y organización contrarias a la política del nuevo régimen. No había lugar para la disidencia. A raíz de esa ley, las condenas y los fusilamientos eran el pan de cada día. ¡Todos los días aparecían cuerpos en la calle! Se fusilaba sin juicio y se encarcelaba al capricho de los afectos del generalísimo Franco. Por su parte, los perdedores republicanos seguían resistiéndose, ahora internamente o desde el exilio, esperanzados en que la Segunda Guerra Mundial les permitiera sacudirse el franquismo. No aceptaban la derrota y quizás, pensaba Celia, no la aceptarían jamás. Era muy duro darse cuenta de que sus seres más queridos habían muerto en balde. Así estaban las cosas. No había conciliación entre los hijos de España. El miedo albergaba en los corazones de todos, tanto de los ganadores como de los perdedores, aunque eran estos últimos los que pagaban el precio más caro. Pero no podía estar pensando en los males del país, o del mundo, se dijo, cuando bastante tenía con los propios.

Celia trató de abrir la ventana, pero no pudo. El casero se acercó solícito a hacer el intento. La madera del marco estaba hinchada y no cedía.

—La madre que lo parió —forcejeó—. Bueno, esto tendré

que arreglarlo —prometió, desistiendo—. Tiene remedio, no se preocupe. Solo tengo que lijar la madera un poco por aquí y ya está.

—Sin problema —lo tranquilizó.

A pesar de la maltrecha economía, Celia por fin había conseguido trabajo. Eso era algo que agradecía en el alma. Todos esos años durante la guerra, se la había arreglado mendigando. Después, tras hacer amistad con unos gitanos, comenzó a vender ropa a los pasajeros y a la tripulación en los barcos que iban a las islas Canarias. En uno de esos barcos conoció a Antonia. Y fue ella, ¡bendita mujer!, la que la había ayudado a conseguir un puesto en el almacén de ropa en el que Antonia trabajaba como cajera. Celia acababa de cumplir seis meses cobrando un sueldo. El almacén estaba ubicado cerca de Las Ramblas. Era uno de los pocos negocios que había logrado mantenerse con las puertas abiertas durante la guerra. El trabajo era arduo y la ganancia poca, pero le había permitido ahorrar para pagar el depósito de ese cuarto. Incluso contaba con un poco más para comprarle algo de ropa a su hija. Montserrat ya no tendría que vestir el uniforme desgastado del hospicio. Tan pronto la sacara de ahí la llevaría al almacén para que escogiera algún vestido bonito.

—Pues bien, como le he dicho, hay que limpiar el polvo, pero vamos, es bastante grande y tiene buena luz —indicó el casero.

—Sí. Dígame, ¿dónde se hace la colada?

—La piedra del fregado está en la cocina y el tendedero en la azotea.

Hasta ahí, todo bien, pensó ella. Le gustaba el cuarto y sobre todo le agradaba la ubicación céntrica de esa casa. Podría irse andando al trabajo. Definitivamente estaba en deuda con Antonia, una vez más. Ella rentaba ahí mismo y le había alertado de la vacante. «Mi casero es una persona quisquillosa en la selección de sus inquilinos», le había dicho, y exigía un aval, como todos. Pero en su caso y solo porque Antonia la recomendaba, había hecho una excepción. A Celia le conmovió que Antonia estuviera dispuesta a abogar por ella. Se conocían desde hacía tiempo y hoy en día nadie daba la cara por otro tan fácilmente. La guerra había sembrado desconfianza entre los vecinos, incluso entre las mismas familias. La dictadura alentaba a los *soplones* a que delataran a todo aquel que seguía apoyando la ideología marxista, anarquista, socialista y cualquier otra que no comulgase con el ideario propiciado por Franco. Los *buenos españoles* tenían la obligación moral de delatar a los rojos, decían, ya que eran una amenaza al Nuevo Estado. Por eso, nadie confiaba en nadie y cuanto menos supieran de los demás, mejor.

—Entonces ¿qué le parece?, ¿le interesa o no? —preguntó el casero con impaciencia.

—Sí, sí. Me interesa. Me gustaría mudarme hoy mismo, a ser posible.

—De acuerdo. En ese caso debe usted pagar el primer y último mes hoy mismo. Y le advierto, señora. Cada mes pasaré a cobrar, y si no me paga puntualmente, me veré obligado a ceder este espacio a otra persona ¿comprende? Sepa que tal como están las cosas, no puedo hacer excepciones.

—No se preocupe. Pagaré puntualmente.

Así diciendo, abrió el bolso, contó los billetes, y le extendió la cantidad acordada.

—Aquí tiene la llave. Otra cosa: el cuarto es solo para usted y para su hija, tal como acordamos. Nada de meter a otras personas sin mi consentimiento, es algo que ya ha pasado y no quiero que se repita. ¿Queda claro?

—Clarísimo —y al ver que el hombre ya se iba, lo detuvo—. Disculpe. Me gustaría limpiar un poco el polvo antes de meter mis cosas. ¿Tiene usted enseres para la limpieza?

—Si. Ahora mismo vuelvo.

Salió de la habitación y al cabo de unos minutos regresó con un cepillo, un trapo y una cubeta.

—Aquí tiene. El agua la puede coger del baño, ahí al fondo. Pero por favor no la derroche, ya sabe que está racionada.

Tan pronto el casero partió, Celia comenzó a limpiar con arrebato la mugre de las paredes y del piso. Levantó telarañas y polvo, lavó las paredes y limpió los vidrios de la ventana trancada. Cuando quedó satisfecha de que aquel cuarto era un hogar digno para Montserrat, retornó los enseres de limpieza a su lugar, cerró con llave el cuarto y partió a tomar el tranvía que la llevaría al Distrito de Les Corts, el distrito en donde estaba ubicada la institución que albergaba a su hija.

Celia descendió del tranvía en la estación de la Maternidad. El asilo, construido en varias fases a través de los años, era un conjunto de edificios alrededor de un gran jardín. Con paso firme atravesó los arbolados corredores, admirando los hermosos sembradíos de aromáticas flores. El sol estaba en su cenit y se sentía el bochorno típico del Mediterráneo. El sudor le humedecía la blusa, pero no supo a ciencia cierta si era por el calor o por los nervios. Llevaba años deseando ese encuentro con su hija, y ahora, cuando por fin estaba cerca de tenerla en sus brazos, sentía miedo. Miedo a que algo le hubiera pasado. De vez en cuando los periódicos anunciaban de niños que habían muerto en el instituto contagiados de alguna enfermedad, o por accidentes. Celia vivía al tanto de esas noticias y siempre revisaba los nombres de las víctimas con el corazón en un hilo. Era un tormento. Por fortuna, el nombre de su hija jamás había aparecido en ningún anuncio. Por eso, no tenía por qué estar albergando esos macabros pensamientos, se dijo. Su hija estaba bien. De otra forma ya le hubieran avisado. Siguió andando, sacudiéndose el temor, pero enseguida la invadió otra inquietud. ¿Cómo iba a reaccionar Montserrat cuando la viera? No la reconocería, desde luego. Era una bebé de dos añitos cuando la dejó. Entonces ¿qué ocurriría si la rechazaba? ¿O si se negaba a vivir con ella? Y es que, aunque fuera su madre, ¡no la conocía! Eso a Celia le dolía en el alma. La pérdida de contacto había roto los lazos familiares. Sin embargo, se recordó, esa tragedia no era culpa suya. Era culpa del hospicio. Los reglamentos de ingreso exigían que una vez que los padres entregaban la custodia de sus hijos, no podían tener ningún contacto con ellos. Las visitas estaban prohibidas. Y si los padres se rehusaban a acatar esa condición, sus hijos eran rechazados. A Celia siempre le había parecido que aquella política era un castigo que los padres no merecían. Su pobreza no les permitía negociar. Al final, en su desesperación, acababan aceptando la cruel condición. Se consolaban convenciéndose a sí mismos que aquel arreglo era solo temporal. Un acto necesario de supervivencia. Y que muy pronto regresarían a reclamar a sus pequeños. Eso mismo se había dicho a sí misma Celia cuando aceptó los términos. Nunca pensó que pasarían diez años antes de que volviera a ver a su hija. Imaginó, como todos, que la guerra terminaría en un año. Dos, máximo. ¿Quién iba a adivinar que terminando una guerra comenzaría otra, todavía peor? En realidad, era un milagro que a pesar de tanto sufrimiento y pobreza todavía estuviera ahí. De pie.

La propiedad era grande y de repente no supo a dónde dirigirse. Se acercó a una banca en donde un hombre de edad estaba sentado, hojeando un periódico.

—Buenas tardes, ¿usted sabe cuál es el edificio de los niños mayorcitos?

El hombre se quitó las gafas.

—¿Los destetados?, ¿quiere decir los niños más grandes?

—Sí, señor.

—Allá —señaló—, siga por ese camino y verá los letreros.

El inmueble resultó ser el mismo, y conforme se fue acercando lo fue reconociendo. Cuando llegó atravesó el umbral y, una vez adentro, se dirigió directamente a la oficina de ingreso, el único espacio abierto al público. Nadie, excepto el personal uniformado con gafetes de identificación, tenía acceso al resto del hospicio. La oficina tenía una sala en donde varias personas aguardaban turno. Junto a la pared, detrás de un escritorio, estaba una mujer que al verla entrar, prontamente le señaló una libreta.

—Anótese ahí, por favor, y ya la atenderemos —le ordenó. Era joven y guapa pero su tono seco, y su modo altivo, la deslucían.

Celia se acercó al escritorio, tomó la libreta, una pluma, y anotó su nombre. Al hacerlo leyó de reojo el gafete de identificación de la asistente. Se llamaba Begoña y pertenecía a la Junta de Damas de la CMEB. Eso explicaba su actitud, pensó Celia. Dejó la pluma en su lugar junto a la libreta y se sentó en la primera silla que encontró vacía.

El instituto siempre había estado al amparo de dos cuerpos femeninos: las Hermanas de la Caridad, y esas señoras voluntarias de la Junta de Damas que pertenecían a la burguesía. Eran hijas, madres o abuelas de senadores y diputados, alcaldes y catedráticos y otros hombres de negocios importantes. Incluso algunos de ellos eran miembros de la aristocracia. Las mujeres tenían en común la riqueza, el prestigio social y por lo general, una moralidad estricta. Se ofrecían de voluntarias porque su clase social aplaudía esa labor altruista y benéfica que además, les permitía moralizar a los pobres. La primera experiencia de Celia con una de esas señoras había sido el día que ingresó a Montserrat en el hospicio. En aquella ocasión la dama de turno se llamaba Rosalía, una mujer espigada de pelo ralo, ojos pequeños y manos huesudas. Celia jamás olvidaría esas manos que después se le aparecían en sus pesadillas como garras queriendo arrancarle el corazón. El trato de la tal Rosalía había sido todavía peor que el de Begoña. No habían terminado de hacer los trámites burocráticos, la entrega de la solicitud y la firma cediendo la custodia, cuando la mujer trató de arrebatarle a Montserrat. La bebé, no dispuesta a soltarse de su madre, y asustada por la brusquedad de esa señora que tenía aspecto de urraca, se había aferrado a su cuello con todas las fuerzas de sus pequeños brazos. Celia no fue capaz de soltarla.

—Deme un minuto, se lo ruego —suplicó.

—Señora, no ponga las cosas más difíciles —respondió la otra, con severidad—. Si va a ingresar a su hija, démela ya. Si no, por favor márchese.

—Por favor, deje que la duerma primero. No me llevará mucho, ya verá.

—No, señora, no. ¿No ve que le está haciendo más daño a la niña? Vamos. Entréguela.

Celia sintió un vehemente deseo de arremeter contra esa mujer desalmada. Se contuvo solo porque sabía que el bienestar de su hija estaba de por medio. Le dio un último beso, se la arrancó del pecho y se la entregó, tratando de no ver la mirada de su chiquita, cargada de reproche. Salió corriendo de ese lugar bañada en lágrimas, perseguida por los gritos de su hija. Una vez afuera, vomitó.

Celia no supo más. No supo cómo regresó a su barrio. Tampoco recordaba cómo había llegado a la buhardilla de una iglesia, o cuántas noches durmió ahí escondida. En algún momento emergió, muerta de hambre, a rastrear los basureros y a comer como un animal lo que encontró en ellos. A partir de ese momento, los días y las noches pasaron, uno tras otro, arremolinándose como hojas secas en la borrasca. Sobrevivió. De alguna manera sobrevivió diez años.

Hoy se volvía a encontrar a merced de una de esas damas de la Junta. Y lo que Celia quería entender era esto: ¿qué demonios podían saber esas mujeres de la vida?, ¿quién les daba la autoridad de aleccionar cuando jamás habían tenido que estirar la mano? Bueno sería que antes de servir como voluntarias se les obligara a sentir en cuerpo propio, aunque fuera solo un día, el terror que uno siente cuando después de mendigar la palma sigue vacía. Cuando al caer la noche no queda más remedio que dormir a la intemperie, soportando las inclemencias de la naturaleza, escondiéndose de los criminales que a esas horas salen como ratas de sus madrigueras a acosar sus víctimas. Qué fácil era hablar desde una jaula de oro y con la tripa llena, sin tener que sentir la vergüenza, la ira, la tristeza y la ansiedad que conlleva ser pobre. Se requiere valor para despertarse cada mañana sabiendo que a nadie le importa si existes o no, pensaba con enfado. Se necesita una fuerza enorme para seguir viviendo en un mundo que te odia.

La mujer fue llamando a las personas anotadas en la libreta. Sus necesidades eran diversas: un hombre pedía trabajo, era carpintero de oficio, pero estaba dispuesto a hacer lo que fuera necesario. Lo sentía mucho, dijo Begoña con poca empatía, pero no había trabajo. Si quería, podía dejar una solicitud. El carpintero explicó que no, que no podía esperar, que los hijos tenían hambre y que si no les llevaba un bocadillo se morirían. Ella respondió que en ese caso, lo prudente era que regresara con ellos y los internara en el albergue. Primero muerto, dijo él, enojado, y se fue sin mirar a nadie. Tras él una mujer deseaba aplicar como nodriza. Con ella fue todavía más cortante. Le señaló los letreros que indicaban, claramente, que aquella era la sección de destetados. Está en el lugar equivocado, dijo impaciente, ¿no sabía leer? La mujer balbuceó que no, por cierto, que no sabía leer. Y salió de prisa cubriéndose el pecho. La leche se le había derramado.

La sala de espera quedó vacía. Por fin era su turno.

—Celia García.

Se levantó y se acercó.

—Yo soy Celia García.

—Bien, ¿qué necesita, señora?

—Vengo a reclamar a mi hija.

—¿Y cómo se llama su hija?

—Montserrat Roda García.

Celia abrió su bolso y sacó un documento. Se lo extendió.

—Es una copia de su partida de bautismo.

Begoña tomó el papel y le echó un vistazo distraído.

—¿Y el padre de su hija? Pere Roda Artés ¿dónde está?

—No está. Ha desaparecido.

El rostro de la joven no se alteró. Quizás está acostumbrada a esa respuesta, especuló Celia. O quizás daba igual lo que le dijera: muerto, vivo o desaparecido, era un padre ausente. Como tantos.

—¿En qué año ingresó usted a su hija?

—En el 37.

Se levantó de su silla, y giró para encarar la librería a su espalda, en cuyos anaqueles estaban archivados un sinnúmero de carpetas rígidas. Recorrió las filas hasta que ubicó un tomo. Regresó al escritorio y lo abrió.

—¿Qué edad tenía la niña cuando la ingresó?

—Dos años.

La miró con fijeza.

—A ver, señora. ¿Me está usted diciendo que ahora mismo su hija tiene doce años?

—Sí.

—Y entonces ¿qué está usted haciendo aquí?

Celia no supo qué decir. No entendía.

—Pues… ya se lo he dicho. He venido a reclamar a mi hija.

—Sí, señora, pero en este instituto no hospedamos a niños mayores de cinco años.

—¿Cómo? Pues no. No lo sabía. Nadie me lo ha dicho.

—Se lo digo ahora. Si su hija tiene doce años no puede estar aquí.

—Pero entonces ¿dónde está? —preguntó alarmada—. Aquí la dejé, señorita, y de aquí no me voy sin ella. Revise bien sus archivos, por favor —había un dejo de histeria en su voz.

—Tranquilícese, señora.

—¿Qué me tranquilice? ¿Cómo quiere que me tranquilice? Quiero saber en dónde está mi hija. Dígamelo.

—Le ruego que no me hable en ese tono. Cálmese y ahora mismo lo reviso de nuevo, pero seguramente la trasladaron al mismo lugar adonde llevamos a todos los niños expósitos y legítimos en cuanto cumplen cinco años. A la Casa de la Caridad.

Revisó el tomo página por página, siguiendo cada entrada en los renglones con su dedo índice.

—Vamos a ver... Sí, efectivamente aquí está —giró el libro para que Celia pudiera comprobarlo—. De acuerdo con esta entrada oficial, a su hija la trasladaron a la Casa de la Caridad justamente el día que cumplió cinco años. Ahí lo tiene.

—Pero ¿y por qué nadie me avisó del traslado? —exigió, indignada.

—Señora, según la información que tenemos y que usted misma proporcionó a este instituto para que aceptaran a su hija, usted no contaba con vivienda permanente. ¿Cómo íbamos a avisarle sin esa información?

La chica tenía razón, pensó, tratando de serenarse. Se recordó que lo más importante era que Montserrat estaba bien. El único detalle decepcionante, era que no se encontrara en ese hospicio. Debería dar gracias por saber a ciencia cierta que su pequeña estaba viva. Además, aunque les hubiera proporcionado una dirección, el instituto no tenía ninguna obligación de informar el paradero de los niños. Celia comprendió que ahí, en ese momento y en ese lugar, no había más que hacer. Montserrat llevaba siete años viviendo en La Casa de la Caridad. ¡Siete años! Lo peor era que en ese hospicio sí permitían ver a los hijos. De haber sabido, pudo haberla abrazado mucho antes.

—¿Dónde está ubicada La Casa de la Caridad? —preguntó, levantándose.

—En la calle Montealegre. El hospicio cierra dentro de una hora. Tendrá que esperar a mañana.

¡Una hora! Por mucho que corriera a tomar el tranvía, no llegaría a tiempo.

—No puedo esperar —zanjó. La impotencia le hacía un nudo en la garganta.

—Sí que puede —replicó Begoña—. Vamos, le ha llevado diez años venir a recogerla. Un día más no debe ser tan difícil.

Sus palabras fueron como una bofetada.

—Pero ¿cómo se atreve a decir semejante sandez? —objetó, temblando de ira—. ¿Qué sabe usted de lo que me cuesta o no esperar para ver a mi hija? ¿Qué sabe usted de mi dolor? Usted no tiene ningún derecho a juzgarme, señorita. No. ¡No dejaré que mida el ancho de mi pena!

Por más que quiso, no pudo reprimir las lágrimas. Vencida, se sentó y se meció en la silla, sollozando ya sin recato.

Celia no esperaba nada de nadie, y mucho menos de esa joven que con tanto desprecio había tratado a los demás.

—Disculpe, señora —se retrajo la chica, arrepentida—. No llore. Yo la llevo.

Le extendía un pañuelo. Celia lo tomó y se enjugó el rostro.

—¿Qué ha dicho?

—Que yo la llevo. Mi turno ha terminado y La Casa de la Caridad me queda de camino.

Decidida, regresó el archivo a su lugar en la librería, guardó unos papeles sobre su escritorio, sacó de un cajón su cartera y luego un manojo de llaves. Celia seguía paralizada en su asiento viéndola hacer. La joven se dirigió a la puerta y desde ahí dio la orden.

—¿Quiere que la lleve o no? Si no nos damos prisa, no llegamos.

La Casa de la Caridad era un edificio dividido en dos departamentos: el departamento de los hombres y el de las mujeres, todos mayores de cinco años. La enseñanza de las labores de las niñas estaba al cuidado de las Hermanas de la Caridad, quienes las instruían en labores como la costura, el bordado, la fabricación de encajes y de alpargatas. Había además una escuela particular en donde se les enseñaba la lectura, escritura, aritmética, gramática castellana, religión y urbanidad. El hospicio existía gracias a asistencias del gobierno, además de contar con recursos propios, como una rifa semanal, bailes de máscaras, limosnas y la fábrica de hilados y tejidos de algodón que ahí mismo producían. Todo esto le había contado Begoña a Celia durante la travesía hacia La Casa de la Caridad. Viaje que a Celia le pareció eterno.

Cuando por fin llegaron al hospicio, la espera fue todavía más larga. Para reclamar a la hija, hubo que llenar documentos, comprobar su identidad, y poner su firma en infinidad de papeles. Que Begoña estuviera ahí, apoyándola, fue de gran ayuda. A ella sí la conocían. También ayudó el hecho de que estaban por cerrar. A todos les urgía irse a casa.

En algún momento la puerta de la oficina se abrió. Entró una monja llevando de la mano a una chica que, a su vez, sostenía una pequeña valija.

Montserrat se parecía mucho a su padre, pensó Celia. Era Roda, de tez muy blanca, ojos grandes y azules y mentón partido. Si se la hubiera encontrado en la calle, la hubiera reconocido de inmediato. La niña, que era ya una jovencita, miró a las damas que tenía enfrente con curiosidad. Celia corrió a abrazarla, y ella por educación no rechazó la caricia, pero tampoco soltó la mano de la monja.

—¿Por qué llora, señora? —le preguntó con dulzura.

—Porque estoy muy feliz, cariño —contestó. Le besó el cabello, la frente, los ojos.

Montserrat se dejó mimar, pero sus ojos buscaron la mirada de la monja, interrogantes.

—Esta señora es tu madre —explicó ella sin más.

Celia tomó el rostro de su hija entre sus manos y la miró volcando en esa mirada todo el amor reprimido. Ella le sostuvo la mirada sin pestañear. No había juicio o reproche en su expresión, comprobó Celia, con alivio. Ni siquiera sorpresa. Solo inocente curiosidad.

—¿Es cierto? ¿Usted es mi madre?

—Sí, Montserrat. Soy tu madre. Y he venido por ti. Pero ¡Dios mío! qué hermosa eres, hija.

Reencuentro

Guadalajara, México, 1947

—Señorita Carmen, el desayuno está servido y se le está enfriando.

Era la llamada matutina de Petra. Todos los días la sirvienta la llamaba tres veces. Tres.

—Las mismas veces que Dios tuvo que llamar a Samuel —se quejaba Petra.

Carmen no le respondía, pero lo cierto era que los conocimientos bíblicos de esa señora la maravillaban. Se conocía las sagradas escrituras mejor que cualquier cura.

—Ya voy, Petra, ya voy —le contestó.

Miró su reflejo en el espejo del tocador, se pasó el cepillo por el cabello una última vez, y con el espejito de mano, revisó el peinado por detrás. Se había hecho rizos a la Marilyn Monroe. Estaban de moda. Y aunque ella no era rubia como la famosa actriz, su pelo ondulado y castaño, se prestaba para ese estilo. Apurándose, dejó el cepillo y se alejó del tocador para ver su figura completa. El atuendo que había elegido le sentaba bien, decidió. El único problema era la blusa. A mamá Lolita no le gustaría. Para nada. Era de seda, muy linda, color verde botella que resaltaba sus ojos pardos, pero estaba escotada. Y si por mamá Lolita fuera, sus tres hijas andarían tapaditas del cuello a los pies, como las monjas benedictinas. Se preguntó si debería cambiarse y ahorrarse el regaño, pero enseguida desechó la idea. Era la tercera llamada de Petra y si no bajaba a desayunar en ese instante, la sirvienta se cobraría el retraso de alguna manera. Así era: vengativa. A veces le servía el pan más duro, otras veces las tortillas más secas o los frijoles fríos. Uno nunca sabía a qué atenerse con Petra, pero lo prudente era no hacerla enojar. Además, se sentía bonita con esa blusa que hacía juego con su falda plisada. No. No se cambiaría, decidió y así resuelta, se calzó sus zapatillas nuevas y bajó las escaleras tratando de no irse de boca con esos tacones que estaban altísimos.

En el comedor, el resto de la familia ya llevaba un buen rato esperándola. El enojo se percibía en el ambiente y parecía empañar el cristal de la vajilla. Don Antonio y doña Lolita ocupaban los asientos de siempre, él en la cabecera y ella a su lado. Sus Hermanas Palmira y Amparín estaban en sus respectivos lugares, en medio de la mesa. El más enojado era papá Antonio y por eso se dirigió hacia él. Cuando llegó a su lado, se inclinó y le besó la frente.

—Buenos días, papá Antonio. Perdón, no volverá a suceder —se disculpó.

La caricia tuvo el efecto deseado. El semblante del patriarca inmediatamente se suavizó. Don Antonio le guardaba un cariño especial a esa muchachita alegre y audaz que cantaba como un ángel, aunque, por motivos que ningún médico le había sabido explicar, a veces tartamudeaba, cosa que ensanchaba su afecto por ella. El único problema con Carmen era ese: siempre llegaba tarde.

—Eso dices todos los días, Carmen —la regañó—. ¿Cuántas veces tendremos que hablar de la puntualidad? En esta casa los domingos desayunamos a las ocho de la mañana. Ni un minuto más, ni un minuto menos.

—Sí, sí, ya lo sé — respondió ella, ahora dándole los buenos días a mamá Lolita—. Lo que pasa es que no encontraba mis zapatillas.

Amparín, que siempre era la primera en llegar a la mesa, no pudo contenerse y soltó una carcajada.

—¿Qué no encontrabas tus zapatos nuevos? ¡Por favor! Si casi dormiste con ellos. Vaya pretexto.

—¿Y a ti qué te importa, Amparín? Esta no es tu batalla —zanjó.

Plantó un beso en la mejilla a doña Lolita y se sentó en su lugar.

—Por supuesto que es mi batalla —arguyó Amparín—. Me muero de hambre y ahora, por tu culpa, tendremos que comernos los huevos fríos. Otra vez.

Carmen iba a defenderse, pero mamá Lolita la silenció con un gesto impaciente de la mano.

—Bueno, ya basta, señoritas. No vamos a comenzar el día santo del Señor con pleitos —alzó el platón de los huevos y dirigiéndose a la sirvienta, ordenó—: Petra, por favor llévate estos huevos y caliéntalos un poco. Y tú Toñito, amor mío, recemos ya que si no, no llegaremos a misa.

Petra retiró el platón con prontitud. Carmen desdobló su servilleta y se la colocó en la solapa. Don Antonio se persignó y comenzó a recitar la oración cotidiana con la que siempre agradecían los alimentos.

—Envía Señor tu bendición sobre nosotros y sobre estos tus dones que vamos a recibir de tu mano generosa.

—Así sea —contestaron en coro, como dictaba el rezo.

—El rey de la eterna gloria nos haga participantes de su mesa celestial.

—Así sea —repitieron.

Se volvieron a persignar y comenzaron a comer en silencio. Don Antonio dio un nuevo sorbo a su café, se limpió los bigotes con la servilleta, y se aclaró la garganta.

—Tengo algo que decirles —anunció. Todos los ojos se posaron en él—. Hoy iremos a la misa de las doce. Por lo tanto, pueden desayunar con calma.

—¿Cómo? Pero ¿por qué? —doña Lolita estaba muy extrañada. Su marido jamás rompía con la rutina de los domingos. El desayuno era a las ocho. La misa a las nueve en la Catedral de la Asunción de María Santísima. Y la comida a las tres de la tarde en casa.

Don Antonio tomó la mano de su mujer y la miró amorosamente.

—Porque a las diez tendremos una visita muy especial, cariño.

La mirada de más de cuarenta y cinco años de matrimonio le bastó a doña Lolita para comprender lo que su marido trataba de decirle.

—¿En serio? —preguntó, pasmada.

—Sí. En serio.

Los ojos de la dama se humedecieron. Apretó la mano de su esposo y él, por respuesta, se la llevó a los labios y la besó.

—¡Bendito Dios! —susurró ella.

Las jóvenes observaban el diálogo cómplice de la pareja desde sus asientos. Así solían comunicarse y a pesar del tiempo que llevaban viviendo con ellos, no lograban interpretar su idioma. Era como si hablaran en código. A Carmen, que todo lo quería saber, eso le molestaba muchísimo. Odiaba los secretos.

—Ay, por favor. No podéis dejarnos en ascuas —se quejó—. ¿Quién viene de visita?

—Pronto lo sabrán —contestó don Antonio, sonriendo—. Como dije, la visita llegará a las diez de la mañana, así es que me hacen el favor de presentarse en mi despacho a esa hora.

—Sí. De acuerdo, pero ¿no podéis decir al menos si se trata de un hombre o de una mujer? —insistió.

Amparín rompió a reír.

—Lo que Carmen quiere saber es qué tanto debe arreglarse. No sea que se trate de un buen prospecto.

—Por supuesto que no —se defendió su amiga—. Como puedes ver yo ya estoy arreglada. Tú, en cambio ¡madre mía!

A ti sí te vendría bien pasarte un cepillo por ese pelo enmarañado. Te lo digo en serio. Si sigues así, te quedarás para vestir santos.

—Pues no hay nada malo en ello —terció Palmira quien, hasta ese momento, había estado de espectadora—. Servir a Dios es un privilegio.

—Claro. Lo tenía que decir la monja —se burló Carmen—. Aunque creo que ya no te apetece esa vocación ¿no es cierto? —añadió, con malicia—. Venga, cuéntalo todo. ¿Cómo se llama ese chico que no te suelta?

Palmira se arrepintió de haber abierto la boca.

—Miguel. Se llama Miguel —pronunció, ruborizándose.

—Pues eso. Seguro que es él —falló Amparín—. Apuesto que viene a pedir tu mano.

Palmira enrojeció aún más.

—No digas disparates, Amparín, que no te viene nada bien.

Amparín y Carmen soltaron la carcajada, pero Palmira las ignoró. Hoy no iba a caer en su juego. Siempre era lo mismo con ese par: primero se peleaban entre ellas, después se las arreglaban para meterla en sus jaleos y al final se aliaban para ponerse en su contra. Pero no. Hoy no les daría ese gusto. Regresó a su desayuno, se sirvió un pan de dulce y comenzó a sopearlo en su café. Quería ante todo disimular la ansiedad que se había apoderado de ella desde que papá Antonio anunciara la misteriosa visita. Estaba segura de que el visitante especial era Miguel. Lo sabía porque justo el día previo, Miguel le había confesado su amor. Iban de regreso a casa, hablando tonterías, cuando de repente a la altura del parque, Miguel la había detenido, había tomado su mano y le había abierto su corazón, suplicándole que fuera su novia. Palmira había quedado como estatua. Paralizada. La mirada de curiosidad de la gente cayó sobre ellos y Palmira creyó desfallecer de la vergüenza. ¿Cómo se atrevía Miguel a hacer eso a media calle? ¡Había perdido la cabeza! Y Miguel, interpretando su silencio como una aceptación, trató de besarla. Solo entonces reaccionó Palmira. Lo empujó con una fuerza que desconocía que poseía.

—¿Qué estás haciendo? —exclamó—. Que sepas que soy una chica decente. Y si pretendes algo más que una amistad, tendrás que hablar con mis padres y pedirles su bendición. Ahora llévame a casa, por favor.

Miguel no sabía cómo disculparse. Todo el camino de regreso a casa habló apenado. Por supuesto que hablaría con sus padres, prometió. Y claro que sabía que ella era una chica decente. Precisamente eso era lo que más le gustaba de ella. Su intención no era faltarle el respeto, de ninguna manera, sino dejarle saber que la amaba. Que la necesitaba. Que no dormía pensando en ella. No podía más. Se volvía loco pensando que otro hombre la pretendiera. ¡No lo soportaría! Palmira no sabía cómo callarlo. Sus palabras, lejos de halagarla la avergonzaban. Aquella letanía de adulaciones era propia para venerar a Dios, o a la Virgen, pero no a una simple pecadora como ella. Apuró el paso y por fin cuando llegaron a casa, ni siquiera se despidió. Subió directo a su cuarto y se encerró. Rezó como no había rezado en mucho tiempo.

—Señor, aclara mi mente y mi corazón. ¡Déjame saber Tu voluntad!

Ahora Papá Antonio anunciaba una visita especial, y Palmira estaba segura de que ese chico arrebatado venía a cumplir su promesa. Solo faltaba que Dios le hiciera saber su voluntad…

Por su parte, don Antonio ya había oído algo sobre ese jovencito que acompañaba a Palmira en su caminata de la escuela a la casa. Según Lolita, la parejita se quedaba en la reja del jardín *echando novio*, lo cual molestaba mucho a don Antonio. Palmira no era ninguna sirvienta para comportarse de esa manera. Lo menos que el pretendiente debería de hacer, era escoltar a su hija hasta la puerta principal y presentarse. Para don Antonio el comportamiento de los jóvenes de hoy en día dejaba mucho que desear. Lo asombroso era que ese chico venía de buena familia. Ya lo había investigado. Se llamaba Miguel Rendón y era hijo de uno de los miembros de la Acción Católica, la organización a la cual ellos también pertenecían. La misión de esa fundación era restaurar la vida eclesial de México, debilitada por la guerra cristera, y defender los principios cristianos y la restauración del orden social según las normas de la Iglesia. La familia Rendón no faltaba a la misa de las nueve en la catedral. Seguramente ahí, en esa casa de Dios, los jóvenes se habían conocido. Estaba bien. Aunque Miguelito no demostrara su buena cuna, don Antonio aprobaba a su familia.

De todo esto, lo que más sorprendía a don Antonio, era que Palmira permitiera los avances del joven. Desde que llegara a casa, siempre había dicho que cuando fuera grande tomaría los hábitos. Ellos nunca la cuestionaron; al contrario, hicieron todo lo posible por alentar su decisión. No podían imaginarse mejor futuro para esa jovencita hermosa que tanto había sufrido junto con sus hermanitas. Dios los había elegido a ellos para ser sus padres adoptivos, pensaban, y para velar por su vocación. En su hogar se practicaban los principios de la religión católica con devoción, centrando su vida familiar en torno a Dios. Por eso las niñas habían sido educadas en el Instituto Nuevo Galicia en la calle de Hidalgo, una institución dirigida y animada por las Hermanas del Verbo Encarnado. La escuela estaba ubicada a solo unas cuadras de la casa, lo cual permitía que se fueran caminando. Al terminar el sexto año, Palmira, para sorpresa de todos, en lugar de ingresar al convento pidió continuar sus estudios en la escuela de negocios. Don Antonio y doña Lolita no entendían el cambio en la joven. ¿Acaso habían descuidado la vocación de esa sierva de Dios?, se preguntaban, muy preocupados. Oraron con renovado fervor, pidiendo perdón si en algo habían fallado, hasta que un día doña Lolita se asomó por su ventana y descubrió el verdadero motivo del cambio en el alma de la jovencita: era un chico alto y apuesto que la miraba como si Palmira fuera una diosa.

En el comedor, don Antonio tomó un último trago de su café, se limpió los bigotes y se levantó.

—Muy bien. Las espero a las diez en punto en mi despacho —dijo, clavando la mirada en Carmen y luego, dirigiéndose a la sirvienta agregó—. Muchas gracias Petra.

—Para servirle, señor —contestó ella.

Las jóvenes se levantaron de la mesa y comenzaron a ayudar a Petra a levantar los platos y a llevarlos a la cocina. Los domingos tenían que ayudar porque Jovita, la ayudante de Petra se iba al rancho con su familia. Además, aprender los quehaceres del hogar era parte de su educación. Doña Lolita insistía en ello. Siendo mujeres, tenían que saber cómo administrar una casa y valerse por sí mismas. Nadie tenía el futuro garantizado.

Por lo tanto, las tres sabían guisar, coser, lavar ropa y limpiar la casa. Por las tardes, mientras Palmira asistía al Instituto, Carmen y Amparín tomaban clases de arte y de canto. Carmen adoraba la música y se sabía todas las canciones de Jorge Negrete, Toña la Negra y Pedro Vargas. Cantaba en el coro de la iglesia y su voz era tan cotizada que frecuentemente la solicitaban para eventos privados. Don Antonio nunca lo permitió. Su voz era un don de Dios para Dios le decía, negándole el permiso.

Además de ayudar en casa, las chicas participaban en las obras de caridad que las damas de la iglesia organizaban: repartían comida y ropa a los pobres, ayudaban en la obra catequista, en peregrinaciones, en cruzadas eucarísticas, ejercicios espirituales, y el rezo del rosario. Su vida social giraba en torno de las fiestas litúrgicas, o las que celebraban las familias amigas de sus padres adoptivos: bodas, quinceaños y bautizos. Iban al zócalo y al cine y por las noches jugaban a la baraja o a la lotería.

En la cocina, las mujeres se afanaban en dejar todo en orden.

—Ya vayan a alistarse, señoritas —las apuró doña Lolita—. Yo acabo de ayudar a Petra. Amparín, te peinas, por favor, Carmen tiene razón. Debes poner un poco de cuidado en tu aspecto, hija. Y tú Carmen, me haces el favor de cambiarte esa blusa.

—¿Pero por qué? —protestó —. ¡Es tan bonita!

—Bonita e indecente. Te la cambias y ya. He dicho.

Las jóvenes subieron a sus respectivas recámaras. Esta vez Carmen eligió una blusa de cuello alto. No mostraba ni un milímetro de su piel, pero al ser tan entallada, revelaba aún más la forma de sus senos. Se esperaría hasta el último instante para bajar. No quería que mamá Lolita la mandara a cambiarse de nuevo.

A las diez en punto la campana de la entrada de la casa sonó. Carmen se abalanzó escaleras abajo, con las zapatillas en la mano. Se las calzó antes de entrar al despacho en donde el resto de la familia ya estaba esperando.

Don Antonio miró su reloj. Era un minuto después de las diez. Alzó las cejas, mirándola severo, pero no dijo nada. Mamá Lolita, siguiendo el ejemplo de su marido, solo meneó la cabeza en desaprobación al cambio de blusa.

En ese momento Petra entró al despacho.

—Ya llegó la visita —anunció.

—Que pasen, por favor —ordenó don Antonio.

Todos se pusieron de pie, mirando expectantes la puerta.

Se oyeron voces, primero, y luego apareció la figura de una mujer empujando una silla de ruedas. Encogida dentro de la silla de ruedas estaba una monja muy anciana. Sus manos artríticas sostenían un bulto pequeño, que agarraba como si su vida dependiera de ello. Cuando la mujer detuvo la silla de ruedas a media sala, la monja alzó la cabeza con dificultad y sonrió.

Carmen reconoció de golpe los ojillos pequeños y arrugados y la sonrisa desdentada.

—¡Sor Lucía! —exclamó, y corrió a abrazarla, arrodillándose a su lado. ¡Su cuerpo era tan frágil! Sus hábitos seguían oliendo a pan de natas.

—Carmen, hijita... —murmuró la monjita, acariciándole los rizos con ese gesto cálido que tantas veces la había consolado, recordándole a su madre.

Amparín se abalanzó para unirse al abrazo.

—Mi pequeña valenciana —la estrechó la monja—. ¡Qué guapa eres, mi niña!

La anciana lloraba más que ninguna.

Carmen alzó la mirada buscando la de Palmira. ¿Por qué no se unía al abrazo? Y entonces, por primera vez, notó que Palmira estaba paralizada, mirando atónita a la mujer que había empujado la silla de ruedas.

Carmen viró hacia esa mujer a la que no había puesto ninguna atención hasta ese momento. La miró detenidamente. Y la reconoció.

—¿Mercè? —preguntó, atónita. No esperó su respuesta porque... ¡Sí! ¡Era ella! ¡Era Mercè!

Las hermanas se abalanzaron para fundirse en ese abrazo que tanto tiempo habían esperado. Se besaron, se acariciaron, lloraron y rieron a la vez. Tomadas de la mano brincaron de alegría, como solían hacerlo cuando eran niñas.

—¡Pero qué malas amigas sois todas! —les reclamó Amparín—. Me habéis dejado fuera de la fiesta. ¡Venga! que yo también quiero mi abrazo.

Las chicas abrieron el círculo y el abrazo se hizo más grande.

Los Guzmán miraban la escena conmovidos. Doña Lolita se acercó a su marido, y sonriéndole con ternura, posó su mano en su brazo. Sor Lucía tampoco se atrevía a interrumpir a esas jovencitas que, desbordándose de alegría, hostigaban a Mercè con sus preguntas: ¿Cómo nos encontraste?, ¿dónde has estado todo este tiempo?, ¿dónde vives?, ¿te quedarás con nosotras? ¡Estás guapísima!

Don Antonio salió al rescate de la joven que, visiblemente abrumada, no había podido ni hablar.

—Señoritas, muestren su educación y dejen de hostigar a su hermana. Siéntense todas, por favor.

Doña Lolita inmediatamente asumió su papel de anfitriona.

—Sor Lucía ¿qué le apetece tomar? ¿Y tú, Mercè, qué te gustaría? Le podemos pedir a Petra un cafecito de olla, o un agua de Jamaica.

—Para mí café, si no es molestia —contestó Mercè.

—El agua de jamaica... ¿tiene azúcar? —preguntó la monja—. Me la han prohibido.

—Se la hacemos sin azúcar, madre, no se preocupe.

Durante un buen rato, entre sorbos de café, Mercè contestó las preguntas de sus hermanas. Su vida había sido muy dura. El maestro de arte efectivamente la había secuestrado de la escuela y se la había llevado a vivir en un vagón de tren. El hombre tenía otra familia, por lo que la tuvo ahí, encerrada como su prisionera. Fueron años que no quería recordar... Sin tener contacto con otro ser humano que no fuera ese monstruo, se sintió enloquecer. Perdió la noción del tiempo. Se pasaba los días, las horas y los minutos pensando en cómo escapar. Un día por fin lo logró, pero estaba tan débil que no pudo llegar lejos. Por suerte, un alma caritativa la encontró inconsciente a media calle, la recogió y le dio albergue. Cuando supo su situación la llevó a la policía a reportar el secuestro. Abrieron un caso penal, pero Mercè retiró la acusación al enterarse que tendría que enfrentarlo en la corte para que el caso procediera. Le aterraba volverlo a ver. Por eso, al final el tipejo había quedado impune. Eso ya poco importaba. Por fin era libre. Pasados los meses, tras investigarlo encontró la casa en la que vivían el resto de los españoles refugiados. Ahí se fue a vivir, en la calle López, a dos cuadras de la Torre Latinoamericana. Y ahí vivía todavía. Con el apoyo de sus compatriotas había conseguido trabajo: trabajaba como modelo para una revista.

—La revista se llama *Siempre* —dijo, concluyendo su relato—. Me tratan bien. Me gusta mi trabajo.

—No me sorprende que seas modelo. ¡Estás guapísima! —exclamó Carmen.

Mercè sonrió.

—Eso mismo os digo a vosotras. Me ha alegrado mucho saber que os adoptaron —alzó la mirada hacia los Guzmán—. Muchas gracias don Antonio. Muchas gracias doña Lolita. Gracias por cuidar de ellas y de Amparín. Es imposible pagar vuestras bondades y gran corazón.

—Las gracias hay que dárselas a Sor Lucía por haberlas traído a nuestras vidas —afirmó doña Lolita—. Han sido una bendición. Y ahora que tú estás aquí, Mercè, sana y salva, esa es otra bendición. Tenemos que darle gracias a la virgencita del Carmen por responder a nuestras plegarias.

Don Antonio se levantó de su sillón.

—Estoy de acuerdo. Y para ello qué mejor que ir a la casa del Señor. La misa es a las doce, pero si nos vamos ahora, llegaremos a tiempo. ¿Me permite que yo la conduzca, Sor Lucía? —le preguntó, tomando las empuñaduras de la silla de ruedas.

—Sí, por favor, don Antonio —respondió la monja—, pero antes permítame entregarle esto a Carmen. Es un regalito que le he estado guardando, soñando en este día cuando por fin pudiera traerle a su hermana mayor, como le prometí que haría.

Carmen recibió el obsequio. Estaba envuelto en un retazo de tela y amarrado con un listón de seda. Lo abrió y al hacerlo inmediatamente reconoció lo que era: su mantilla de frivolité. La que tanto trabajo le había costado tejer.

En la catedral de la Asunción de María Santísima la voz angelical de Carmen llenó las naves del templo. La canción no era el *Anima Christi* que el sacerdote le había pedido que cantara a capela después de la comunión. Era otra canción que la asamblea nunca había escuchado.

No quiero que me cortejes
ni me saques a bailar
que tengo ya otros amores
que me saben regalar.

Bailando, bailando,
bailando, bailé,
perdí la cinta del pelo
y eso fue todo lo que gané.

Desde sus bancas, Mercè y Palmira también cantaron y así, por fin unidas, alzaron sus voces al cielo.

La carta

Guadalajara, México, 1948

La carta venía firmada por Pere Roda Artés. El padre de sus hijas.

Don Antonio se ajustó los lentes y volvió a leer el papel que sostenía en sus manos, ahora con más atención. La caligrafía del autor no era fácil de descifrar, pero su dominio de la lengua castellana era irreprochable. Era una carta escrita por un hombre educado, digno dueño de una imprenta. Reparó en la fecha. La había escrito hacía tres meses y el destinatario era él: Don Antonio Guzmán. «¿Quién le habría proporcionado mi nombre y mi dirección?», se preguntó. Giró el sobre y miró el remitente. Pere Roda Artés, decía, con una dirección desconocida en Barcelona, España.

—¿Qué lees, cariño?

Doña Lolita entraba al despacho con una bandeja en las manos. Todas las mañanas le llevaba su café, sus medicinas y su dulce de arrayán, para endulzarle la chamba, según le decía. Colocó la bandeja en el escritorio y lo besó en la frente.

—No olvides tomar tus pastillas —le recordó, y señaló el frasco. En realidad, aquella rutina de llevarle su café y su dulce a media mañana era para cerciorase que se tomara esas píldoras. Su marido padecía de presión alta, y ella vivía angustiada por su salud. Trabajaba demasiado, y doña Lolita no entendía por qué. No eran gente adinerada, eso no, pero tampoco tenían ninguna necesidad. Las rentas de las propiedades y sus pensiones eran más que suficiente para cubrir los gastos y vivir sin aprietos. Ya era hora de que se jubilara, pensaba. Además, tenía órdenes estrictas de su doctor de evitar disgustos y no obedecía. Ahora mismo, por ejemplo, algo lo había puesto de mal humor. Lo sabía porque cada vez que su marido se enojaba, se le enrojecían las mejillas.

—¿De quién es esa carta? —insistió, con creciente curiosidad.

Don Antonio la dobló, la metió en el sobre y la hizo a un lado.

—Siéntate un momento, Lolita. Tengo algo que decirte —le señaló la silla que tenía enfrente de su escritorio.

—Ay, no Toñito. Ahora sí ya me asustaste. Son malas noticias ¿verdad?

Por instinto asió la medallita de la Virgen del Carmen que llevaba en su cuello y que siempre empuñaba cuando algo la ponía nerviosa. Se sentó.

—No, no son malas noticias. Tranquila. La carta es del padre de las chicas.

—¿Qué? —exclamó atónita—. ¿De quién dices?

—Sí, me oíste bien. La carta es de Pere Roda Artés, su padre.

—¿O sea que está vivo? —Llevaba años dándolo por muerto. Es más, todas las noches pedía por su eterno descanso. Y también por el eterno descanso de la madre de las niñas. Solo su muerte explicaba por qué ninguno de los dos había tratado de comunicarse con ellas, después de tanto tiempo.

—Está vivo, ya lo ves. Esta carta la escribió con su puño y letra, hace tres meses. Si quieres, léela, pero no te será fácil entenderla. Escribe peores garabatos que el doctor Soliz. Te resumo: nos da las gracias por cuidar a sus hijas y nos informa de su intención de venir a México para estar con ellas.

—Ya se tardó —comentó sarcástica—. ¿Y qué dice de la madre?

—No habla de ella, pero eso no me sorprende. Acuérdate que estaban separados desde antes de la guerra.

—Sí, lo sé. ¿Pero por qué hasta ahora está buscando a sus hijas? ¿En dónde ha estado todos estos años?

—Tampoco lo dice. Me imagino tratando de sobrevivir, como tantos.

—¿Sobrevivir? ¿Y sus hijas? Ellas también estaban tratando de sobrevivir en esa escuela infernal. Pudo haberse venido antes, Antonio, como otros tantos. Mira los españoles refugiados que se vinieron en el 39, por ejemplo. ¿Por qué él no?

—No lo sabemos, Lolita. Quizás no podía hacerlo.

—¡Ay, por favor! No lo disculpes. Si hubiera querido estar con sus hijas, hubiera encontrado la manera de venirse antes. Tú lo hubieras hecho. No lo niegues. Y no me parece justo que ahora, diez años después de haberlas metido en el barco, solitas, ahora venga como Juan por su casa a reclamarlas. Son nuestras hijas, Antonio. ¡Nosotros las criamos!

Su enojo acrecentaba conforme iba hablando.

—Lolita... —el tono conciliatorio de su marido fue peor. Sin poder contenerse, rompió a llorar.

Don Antonio se levantó y fue hacia su mujer. Se sentó en la silla que estaba a su lado. Sacó su pañuelo y le secó las mejillas con ternura. Sabía que su mujer reaccionaría de esa manera. Hubiera dado cualquier cosa por evitarle ese disgusto.

—Cariño... tienes que entender que es el padre de las niñas. Tú y yo siempre supimos que cabía la posibilidad de que algún día los padres de esas pequeñitas regresaran por ellas. Era lo que se suponía que iba a suceder, ¿te acuerdas? No obstante, fue un riesgo que decidimos tomar. Ahora debemos alegrarnos por ellas.

Lolita se enjugó las lágrimas.

—Pues no. Yo no puedo alegrarme, Antonio. Me alegra que haya aparecido Mercè, eso sí. Las hermanitas nunca debieron de haberse separado. ¡Pobrecillas! Pero lo de su padre, eso no me alegra nada. Que Dios me perdone, pero no.

—Lolita...

—¡No sabemos nada de él! Y lo poco que sí sabemos no es nada bueno: que es ateo, que odia la iglesia y que la culpa por los males del mundo. Además, es un hombre violento.

—¿Violento?

—Si, no te lo había dicho, pero ¿has visto la cicatriz que Carmen tiene sobre la ceja? —don Antonio no había reparado en ello, pero igual asintió—. Pues esa herida se la hizo su padre con un cuchillo. Me lo contó Carmen. Entonces tú dime, Antonio. ¿Vas a entregar a nuestras hijas a un hombre así?

—Te estás adelantando, Lolita. Primero tiene que llegar a México y por lo que dice en esta carta, no cuenta con el dinero para comprar su boleto.

—Ah, ¿no?

—No. En la carta me está pidiendo un préstamo, pero eso no va a suceder, no te preocupes. A decir verdad, su petición me sorprendió. No habla muy bien de él.

—¿Ya lo ves? Te lo estoy diciendo. Es un hombre raro. Por lo que las niñas me han contado, no me sorprende que su madre lo haya dejado. Seguro tuvo sus razones. Y sigo sin entender por qué esperó diez años para buscar a sus hijas. Debió de haberlas sacado de esa escuela hace mucho tiempo. Si lo hubiera hecho, ese maestro perverso no hubiera podido robarse a Mercè. ¡Ay, Toñito! Esa chica me da tanta pena... Y con esa vida que lleva de modelo, en ese ambiente tan... tan indecente. Me temo que será su perdición.

—Mercè es una mujer adulta y le gusta su profesión. No podemos hacer nada más que rezar por ella para que conozca al señor Jesús como su salvador. Seguro que Él, en su gran misericordia y bondad, tocará su corazón.

—Dios te oiga.

Don Antonio se levantó y regresó a su escritorio. Asió el frasco de medicinas y se tomó sus píldoras con un largo trago de café, que ya estaba frío. Para endulzar el paladar se comió su dulce de arrayán y saboreándolo, agradeció ese pequeño manjar que lo regresaba de golpe a su feliz infancia.

—Después de comer le daremos la noticia a las chicas —decretó, y dando la charla por terminada, regresó a sus papeles.

—¿Tan pronto? —objetó ella—. ¿Por qué no esperamos un poco? Ya ves qué emocionadas están con la verbena del Santuario. Dejemos que pase la fiesta, Antonio, por favor.

Don Antonio se había olvidado por completo de ese compromiso. La verbena del Santuario de la Virgen de Guadalupe era uno de los festejos más importantes de la ciudad. El doce de diciembre celebraban el cumpleaños de la Guadalupana con un novenario rezado en el templo, seguido por una fiesta en el jardín del Santuario. Para la familia Guzmán era tradición participar y ese año en particular no podían faltar. Las tres chicas se habían comprometido a vender estampillas, medallas, escapularios y otros artículos religiosos en el puesto de las Damas de la Caridad. Los fondos se donaban íntegros al orfanatorio de la ciudad.

—Está bien. Pero que no pase de esta noche, Lolita. Las chicas merecen saber que su padre está vivo.

Las calles estaban engalanadas con festones multicolores de papel de china y en las ventanas colgaban miles de farolitos. La noche olía a la pólvora de los cohetes. El canto de *La Guadalupana* se desprendía de la larga hilera de peregrinos que avanzaba con lentitud hacia el Santuario. Iban a venerar a la Emperatriz de las Américas y a cumplir mandas por los milagros que les había concedido, como estar con vida y tener salud y trabajo.

En la fila, la familia Guzmán caminaba emparejando el paso lento y fervoroso de los feligreses: mujeres con niños en sus rebozos, señoras de mantilla ajustada con peinetas de carey, ancianos ensombrerados, y jóvenes con atuendo bohemio de corbata. Había charros y vaqueros tejanos, y chicas luciendo las últimas modas de Las Fábricas de México y de Sears. Casi todos los niños iban disfrazados de Juan Dieguito y las niñas, para no quedarse atrás, de *inditas*. Hasta el más pobre cargaba su ofrenda: velas de color rosa o blanco para *despejar los caminos* o rosas rojas, que recordaban el preciado milagro en la tilma de Juan Diego Cuauhtlatoatzin.

Aquella era la fiesta favorita de Carmen. Le gustaba aún más que las posadas y que la navidad. Hoy iba más feliz que nunca porque esa noche tocaría en la plaza el Mariachi Jalisciense. Se moría de ganas por escucharlos.

—¿A qué horas tenemos que atender el puesto? —preguntó. Quería cerciorarse de que no habría conflicto con el ansiado concierto.

—Nos asignaron el primer turno. O sea, nos toca abrir el puesto tan pronto termine la novena —contestó Palmira.

—¿Y a qué horas acaba el turno? —quiso saber porque eso era lo importante.

—No se pueden ir hasta que lleguen sus relevos que, si no mal recuerdo, serán las señoritas Rendón —terció doña Lolita. Adivinaba el deseo de Carmen de huir de su compromiso en cuanto le fuera posible.

—¿Las Rendón? Ay no, por favor —se quejó Carmen—. Esas son unas impuntuales. ¡Siempre llegan tarde!

—¿En serio? Pues mira que me recuerdan a alguien... —Don Antonio no resistió entrometerse.

Palmira y Amparín soltaron la carcajada, pero a Carmen el comentario no le hizo gracia.

—Es verdad. Lo acepto. Yo siempre llego tarde, pero ellas a veces no llegan nunca.

—Y si eso sucede ustedes tendrán que quedarse a hacer otro turno —zanjó doña Lolita—. Y no pongas esa cara, Carmen, que no te vas a morir. Lo harás como un sacrificio en honor a la Virgen, por su cumpleaños.

—No puedo perderme al mariachi. No puedo.

Palmira vio su oportunidad de hacerles saber a todos su plan.

—No te preocupes, si eso pasa le pediré a Miguel que nos ayude. Quedó de pasar por mí después del turno.

Doña Lolita alzó la ceja.

—Ah, ¿sí? ¿Y a dónde van a ir?

—A ningún lado. Solo queremos disfrutar de la feria juntos. No les había dicho porque no me ha confirmado todavía.

—Pues todo está muy bien, pero de este patio no salen ¿entendido? —ordenó don Antonio—. Y por ningún motivo te subes a su coche.

Miguel por fin se había atrevido a pedirles su consentimiento para cortejar a Palmira. Los Guzmán se lo habían concedido, por supuesto, ya que esa era la voluntad de su hija. Los chicos ya llevaban varios meses de noviazgo formal, y ellos poco a poco se iban encariñando con el muchacho. Era sensato, honesto, y trabajador. Su único defecto, opinaba don Antonio, era su falta de caballerosidad. Esa materia la tenía reprobada, decía. No obstante, era respetuoso con sus semejantes y a luces se notaba que adoraba a Palmira. Eso era lo más importante para él, como también lo era su educación católica. Cualquier hombre que pretendiera hacer feliz a Palmira tendría que aceptar un segundo lugar en su corazón. El primer lugar siempre estaría ocupado por Jesús, aunque ya no hablara de ser monja, su fe era el centro de su vida. Miguel se había presentado el día previo en casa de los Guzmán para recoger a Palmira y llevarla al cine Allende, a la función de la matiné. Llegó manejando su carro nuevo, un Ford Coupe color negro que les había mostrado con mucho orgullo.

—Son buenos coches, los Ford —comentó don Antonio después de felicitarlo—. Justamente por eso nosotros compramos el V8 y nunca hemos tenido ningún problema con ese cochecito. Claro que para manejarlo tenemos a Julián, nuestro chofer —agregó, con tono fraternal—. Es un peligro conducir en esta ciudad, Miguel. Nuestro gobernador, el licenciado González Gallo, no acaba de actualizar la planificación urbana. ¡Por las mismas calles circulan los coches y las vacas! Y no se te ocurra meterte al poniente, por cierto, donde están cimentando día y noche. La colonia Reforma, la avenida Vallaría y la Lafayette son un desastre. El otro peligro son los camioneros. Son unos salvajes. Hay accidentes todos los días y por todos lados van dejando muertos. Por eso, lo siento mucho, pero no puedo permitir que mi hija ande en tu coche, Miguel. Si quieren ir al cine los tendrá que llevar Julián.

—Pero papá Antonio, Miguel es un excelente conductor —alegó Palmira.

—Y eso ¿cómo lo sabes? No te has subido a su coche sin mi consentimiento, ¿o sí? —el tono hostil de la pregunta dio fin a la discusión. Julián los llevó al cine.

La hilera de feligreses siguió avanzando y cuando les llegó su turno, los integrantes de la familia Guzmán se arrodillaron ante el altar mayor de la Virgen de Guadalupe. Se persignaron y al pie del sagrario dejaron sus rosas rojas. Era una montaña de flores cuyo aroma impregnaba todo el templo. Don Antonio, por su parte, depositó discretamente en la canasta de limosnas del acólito su donación. Era una suma fuerte que esperaba ayudara con los gastos de las reparaciones del templo.

Cuando la misa de la novena terminó, la congregación salió a disfrutar de la verbena en el jardín de Analco. La familia Guzmán hizo lo mismo, e inmediatamente se encaminó a buscar el puesto de la tiendita de las Damas de la Caridad. Afuera, los músicos deleitaban a la concurrencia tocando todo tipo de instrumentos. Los puestos adornados con iluminación eléctrica cercaban el patio. A un lado se alzaban las carpas de la vendimia y al otro se ubicaban los juegos de azar: la ruleta, los naipes y las mesas para jugar la lotería. Al fondo del jardín estaban los juegos mecánicos: la rueda de la fortuna, el pulpo, la casa de Mamerto y las sillas voladoras. Hasta atrás, en hilera, se encontraban los puestos más concurridos que eran los de los antojitos: buñuelos, cañas, *quequis*, tacos, perros calientes, elotes de rancho y la carpa de Valentina con su afamado pollo frito. El olor delicioso de la fritanga permeaba el ambiente jubiloso y rimbombante de la fiesta.

—Muero de hambre —se quejó Amparín.

Estaban en el puesto de las Damas de la Caridad, pero nadie lo había decorado. La mesa estaba vacía de mercancía.

—No han llegado —comentó doña Lolita, expresando lo obvio—. Pero seguro no tardan —agregó, porque ya veía la intención de Carmen de librarse del compromiso.

—¡Vaya impuntualidad! —exclamó Carmen, guiñándole un ojo a don Antonio.

El patriarca sonrió.

—Está bien. Vayan a comer algo en lo que llegan las señoras. Nosotros aquí las esperaremos —ofreció bonachón.

—No, yo me quedo —apuró Palmira. Todos comprendieron la razón. Estaba ansiosa por ver a Miguel.

Carmen y Amparín por su parte no lo pensaron dos veces. Felices, se tomaron de la mano y se encaminaron a los puestos de los antojitos, perdiéndose entre la muchedumbre.

—Vamos a por un elote de rancho, Carmen —propuso Amparín, y sin esperar respuesta, la jaló al puesto donde una marchanta se afanaba meneando elotes asados a las brasas. A su lado otra mujer, de mayor edad, soplaba el anafre de carbón avivando el fuego.

—¿Cuál le damos, mi niña? ¿Blanco o amarillo?

Amparín titubeó.

—Madre mía, no lo sé. ¿Cuál es mejor? —le preguntó.

La mujer se alzó de hombros.

—*Pa'saber* cuál sea su gusto, niña. Si le gustan dulces y tiernitos, el amarillo le va a gustar más, pues. Si no, pos el blanco. *'Ora* sí, como *usté* prefiera.

Amparín no se decidía. No era experta en elotes y la marchanta no se la ponía fácil.

—Apúrate que estás haciendo esperar a la gente —urgió Carmen.

La cola se alargaba, y conocía a su amiga. Era lenta en tomar decisiones, cualquiera que fuera. ¿Qué más daba cuál elote? ¡Todos eran sabrosos!

—No se preocupen, tómense su tiempo, señoritas. Nosotros no tenemos prisa —dijo una voz varonil a su espalda.

Carmen giró para darle las gracias al paciente caballero y al hacerlo se topó con un par de ojos tapatíos, enormes. Eran los ojos más negros, rasgados y hermosos que había visto jamás. El dueño de esa mirada intensa era un joven alto y bien parecido. La repasaba de arriba abajo con una sonrisa seductora.

—Soy Pablo Fernández —dijo, alargándole la mano—, y este aquí es Palillo.

Amparín se dio la media vuelta.

—¿Palillo? ¿El rey de las carpas? —Tendría que estar bromeando, pensó.

El tal Palillo rápidamente tomó la palabra.

—Por favor, no le haga caso a este adefesio —dijo—. Se pone tonto cada vez que habla con chicas guapas, como ustedes. Permítanme presentarme. Yo soy Alfonso Román Álvarez, a sus órdenes. Pero de apodo me dicen Palillo. Como el cómico.

Aunque ese chico no era tan guapo como su amigo, había algo en él que a Amparín le pareció irresistible. Por su parte, Carmen seguía sin hablar. Se le había trabado la lengua.

—Encantada. Yo soy Amparín y ella es Carmen. Y perdón que se lo diga, pero sí que se parece usted a Palillo, ¿eh? —agregó.

—¡Amparín! —exclamó Carmen, recuperando la voz. Estaba avergonzada. Aunque efectivamente el chico se parecía mucho al famoso cómico tan horroroso, eso no le daba permiso a Amparín para decírselo.

Pablo soltó la carcajada.

—¿Verdad que es igualito? Y ya verán ahora que lo conozcan. Es otro merolico con mucha labia.

—Ya cállate, Pablo, que estas señoritas te van a creer todas tus sandeces —rebatió Alfonso—. A ver chicas, es verdad que poseo un excelente sentido del humor como el cómico, pero sepan que a mí no me gusta la política. Es más, la detesto. A mi háblenme de las corridas de toros, de las luchas o del futbol. De cualquier cosa menos de la política. Y ya sabemos que ese es el tema favorito de Palillo. Así es que no. No nos parecemos.

La marchanta de los elotes comenzaba a impacientarse.

—*'Tons*, señorita, ¿lo quiere blanco o amarillo?

—Pídalo blanco, hágame caso —sugirió Alfonso—. Es más sabroso.

Las chicas siguieron su consejo, pidieron sus elotes blancos y comenzaron a alejarse.

—Pero no se vayan tan rápido, chicas —se quejó Pablo—¿Por qué no vamos a jugar a los naipes?

—No podemos —contestó Amparín—. Tenemos que atender un puesto.

—Ah, pues en ese caso las ayudamos. Palillo es un gran vendedor —insistió Pablo.

Ninguna de las dos supo cómo negarse. Además, les agradaba la compañía de aquellos jóvenes. Caminaron juntos comiendo sus elotes.

En el puesto solo encontraron a Palmira y a Miguel. Los Guzmán habían recibido la mercancía, pero ahora estaban disfrutando de la feria. La mesa estaba decorada, ahora sí, y sobre el mantel estaban las hileras de estampitas, escapularios y dijes con las imágenes de variados santos y vírgenes.

Vendieron poco, pero eso no impidió que los jóvenes se divirtieran. El tiempo se les fue volando entre charlas y risas hasta que las señoritas Rendón llegaron a suplirlos. Llegaron tarde, para variar, pero nadie se los reprochó. Bajo la carpa de aquella pequeña tiendita, ellos habían armado su propia verbena.

—Vengan rápido que ya casi comienza el mariachi —los apremió Carmen.

Corrieron al escenario y ahí, a empujones, se abrieron paso hasta el frente para verlos. Era el mariachi Vargas de Tecalitlán que comenzaba el concierto con una de las canciones favoritas de Carmen: *El son de la negra*. La música inmediatamente se apoderó de sus sentidos y la trasladó a ese cielo de notas de guitarra, trompeta, arpa, guitarrón, vihuela y violines. Arrobada, no despegaba los ojos de los charros. Pablo, por su parte, no podía dejar de mirar a esa españolita de ojos pardos, labios llenos y risa contagiosa.

Llegaron a casa ya entrada la noche, pero, aun así, don Antonio congregó a la familia en su despacho.

—Tenemos algo que decirles, hijas —dijo.

—¿No puede esperar hasta mañana? Estoy hecha papilla —se quejó Carmen.

—Yo igual —secundó Palmira—. Se me cierran los ojos de sueño.

—No, me temo que no puede esperar. Pasen, por favor —insistió, dándoles el paso a su oficina.

Las chicas entraron y prontamente se desplomaron en el sofá. Carmen se quitó las zapatillas y se sobó los pies llenos de ampollas.

Don Antonio asió la carta que seguía en el escritorio, encima de una pila de expedientes.

—Esta mañana recibí esta carta —dijo.

Sus palabras inmediatamente despabilaron a las chicas. Se enderezaron en el sofá y lo miraron expectantes. Por su parte, Amparín, con solo ver esa carta, se sintió arrojada a otro tiempo, cuando era niña y jugaba en el patio pavimentado de una escuela nefasta. Le pareció escuchar, a lo lejos, el silbido de don Renato que ahí venía, pedaleando furioso su bicicleta, con el bolsón desbordando de cartas de España. Volvió a ver su mano morena y envejecida entregándole otro sobre. Jamás olvidaría los ojos llenos de lástima del cartero.

Sin pensarlo, brincó del sofá y le arrebató la carta a don Antonio.

—No la lea, por favor —suplicó.

Don Antonio no tuvo tiempo de reaccionar. Carmen se armó de valor.

—¿Han muerto? —preguntó, con un hilo de voz.

Don Antonio entendió de golpe el comportamiento de las chicas.

—No, hija —dijo con cariño—. Tu padre está vivo. Es más, la carta es de él. Quiere venir a México.

Amparín titubeó un segundo más y después volvió a sentarse en el sofá. Con mano temblorosa, le alargó la carta a Carmen quien inmediatamente la extrajo del sobre. La olió. Olía a humedad. Palmira se empinó para verla de cerca.

—Sí. Es la letra de papá. ¡La reconozco! —exclamó emocionada.

Carmen comenzó a leerla en voz alta, descifrando la mala letra hasta el final.

—No dice nada sobre mamá —comentó Palmira, extrañada. Su comentario iba cargado de ansiedad.

—Bueno, eso no quiere decir nada, hija —la tranquilizó doña Lolita—. Lo más seguro es que tu madre se haya escapado a Francia, como tantos. Seguramente tus padres se perdieron de vista con el caos que fue esa guerra.

Pero su explicación no convenció a Palmira. La angustia seguía reflejada en su rostro.

—Dice que no tiene dinero para comprar el billete a México —indicó Amparín—. Papá Antonio ¿le va a dar el préstamo que está pidiendo?

—No. Me temo que eso no será posible —negó el hombre

con firmeza—. Ahora mismo no estamos en posibilidad de darle dinero a nadie.

Las jóvenes se miraron entre sí. Los Guzmán eran personas bondadosas, y les pareció extraño que en esta ocasión se negaran a ayudar a su padre. Bien sabían lo importante que era para ellas volver a verlo. Era una bendición que estuviera vivo, y que las hubiera encontrado. Por fin.

—Pues en ese caso, nosotras tendremos que ayudarlo —resolvió Palmira—. Vengan, chicas, juntemos nuestro dinero.

Corrieron a sus recámaras a buscar las alcancías que tenían desde niñas. Las rompieron contra el piso y contaron cada billete y cada centavo. No era mucho.

—Tendremos que trabajar más —dijo Palmira.

—Y podemos vender nuestras cosas —sugirió Carmen—. El collar que me regalaron de mis quince años, por ejemplo, casi no lo uso. Seguro que vale mucho.

—También tenemos que avisarle a Mercè —apuntó Palmira—. Quizás ella pueda agregar algo.

Volvieron a contar los billetes y la morralla. En eso estaban, cuando la puerta se abrió y doña Lolita se deslizo en la recámara. Se sentó en la cama con ellas y les extendió un fajo de dinero. Ellas la miraron muy asombradas.

—Es un dinerito que tenía guardado —explicó—. Ojalá que con esto se completen.

Tenía los ojos húmedos y al hablar le temblaba la barbilla. Con una mano agarraba la medallita de la Virgen del Carmen que colgaba de su cuello.

Las chicas, conmovidas, la rodearon con sus brazos.

En la estación de tren las tres hermanitas Roda vieron a su padre descender del furgón. Los Guzmán y Amparín aguardaban a prudente distancia, dándoles espacio. Las jóvenes tardaron en reconocer a su progenitor. Ya no era el hombre altivo, fuerte y prepotente que recordaban. Hacia ellas se acercaba un hombre mayor, encorvado, que vestía el mismo abrigo y la misma boina que había vestido diez años atrás, el día que se despidió de ellas en el hotel Regina.

Carmen fue la primera en correr a su encuentro. Lo abrazó y sintió que abrazaba un esqueleto. Había perdido mucho peso. Su abrigo olía a casa.

Mercè y Palmira se acercaron y Pere las fue abrazando, una por una. Todos lloraban.

—*Petitas*, qué grandes estáis. Y qué guapas, *redéu*. Tú, Carmen, eres el retrato de vuestra madre. Es como si la estuviera viendo.

—¿Qué sabes de ella, papá? —preguntó ella, con impaciencia—. ¿Dónde está mamá? Dinos que está bien, por favor.

En ese instante el semblante de Pere cambió. La dicha que un momento antes había mostrado desapareció. Las jóvenes lo vieron envejecer frente a ellas.

—Vuestra madre ha muerto, hijas —dijo con la voz quebrada—. Lo siento mucho.

—No. No me lo creo —musitó Carmen, trémula.

—Es la verdad, hija. Vuestra madre murió en un bombardeo. Yo mismo vi sus sesos derramados. Lo siento mucho.

Las hermanas se abrazaron y lloraron inconsolablemente. Doña Lolita y Amparín, que habían escuchado todo, también lloraban. Solo don Antonio permanecía con los ojos secos. La escena que acababa de presenciar no lo había convencido. Algo lo hacía dudar de la integridad de aquel caballero.

El milagro

Barcelona, España, 1948

Montserrat era exactamente como Celia había imaginado que su hija sería de adulta: dulce, prudente y hacendosa. Era muy bella, además, y por donde quiera que fueran los hombres se giraban a admirarla, cosa que ella apenas notaba. Llevaban casi un año viviendo y trabajando juntas y la relación entre madre e hija se daba con sorprendente naturalidad. Era como si nunca se hubieran separado. Montserrat se había adaptado a la rutina de su madre sin dificultad. Por las mañanas, mientras Celia preparaba el desayuno y algo para comer al mediodía, ella recogía el cuarto, sacaba la basura, y bajaba la ropa del tendedero. Después de ordenar la cocina, se ponían los abrigos, las bolsas, y cerraban el cuarto con llave. En la puerta trasera se encontraban con Antonia que casi siempre ya estaba ahí, esperándolas, lanzando círculos temblorosos al aire con el humo de su cigarrillo. Y así, antes de que saliera el sol, las tres mujeres se iban caminando por el callejón empedrado a trabajar.

Esa mañana iban más contentas que de costumbre. Era día del pago de salarios, lo cual quería decir que en cuanto acabaran el turno y cobraran, irían a merendar chocolate desecho con melindros a la Granja Viadé, el lugar favorito de Montserrat. Por su parte, Celia solo agradecía estar ahí, disfrutando del despertar de un nuevo día al lado de su hija. Miró el reloj. Tenían tiempo de sobra para comprar flores. Asió la mano de Montserrat y se dejó envolver por la magia de aquel paseo mañanero de palacios, teatros, kioscos, tiendas y mercados. Qué diferente se veía ahora esa avenida a lo que había sido al comienzo de la guerra, pensó estremeciéndose. Hacía poco era un campo de batalla, las calles llenas de banderas rojas y negras, la música revolucionaria sonando todo el día por los altavoces, los radios emitiendo discursos de líderes del movimiento obrero y republicano, coches subiendo y bajando con carteles de las organizaciones políticas. El Teatro Principal había sido el centro de reclutamiento de las milicias que se preparaban para ir al frente. El Hotel Falcon era la prisión de la República para extranjeros de la CNT y el POUM. El Palau de la Virreina había hospedado al Comité Ejecutivo de la organización trotskista, para hacer su última reunión antes de ser ilegalizada y sus dirigentes perseguidos y encarcelados. Los bombardeos. Los terribles bombardeos. Hoy, vestigios de aquellos enfrentamientos armados se podían ver todavía aquí y allá: balas incrustadas en las paredes y daños a monumentos y edificios.

Ahora mismo, la primera hora de la mañana en La Rambla estaba tranquila. Los quioscos, los comercios y los puestos de flores apenas iban abriendo sus puertas y preparando sus productos para los clientes que ya comenzaban a discurrir por su cauce en medio de los silenciosos plataneros flanqueados por edificios antiguos y farolas. Al final de la calle, entre la arbolada, se divisaba la estatua de Colón señalando... ¿hacia dónde?, se preguntó. Pero eso no consternaba a nadie, y menos a las palomas y gaviotas que, interrumpiendo su vuelo, aterrizaban en el empedrado, justo enfrente de ellas.

—¿Vais a comprar flores? —preguntó Antonia.

—Sí, como siempre —contestó Celia—. ¿Quieres que te compre unos claveles?

—No, gracias. Esta vez no me llega, chicas. Os veo en la tienda ¿eh? Y a vender mucho, majas, aunque ya sabemos que Montserrat es la reina de las ventas.

Quizás la virtud que más orgullecía a Celia de Montserrat era su intuición. Su hija era capaz de percibir los humores de sus semejantes y navegar sus diversos temperamentos con gran agilidad. Por eso era una de las mejores vendedoras en la tienda. «Tu hija *tiene ángel*», solía decir la jefa, «tiene un *je ne sais quoi*». Y era cierto. Su modo franco y agradable cautivaba al cliente más reacio. Algunos de ellos no le compraban a nadie más que a ella. Le tenían confianza porque era honesta, decían. Celia agradecía la educación que las monjas le habían impartido a su hija. Y la culpa por haberla abandonado poco a poco se iba acallando en su conciencia. Dentro de todo, había hecho bien internándola en La Maternidad.

Se acercaron al puesto de Agnés, la mujer a la que siempre le compraban.

—*Bon dia, dones belles ¿que voleu ayui?*

—Buenos días, Agnés. Dame un ramo con las más frescas, por favor.

La florista buscó entre su fragante mercancía y eligió un ramo de rosas y margaritas.

—*Aquestes són les més fresques* —declaró, alargando el ramo.

La tradición era que el día de pago Celia compraba flores para llevarlas a la capilla de la Virgen de Montserrat, en la Iglesia de Nuestra Señora de Belén. Era su manera de darle las gracias a la Madre de Dios por el regreso de su hija más pequeña a su vida. Antes de ir a trabajar, iba con Montserrat a comprar un ramo de flores y de ahí se encaminaban a entregar la ofrenda a ese hermoso templo barroco, situado en la conjunción de La Rambla y la calle del Carmen. La iglesia era de una sola nave con diez capillas y una de esas capillas estaba dedicada a la Virgen de Montserrat. Desde su construcción, el templo había sufrido dos incendios, el último durante la Guerra Civil. A causa de ese incendio, el templo había perdido gran parte de la esplendorosa decoración barroca del interior. Poco a poco iban rehabilitándolo, sin lograr el esplendor anterior, pensaba Celia con tristeza. Pero la capilla de la Virgen de Montserrat, a donde se dirigían, ya estaba terminada. Ahora, una vez más, podían pagarle tributo a la Virgen y darle las gracias, como era su costumbre.

—Vamos, hija —le dijo.

Montserrat entrelazó su brazo con el de su madre y juntas caminaron hacia la puerta saliente del templo, en el lado de la montaña. Adentro, se dirigieron directo a la capilla de Nuestra Señora de Montserrat. Depositaron el ramo de flores en un jarrón, y se arrodillaron frente a la imagen de la virgen morena. La efigie de la virgen representaba a la Madre de Dios sentada, cargando en sus rodillas al niño Jesús. En una mano sostenía una esfera que simbolizaba el universo.

Celia se persignó y rezó con fervor.

—Gracias Virgencita por traer de vuelta a Montserrat y por haberla cuidado el tiempo que no pude hacerlo yo. Y te ruego, Virgencita, por lo que más quieras, que me ayudes a encontrar a mis otras hijas. Mi Mercè, mi Palmira, mi Carmen… mis niñas hermosas. Tú que eres madre sabes el dolor que siento al no saber qué ha sido de ellas. Por favor, Madre mía, ¡permíteme volver a abrazarlas! Te lo suplico. ¡Concédeme ese milagro!

Celia pensó haber percibido una sonrisa en los labios delgados de la madona. Se talló los ojos con la manga de su abrigo, y miró de nuevo, pero ya no encontró evidencia de la sonrisa divina.

Montserrat reclinó su cabeza en el hombro de su madre.

—Las vamos a encontrar, mamá. Ya verás —le dijo.

Celia besó la frente de su hija y se incorporó.

—Así será.

Las mujeres salieron del templo y apretando el paso se dirigieron al trabajo. La avenida estaba más llena de gente. Se sentía el pulso de la vida y la alegría común en anticipación al fin de semana.

Al pasar por el puesto de los periódicos, algo atrajo la atención de Celia. Se detuvo de golpe.

—Mamá, ¿qué pasa? —preguntó

Algo raro le sucedía a su madre. Tenía el rostro desencajado y los ojos muy abiertos. Se acercaba al puesto lentamente, como hipnotizada, sin dejar de mirar algo, pero ¿qué? Montserrat siguió el hilo de su mirada. No era nada importante. Solo una revista.

—Mamá —repitió—. Vamos a llegar tarde.

Pero su madre no hacía caso.

El marchante del puesto se percató de la posible venta e inmediatamente descolgó la revista del exhibidor.

—¿Quiere la revista, señora? —se la alargó—. Es suya por quince céntimos.

Celia la tomó en sus manos, la miró y, de golpe, se desmayó.

—¡Mamá!

Montserrat se abalanzó al suelo a tratar de reanimarla.

—¡Auxilio! ¡Ayuda, por favor!

El dueño del puesto corrió a su lado, alzó a Celia del suelo y cargándola la llevó a un banco.

—¡Señora! Despierte usted, señora. ¡Vamos! ¡Vamos! —le decía y luego, dirigiéndose a Montserrat agregó—. Ahí, en esa bolsa, tengo agua —señaló—. Tráela.

Otras personas acudieron a ayudar. Montserrat regresó con el agua y alguien alargó un pañuelo que humedecieron y aplicaron en la frente de Celia. Poco a poco volvió en sí.

—La revista —gimió —. Dame la revista, hija.

Montserrat fue por ella, la recogió de donde estaba tirada y se la entregó. Su madre, ya sentada en el banco, le mostró la portada. En ella una mujer muy hermosa posaba al lado del afamado cómico mexicano, Cantinflas.

—¡Es Mercè! —dijo, señalándola.

Montserrat tomó la revista y leyó en voz alta el nombre completo en el rótulo de la fotografía: Mario Fortino Alfonso Moreno Reyes, Cantinflas, al lado de la hermosa señorita Mercè Roda García.

Su hermana.

La mentira

Guadalajara, México, 1949

Pere Roda Artés se tomó un último trago de su café, se puso la boina y salió del departamento en donde vivía con sus hijas, Palmira y Carmen. Bajó las escaleras, apurado, y emergió a la calle a abrir el negocio situado en la planta baja del mismo inmueble. Llevaba un año viviendo en México y seis meses desde que sus hijas se mudaran a vivir con él. El negocio era un taller de impresión manual como el que había pertenecido a su familia por generaciones, en Barcelona. A esta nueva imprenta, Pere la había registrado ante las autoridades mexicanas con el nombre de La Barcelonesa en honor a su ciudad natal. Su ubicación, en la Calle Degollado, le prestaba visibilidad y presencia en el distrito comercial más importante de Guadalajara. Además, el que pudiera vivir con sus hijas en la planta alta del mismo local, les hacía la vida mucho más fácil. Palmira y Carmen trabajaban arduamente en el negocio. Palmira llevaba las finanzas y Carmen manejaba las ventas, mientras que él se abocaba a la producción. Gracias a los esfuerzos de sus hijas, tenía que reconocer, la lista de clientes y pedidos crecía cada día más, superando sus expectativas. Las chicas se habían tomado el éxito de la imprenta como un reto personal, cosa que lo sorprendía y que agradecía. Su decisión de trasladarse al país de los aztecas había sido acertada. Lo único que lamentaba era no haberlo hecho antes.

Eran las siete de la mañana y hoy tenían un pedido importante que atender. En esta ocasión tendría que despacharlo él solo, pues sus hijas se habían marchado con la familia Guzmán a la ciudad de México, a visitar a su hermana Mercè. A Pere le hubiera gustado acompañarlas pues desgraciadamente no había tenido muchas oportunidades de convivir con su hija mayor. La profesión de Mercè como modelo y actriz la mantenía ocupada, viajando por toda la república. Él, por su parte, desde que había llegado a México, estaba dedicado a rehacer su vida. Ahora mismo su prioridad era la imprenta y generar ingresos para poder mantener a sus hijas. No podían seguir abusando de la generosidad de la familia Guzmán. Ya bastante los habían ayudado. De hecho, gracias a ellos, Pere había logrado conseguir préstamos con tasas de interés accesibles para abrir el negocio. La línea de crédito, avalada por los Guzmán, le había permitido comprar el equipo usado de una imprenta cuyo dueño había fallecido recientemente. Los herederos del impresor tenían prisa de deshacerse de todo ese aparatejo y vender el local al mejor postor. Pere no podía creer su suerte. Al final, les había comprado dos máquinas Minervas de Madrid, varios chibaletes con tipografía de plomo y de madera, una CoreX alemana, y otra máquina plana, Fag-Standard de origen suizo, por mucho menos de su valor real. A Pere le pareció que las estrellas por fin se alineaban en su favor. Poco a poco iba recuperando lo perdido: sus hijas, su imprenta, y ahora, el amor. Cleotilde. La enfermera mexicanita que había robado su corazón. Hoy tenía cita con ella.

Sacó la llave y abrió el portón de acero plegable que daba a la calle. Entró al taller. El aroma a madera, tinta, disolvente y cartón inmediatamente lo asaltó y lo trasladó de golpe a su infancia. Había crecido con ese olor. De pequeño, su padre solía llevarlo al taller y ahí, bajo su tutela, había aprendido los menesteres del oficio.

—La imprenta es la más noble labor —solía decirle su progenitor—. Difunde la cultura y el saber, y termina con el analfabetismo. Ningún otro oficio beneficia tanto a la humanidad.

Hoy comprendía cuánta razón había tenido su padre. Lamentó su ausencia. ¡Qué orgulloso estaría de él y de La Barcelonesa!

Encendió la luz, colgó la boina en el perchero y a la vez descolgó su mandil manchado de tinta. Se lo puso. Aquella tela protectora era su segunda piel. Su identidad. Al amarrárselo sintió que volvía a nacer. La guerra había quedado atrás, muy atrás. El hombre joven que había sido, ese esposo celoso, padre irascible, hijo desagradecido, ferviente defensor de su patria... ese no era más. Había muerto, quizás no en las trincheras, pero muerto al fin.

Puso en marcha las máquinas y comenzó a trabajar de prisa, elaborando los folletos que el cliente recogería en un par de horas. En eso estaba, cuando la campanilla sonó, indicando que alguien estaba en el mostrador. Miró el reloj. No era la hora de la entrega todavía. Detuvo la máquina y fue a atender la llamada, esperanzado en que fuera un nuevo cliente. Al otro lado del mostrador estaba un joven alto, bien vestido que al verlo sonrió ampliamente, como si lo conociera de toda la vida.

—Buenos días —lo saludó Pere—. ¿En qué puedo ayudarte?

—Buenos días, señor. Perdón por la molestia, pero ¿no trabaja aquí la señorita Carmen Roda?

—Sí, aquí trabaja —contestó con recelo. El chico no tenía pinta de ser un cliente serio—. ¿Qué quiere usted?

El tono hosco y brusco del dueño del negocio tomó por sorpresa al joven.

—Permítame presentarme —dijo, y le extendió la mano—. Mi nombre es Pablo Fernández. Soy amigo de Carmen. Carmen es su hija ¿verdad?

Pere estrechó de mala gana la mano del muchacho.

—Sí. Soy su padre. Carmen no está. Y yo ahora mismo estoy muy ocupado. Así que si no necesita nada más…

—No, disculpe. Solo quería saludarla. Alguien dijo que trabajaba aquí y pues... Eso. Vine a averiguarlo. No fue fácil encontrarla —agregó, sonriendo con timidez.

—Pues, como he dicho. Carmen no está.

—¿Le puedo preguntar cuándo regresa?

—No lo sé. En unos días, supongo. Ahora, con permiso, joven, tengo mucho que hacer.

Sin más, se dio la media vuelta y regresó a lo suyo, apenas percatándose de la voz a su espalda.

—Muchas gracias, señor. Volveré la semana que entra.

Pere ignoró la despedida. Ese era el problema de tener hijas guapas, pensó. Los hombres eran una amenaza constante. Tanto los jóvenes despabilados, como ese tal Pablo, como los viejos, las perseguían como abejas a la miel. Los viejos eran los peores. Estaba hasta las narices de ellos. Por lo mismo, en un principio no había querido poner a Carmen en las ventas. No faltaban hombres perversos que buscaban la oportunidad de aprovecharse de ella. Por fortuna, hasta ahora, Carmen había demostrado que sabía muy bien cómo pintarles la raya. Era una chica fuerte, como su madre. Igualita tanto en lo físico como en el carácter. Y eso era lo único que a Pere no le agradaba de esa hija suya. Cada vez que la veía era como si volviera a ver a Celia.

Encendió la impresora, una vez más, y retomó el trabajo, ajustando la medida del folleto para la máquina cortadora. Le quedaba media hora para terminar y entregar el pedido. En eso estaba, concentrado, cuando volvió a sonar la campana del mostrador.

—¡Me cago en Dios! —exclamó, furioso.

Esta vez no apagó los aparatos. Se levantó y fue a atender al impertinente, porque estaba seguro de que era el joven, otra vez dando lata. Y ahora sí lo mandaría a freír espárragos.

Para su sorpresa, al otro lado del mostrador estaba don Antonio Guzmán.

—¡Don Antonio! ¿Ya regresaron? No los esperaba tan pronto.

—Buenos días, señor Roda —dijo él, cortante.

A Pere le extrañó la frialdad del saludo. Algo en la actitud de don Antonio no cuadraba. Por lo general era un hombre cálido, pero ahora se le notaba diferente. Quizás hasta enfadado.

—¿Ha pasado algo? —quiso saber. Miró sobre el hombro del caballero buscando a sus hijas, pero estaba claro que venía solo—. ¿Y las chicas?

—Sus hijas están bien, no se preocupe —le aseguró—. Sin embargo, me temo que se ha presentado una situación que requiere de su atención inmediata. Vengo por usted. Le suplico que me acompañe a casa.

—¿Ahora mismo?

—Sí, señor. Ahora mismo.

—Es que no puedo. Tengo que despachar una orden que... —No alcanzó a terminar la frase. Don Antonio alzó la mano para callarlo.

—Ahora mismo, caballero —repitió hostil.

Aquello no era una solicitud, sino una orden. Don Antonio jamás había usado ese tono autoritario con él. Tampoco le decía caballero. Nunca. Que ahora lo hiciera le daba muy mal sabor de boca. Algo estaba sucediendo. Algo grave.

—Deme un minuto —balbuceó, sin entender nada.

Regresó al taller, apagó las máquinas y se quitó el mandil que colgó en el perchero. Asió su boina, apagó las luces, y cerró las puertas del negocio con candado. Don Antonio ya estaba adentro de su coche, esperándolo. Estaba sentado en la parte delantera. Julián, el chofer, le abrió la puerta y lo invitó a pasar a la parte trasera del vehículo.

Pere se acomodó e inmediatamente registró su queja.

—Ese pedido no puede esperar, don Antonio, así es que

cualquiera que sea la emergencia espero que se resuelva cuanto antes.

Don Antonio tardó un minuto en responder.

—Me temo que este asunto no se resolverá fácilmente, caballero.

Lo volvía a llamar caballero, por lo que Pere no se atrevió a hablar el resto del camino. Llegaron muy pronto a la casa de los Guzmán pues quedaba solo a unas cuadras de la imprenta.

Petra les abrió la puerta y los hombres se dirigieron al despacho de don Antonio. Adentro, los estaban esperando las tres hermanas Roda, doña Lolita y Amparín. En cuanto entró, Pere comprendió que algo no estaba bien. Nadie demostró alegría al verlo, al contrario. Los rostros de los presentes mostraban desprecio hacia su persona. El odio colectivo podía cortarse con un cuchillo. ¿Qué estaba pasando? Se preguntó, ansioso. ¿Qué había hecho para merecer tal recibimiento? Desconcertado, se encaminó hacia su hija Mercè para besarla, pues llevaba meses sin verla. Ella inmediatamente se retrajo.

—No me toques —zanjó con voz gélida. Lo miraba con asco.

Él giró a mirar a sus otras hijas, buscando simpatía. Pero Palmira y Carmen se refugiaron en los brazos de doña Lolita quien, con una mirada huraña, le prohibió que se les acercara. Pere no supo qué hacer. Sus hijas estaban al borde del llanto.

—Pero ¿qué está pasando? —exigió, ahora sí alarmado—. ¿Quién se ha muerto?

Don Antonio tomó la palabra.

—Nadie. Nadie se murió. Y ese precisamente es el problema, caballero.

Al decirlo señaló la entrada del despacho en donde estaba parada Celia.

Pere se giró para verla. Por un instante pensó que estaba

viendo un fantasma. Era ella. Sí. Celia. Pero ¿qué estaba haciendo ahí? Y ¿cómo los había encontrado? No. ¡No era posible! Esa mujer estaba muerta. ¡Muerta! No tenía derecho de resucitar y estar ahí en su nueva vida. ¿Qué quería? Un remolino de sentimientos se apoderó de él: incredulidad, desprecio, odio, desmayo. ¡Maldita mujer!

Celia se encaminó hacia él con paso certero sin quitarle los ojos de encima. Se le paró enfrente, alzó la mano y le dio una bofetada con todas sus fuerzas. Pere ni siquiera parpadeó.

—¡Me engañaste! —exclamó con odio—. ¡Nos mentiste a todos! Eres un ser despreciable.

—¡Tuve que hacerlo! —se defendió él—. ¿No te das cuenta? Gracias a mí están vivas. ¡Míralas! Mira a tus hijas. Tú te hubieras negado a subirlas a ese barco. ¡Admítelo! Si por ti fuera, estarían muertas. Deberías darme las gracias.

—Les dijiste que yo había muerto. Les dijiste que habías visto mis sesos derramados por el suelo. ¿Sabes cuánto sufrimiento nos has causado a todas? Eres un monstruo. ¡Mentiroso! ¡Embustero!

—Tuve que hacerlo. ¡Tuve que hacerlo, joder!

Pere miró a sus hijas, suplicante, buscando comprensión. Pero ellas, todavía refugiadas en los brazos de doña Lolita, le evitaban la mirada.

Don Antonio se acercó a Celia, le ofreció su pañuelo, y delicadamente la alejó de Pere.

—Será mejor que se marche, caballero —le dijo.

Pere comprendió que ahí no tenía más que hacer. Se dispuso a marcharse. El peso de la vergüenza y la humillación encorvaban su figura.

—Os pido perdón —dijo, poniéndose la boina—. Por favor, os pido que no me juzguéis muy duro—. Miró fijamente a sus hijas y añadió —: Os quiero, *bonicas*. Os quiero mucho. Aunque no lo parezca, siempre os he querido.

Se encaminó a la puerta cabizbajo y don Antonio lo acompañó. En el umbral de la casa lo detuvo y le alargó un sobre.

—He pagado la línea de crédito de su imprenta. Las chicas regresarán a vivir con nosotros y Julián pasará a recoger sus cosas a la brevedad. Solo le pido que no vuelva a poner un pie en esta casa. No las busque, por favor. Bastante daño les ha hecho. Si de verdad las quiere, déjelas en paz.

Pere tomó el papel y sin alzar la mirada, balbuceó.

—Perdóneme, don Antonio.

—A mí no me pida perdón, caballero. Pídale perdón a Dios.

En la estación de tren los señores Guzmán, Palmira, Carmen y Amparín, se despidieron de Mercè, Montserrat y Celia. Después de muchas charlas, habían decidido que lo mejor era que Celia y Montserrat se fueran a vivir a la ciudad de México con Mercè. El departamento de Mercè contaba con suficiente espacio para todas, y las oportunidades de estudio y trabajo serían mejores en la capital. Sobre todo, lo sano era poner distancia entre ellas y Pere. No querían volverlo a ver, en ninguna circunstancia. Por su parte, Palmira y Carmen no deseaban apartarse de su verdadero hogar. Y aunque ninguna de las dos lo dijera, sus corazones ya pertenecían a dos chicos tapatíos.

A prudente distancia Julián, el chofer, aguardaba sosteniendo una caja grande en brazos, envuelta como regalo. Carmen le hizo una seña, y solo entonces el hombre se acercó y se la entregó a Mercè.

—Es algo que hemos guardado para ti todos estos años —dijo Carmen—. Venga ¡ábrelo!

Mercè rasgó el papel. Era su maletita azul de cartón, pequeña y ligera. El rótulo de tela que colgaba del asa plateada estaba desgastado, pero todavía dejaba ver su nombre: Mercè Roda.

—Ha sido lo único que teníamos de ti —agregó Carmen, con los ojos húmedos —. Pero sabíamos que nos buscarías.

Y ahora aquí estas. Aquí estamos todas.

Prometieron verse muy pronto, para la Navidad. Mientras tanto se escribirían, y se hablarían por teléfono, cuando menos una vez al mes. Nunca más se perderían de vista.

Justo antes de partir Celia abrió su bolso y sacó unos dulces que repartió entre todas. Eran igualitos a los que años atrás había aventado al balcón de su casa en Barcelona.

—¡Qué bonitos son! —dijo Carmen—. Parecen chispitas de arcoíris.

Abrazó a su madre y aspiró profundo el olor de su cabello. Era el olor más preciado.

Solo queda dar gracias

A mi hermana Pilar, la que ha velado todas y cada una de mis palabras desde que comencé a escribir. Gracias por sostenerme en las subidas y bajadas de este camino escabroso de la publicación. Sin tus amorosos aplausos me hubiera rendido hace mucho tiempo.

A mi hermana Tere quien, con la paciencia que solo poseen los buenos maestros, me ayudó a corregir y a mejorar el texto, dándome ánimo para no soltarlo hasta que quedara como debe ser.

A mi hermano Talí y a mi cuñada Paulina por prestarme su hogar, cálido y cómodo, para que pudiera ponerle el punto final sin interrupciones. Sobre todo, gracias por su amor.

A mi querida editora en Planeta, Carmina Rufrancos, quien creyó en mí desde mi primera novela. Desde entonces ha sido mi hada madrina, llevándome de la mano por el laberinto que es el mundo editorial.

A mi querido editor, David Alejandro Martínez Rodríguez, por ayudarme a mejorar el manuscrito para que mis lectores acojan con aprecio y cariño la historia.

A mi querida agente literaria, Lluvia Agustín, por defender mis obras y encontrarles el mejor hogar.

A mi querida editora en Barcelona, Eva Moure, cuya investigación y aportación sobre el escenario y sobre los personajes españoles me permitió escribir sobre el país de mi madre.

A mi querida editora, Carlota Gedovius por su detallada y acertada evaluación del texto. Todas mis obras han de pasar su valioso dictamen antes de hacer la propuesta editorial.

A mi publicista, Cinthya Granados, por cuidar de mis lectores mientras escribo. Además, gracias por todos los consejos que nada tienen que ver con las redes sociales y mucho tienen que ver con la amistad.

A mi querida prima, Cristina San Martin. Esta novela es para ti, primita, y para todas las madres y padres que han perdido hijos. Nos queda otra novela pendiente.

A mi querida amiga, Cristina Castillo, quien estuvo dispuesta a compartir su duelo con mis lectores. Gracias por esa primera reseña que me afirmó y que empujó mi pluma para llegar al punto final.

A mi querida Teresa Luengo Cid, amiga, escritora y bibliotecaria que siempre me ha apoyado, por haberme presentado con su hermano Fray Martin Luengo Cid, sacerdote con los Agustinos Recoletos. Por supuesto gracias a él, a Fray Martín, por ayudarme a seleccionar y citar con precisión los pasajes bíblicos.

A mi querido sobrino y apreciado pastor, Neftalí Victoria, por señalarme las páginas en donde pude encontrar pasajes e interpretaciones bíblicas.

Sobre todo, gracias a Ma. Teresa González Garí y a sus hermanos, Rafa y Óscar, por haberme platicado la historia de esa gran mujer que fue su madre, Ma. del Carmen Garí.

La historia de los Niños de Morelia es una historia que debemos de tener muy presente para evitar repetir los horrores de las guerras. No hay motivo que justifique la separación de las familias.

Finalmente, gracias a ustedes, mis queridos lectores, por darle propósito a esta labor que me apasiona. Para ustedes y por ustedes escribo.

Índice

La longaniza........9
Caramelos........21
El hurto........33
La maletita azul........41
Tren a Francia........55
La madre perdida........63
El Mexique........75
La niña tartamuda........87
México........97
La escuela........107
Muertos y bichos........117
Morelia........125
Pérdidas........139
Vacaciones........151
Zapatitos rotos........157
Los reyes........165
El maestro........171
Bajas........181
El Ser Dorado........191
Esperanza........209
Una casa con jardín........221
La hija reclamada........233
Reencuentro........247
La carta........261
El milagro........277
La mentira........283